REINO DO DRAGÃO DE OURO

ISABEL ALLENDE

O REINO DO DRAGÃO DE OURO

Tradução
MARIO PONTES

9ª edição

Rio de Janeiro | 2022

CIP-BRASIL. CATALOGAÇÃO NA PUBLICAÇÃO
SINDICATO NACIONAL DOS EDITORES DE LIVROS, RJ

A427r

Allende, Isabel, 1942-
O reino do dragão de ouro / Isabel Allende ; tradução Mário Pontes. - 9. ed. - Rio de Janeiro : Bertrand Brasil, 2022.

Tradução de: El reino del dragon de oro
ISBN 978-65-5838-084-9

1. Ficção chilena. I. Pontes, Mário. II. Título.

22-77786

CDD: 868.99333
CDU: 82-3(83)

Gabriela Faray Ferreira Lopes - Bibliotecária - CRB-7/6643
12/05/2022 16/05/2022

Copyright © Isabel Allende, 2003
Título original: *El Reino del Dragón de Oro*

Projetos de capa e miolo: RENATA VIDAL

Texto revisado segundo o novo Acordo Ortográfico da Língua Portuguesa.

Todos os direitos reservados.
Não é permitida a reprodução total ou parcial desta obra, por quaisquer meios, sem a prévia autorização por escrito da Editora.

Direitos exclusivos de publicação em língua portuguesa somente para o Brasil adquiridos pela:
EDITORA BERTRAND BRASIL LTDA.
Rua Argentina, 171 — 3º andar — São Cristóvão — 20921-380 — Rio de Janeiro — RJ
Tel.: (21) 2585-2000,
que se reserva a propriedade literária desta tradução.

Seja um leitor preferencial. Cadastre-se no site www.record.com.br
e receba informações sobre nossos lançamentos e nossas promoções.

Atendimento e venda direta ao leitor:
sac@record.com.br

À minha amiga Tabra Tunoa, viajante incansável,
que me levou ao Himalaia e me falou do Dragão de Ouro.

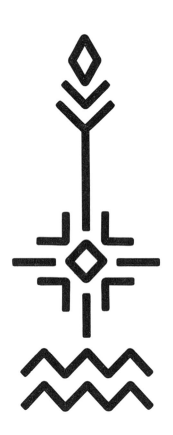

1
O VALE DOS YETIS

Tensing, o monge budista, e seu discípulo, o príncipe Dil Bahadur, tinham passado vários dias escalando os altos montes ao norte do Himalaia, região de gelos eternos, na qual, em séculos de história, somente alguns lamas haviam posto os pés. Nenhum dos dois contava as horas, pois o tempo não lhes interessava. O calendário é uma invenção humana; e, conforme o mestre havia ensinado a seu discípulo, no plano espiritual o tempo não existe.

Para eles o importante era a travessia que o jovem realizava pela primeira vez. O monge lembrava-se de tê-la feito em uma vida anterior, mas essas recordações eram confusas. Guiavam-se pelas indicações de um pergaminho e orientavam-se pelas estrelas, em um terreno no qual, mesmo durante o verão, imperavam condições implacáveis. A temperatura de vários graus abaixo de zero só era suportável durante dois meses do ano, quando as fatídicas tormentas paravam de açoitar.

Mesmo quando os céus estavam límpidos, o frio era intenso. Vestiam túnicas de lã e ásperos mantos de pele de iaque. Levavam nos pés botas de couro do mesmo animal, com o pelo para dentro e a parte externa impermeabilizada com banha. Cada passo era dado cuidadosamente, pois escorregar no gelo significava rolar centenas de metros, até o fundo dos precipícios que cortavam os montes como se fossem machadadas brandidas por Deus.

Contra o céu de um azul intenso destacavam-se os luminosos cimos nevados dos montes, pelos quais os viajantes avançavam sem pressa, pois àquela altura o oxigênio era insuficiente. Descansavam com frequência, para que os pulmões se acomodassem. Sentiam doer-lhes o peito, os ouvidos e a cabeça; tinham náuseas e estavam fatigados, mas nem um nem o outro faziam menção a essas fraquezas do corpo; limitavam-se a controlar a respiração, a fim de extrair o máximo proveito de cada hausto de ar.

Iam em busca daquelas plantas raras, que só podiam ser encontradas no gélido Vale dos Yetis e que eram indispensáveis ao preparo de poções e bálsamos medicinais. Se sobrevivessem aos perigos da viagem, poderiam considerar-se iniciados, pois o caráter de cada um estaria temperado como o aço. A vontade e a coragem eram muitas vezes postas à prova naquela travessia. O discípulo necessitaria de ambas as virtudes, vontade e coragem, para realizar a tarefa que o aguardava na vida. Daí seu nome ser Dil Bahadur, que na língua do Reino Proibido quer dizer "coração valente". A viagem ao Vale dos Yetis era uma das últimas etapas do duro treinamento que o príncipe começara a receber doze anos antes.

O jovem não conhecia a verdadeira razão da viagem, mais importante do que as plantas curativas ou a sua iniciação como lama superior. O mestre não devia revelar o motivo ao discípulo, assim como não podia falar-lhe de muitas outras coisas. Seu papel era guiar o príncipe em cada etapa de seu longo aprendizado; devia fortalecer seu corpo e seu caráter, cultivar sua mente e de vez em quando pôr à prova a qualidade de seu espírito. Mais tarde, quando se visse diante da prodigiosa estátua do Dragão de Ouro, Dil Bahadur descobriria o motivo de sua viagem ao Vale dos Yetis.

Nas costas, Tensing e Dil Bahadur carregavam fardos, que continham suas mantas, o cereal e a manteiga de iaque indispensáveis à subsistência. Enroladas na cintura levavam cordas de pelo de iaque, que serviam para escalar; e cada um deles empunhava um bastão longo e rijo para se defenderem, caso fossem atacados, e para erguer, à noite, uma tenda improvisada. Usavam-nos, ainda, para experimentar a profundidade e a firmeza do terreno antes de pisar naqueles lugares onde a experiência lhes dizia que a neve recém-caída podia encobrir buracos profundos. Às vezes deparavam com fendas bem largas, que não podiam vencer de um salto, obrigando-os a fazer longos desvios.

Em alguns casos, a fim de evitar horas de caminhada, atravessavam o bastão por cima do precipício, e, uma vez certos de que suas extremidades estavam bem firmes, atreviam-se a vencer a fenda com um único passo e um salto para o outro lado; dar mais de um passo aumentaria as possibilidades de desequilíbrio e queda no vazio. Faziam aquilo sem pensar, confiando na habilidade de seus corpos, no instinto e na sorte, pois se parassem a fim de calcular os movimentos não conseguiriam saltar.

Quando a fenda tinha uma largura maior do que o comprimento do bastão, amarravam a corda a uma rocha alta, um deles atava a outra extremidade da corda na cintura, tomava impulso, saltava e oscilava como um pêndulo antes de alcançar a outra margem. Embora fosse muito resistente e dotado de coragem diante do perigo, o jovem discípulo sempre vacilava no momento de valer-se de tais métodos.

Tinham chegado a um daqueles obstáculos e o lama estava à procura do lugar mais adequado para vencê-lo. O jovem fechou os olhos por um momento, enquanto recitava uma prece.

— Tem medo de morrer, Dil Bahadur? — perguntou Tensing com um sorriso.

— Não, honorável mestre. O momento de minha morte foi escrito em meu destino, antes de meu nascimento. Morrerei quando tiver concluído minha tarefa nesta encarnação e meu espírito estiver pronto para voar. Mas tenho medo de quebrar todos os ossos e continuar vivo lá no fundo — respondeu o jovem, apontando para o impressionante abismo que se abria aos seus pés.

— Talvez isso fosse um inconveniente — disse o lama, de bom humor. E acrescentou: — Se você abrir o coração e a mente, o salto lhe parecerá mais fácil.

— O que faria se eu caísse lá embaixo?

— Se isso acontecesse, talvez eu tivesse de pensar. Agora, meus pensamentos estão voltados para outras coisas.

— Posso saber que coisas, mestre?

— A beleza da paisagem — replicou o lama, apontando para a interminável cadeia de montanhas, a brancura imaculada da neve, o céu resplandecente.

— Parece a paisagem da Lua — observou o jovem.

— Talvez... Em que parte da Lua você esteve, Dil Bahadur? — perguntou o lama, dissimulando outro sorriso.

— Ainda não fui tão longe, mestre. Mas posso imaginá-la.

— Na Lua o céu é preto e lá não há montanhas como estas. Também não há neve, tudo é pedra e poeira acinzentada.

— Talvez algum dia eu possa fazer uma viagem astral à Lua, como o meu honorável mestre — disse o discípulo.

— Talvez...

Depois que o lama firmou o bastão, ambos tiraram as túnicas e os mantos, que não lhes permitiam se mover com plena liberdade, e ataram seus pertences em quatro fardos. O lama tinha aparência de atleta. Suas costas e braços eram puro músculo, seu pescoço parecia tão grosso como a coxa de um homem normal, e suas pernas lembravam troncos de árvores. Aquele formidável corpo de guerreiro contrastava de modo notável com seu rosto sereno, seus olhos doces e sua boca delicada, quase feminina, sempre sorridente. Tensing pegou um fardo, deu-lhe impulso fazendo o braço girar como a pá de um moinho e o lançou para o outro lado do barranco. Depois fez o mesmo com os demais.

— O medo não é real, Dil Bahadur — disse o lama. — Como tudo o mais, só existe em nossa mente. Nossos pensamentos formam aquilo que supomos ser a realidade.

— Neste momento — murmurou o príncipe — minha mente está criando um abismo bem profundo, mestre.

— E minha mente está criando uma ponte bem segura — respondeu o lama.

Fez um sinal de despedida para o jovem, que esperava sua decisão sentado na neve, deu um passo em direção ao vazio, pôs o pé direito no centro do bastão e, em uma fração de segundo, tomou impulso para a frente, alcançando com o pé esquerdo a outra margem da fenda. Dil Bahadur o imitou, embora com menos graça e velocidade, mas sem um gesto que lhe denunciasse o nervosismo. O mestre notou que sua pele brilhava, úmida de suor. Vestiram-se depressa e retomaram a marcha.

— Falta muito? — quis saber Dil Bahadur.

— Talvez.

— Mestre, seria impudência pedir-lhe que não me responda sempre com um *talvez?*

— Talvez seja — disse Tensing com um sorriso, e, depois de uma pausa, acrescentou que, segundo as instruções do pergaminho, deviam continuar andando para o norte. Mas ainda tinham de vencer a parte mais difícil do caminho.

— Já viu os *yetis*, mestre?

— São como os dragões. Têm quatro pares de braços e lançam fogo pelas orelhas.

— Espantoso! — exclamou o jovem.

— Quantas vezes já lhe disse para não acreditar em tudo que ouve? Procure a sua própria verdade — disse o lama, rindo.

— Mestre, não estamos agora estudando os ensinamentos de Buda, mas simplesmente conversando — suspirou o discípulo, enfadado.

— Não vi os *yetis* nesta vida, mas lembro-me de tê-los visto em uma vida anterior. Eles e nós temos a mesma origem, e milhares de anos atrás viviam em uma civilização quase tão desenvolvida quanto a humana, mas agora são muito primitivos e têm uma inteligência limitada.

— O que houve com eles?

— São muito agressivos. Mataram-se uns aos outros e destruíram tudo que era seu, inclusive a terra. Os sobreviventes fugiram para os cumes do Himalaia e ali a raça começou a degenerar. Agora são como animais — explicou o lama.

— São muitos?

— Tudo é relativo. Parecerão muitos se nos atacarem, e poucos se forem amistosos. Suas vidas são curtas, mas se reproduzem com facilidade, o que me permite supor que haja vários deles no Vale. Habitam um lugar inacessível, onde ninguém pode encontrá-los, mas às vezes algum sai em busca de alimento e se perde. Talvez — arriscou o lama— isso explique as pegadas atribuídas ao Abominável Homem das Neves, como costumam chamá-lo.

— As pegadas são enormes. Devem ser gigantes. Mas serão mesmo muito agressivos?

— Você faz muitas perguntas para as quais não tenho resposta, Dil Bahadur — replicou o mestre.

Tensing conduziu o discípulo pelo cimo dos montes, saltando precipícios, escalando encostas verticais, deslizando por estreitas veredas talhadas nas rochas. Encontraram antigas pontes suspensas, mas todas estavam em muito mal estado e deviam ser usadas com prudência. Quando o vento soprava ou o granizo caía, procuravam refúgio e esperavam. Uma vez por dia comiam *tsampa*, mistura de farinha de cevada com ervas secas, gordura de iaque e um pouco de sal. A água era abundante embaixo das crostas de gelo. Às vezes o jovem Dil Bahadur tinha a impressão de que andavam em círculos, pois a paisagem lhe parecia sempre igual, mas não manifestava suas dúvidas: seria uma descortesia com o mestre.

Ao cair da tarde, procuravam um refúgio para a noite. Às vezes bastavam umas fendas, nas quais pudessem se acomodar, protegidos do vento; em outras noites encontravam pequenas grutas, mas de vez em quando só lhes restava dormir à mercê das intempéries, mal abrigados sob as peles de iaque. Uma vez montado o austero acampamento, sentavam-se voltados para o sol poente, com as pernas cruzadas, e salmodiavam o mantra essencial de Buda, recitando várias vezes *Om mani padme hum,* Salve a Ti, Preciosa Joia no Coração do Lótus. O eco repetia o cântico, multiplicando-o até o infinito entre os altos cumes do Himalaia.

Enquanto avançavam, iam carregando suas bolsas com erva seca e pedacinhos de madeira para fazer fogo durante a noite e preparar a comida. Depois da ceia, meditavam durante uma hora. Nesse meio-tempo o frio costumava deixá-los rígidos como estátuas de gelo, mas eles quase não sentiam o desconforto. Estavam habituados à imobilidade, que lhes proporcionava calma e paz. Em sua prática budista, o mestre e o discípulo sentavam-se absolutamente relaxados, mas alertas. Desprendiam-se dos valores do mundo e daquilo que pudesse distraí-los, embora não esquecessem o sofrimento, que existe em todos os lugares.

Depois de terem passado vários dias escalando montanhas, subindo a alturas geladas, chegaram a Chenthan Dzong, mosteiro fortificado dos antigos lamas criadores da forma de luta corporal chamada *tao chu*. No século XIX, um terremoto havia destruído o mosteiro, que desse modo tivera de ser abandonado. Era uma construção de pedra, tijolos e madeira, com mais de uma centena de quartos; ficava à beira de um impressionante precipício e parecia colado na rocha. Durante centenas de anos o mosteiro havia albergado inúmeros monges, cujas vidas tinham sido dedicadas à busca espiritual e ao aperfeiçoamento nas artes marciais.

Os primeiros monges praticantes do *tao chu* eram médicos, dotados de extraordinários conhecimentos de anatomia. Em sua prática, descobriram os pontos vulneráveis do corpo, que, ao serem pressionados, insensibilizam ou paralisam, e combinaram o tratamento de tais pontos com várias técnicas de luta já conhecidas na Ásia. Seu objetivo era se aperfeiçoar espiritualmente mediante o domínio de sua própria força e emoções. Embora fossem invencíveis na luta corporal, não utilizavam o *tao chu* para fins violentos, mas apenas como exercício físico e mental; também não o ensinavam a qualquer um, reservando-o somente a homens e mulheres escolhidos. Tensing aprendera com eles o *tao chu*, e o havia passado a seu discípulo Dil Bahadur.

O terremoto, a neve, o gelo e o rolar do tempo haviam derruído grande parte da construção, mas duas alas ainda estavam de pé, embora abaladas. Para chegar ao mosteiro, era necessário vencer uma encosta remota e muito difícil de escalar; por isso, havia quase meio século que ninguém tentava tal façanha.

— Em breve alcançarão o mosteiro vindo pelo ar — disse Tensing.

— Acredita, mestre — perguntou o príncipe —, que passando de avião possam descobrir o Vale dos Yetis?

— É possível.

— Imagine quanto esforço economizaríamos! Voando, em curtíssimo tempo chegaríamos lá.

— Espero que isso não aconteça — disse o lama. — Se prendessem os *yetis*, fariam deles escravos ou animais de exposição.

Entraram em Chenthan Dzong para descansar e passar a noite abrigados. Nas ruínas do mosteiro ainda havia alguns tapetes em mau estado, imagens religiosas, vasilhas e armas que os monges guerreiros, sobreviventes do terremoto, não tinham conseguido levar. Havia também algumas estátuas de Buda, representado em diversas posições; uma enorme estátua do Iluminado estava caída de lado no chão. A pintura dourada havia desaparecido, mas afora isso a peça estava intacta. Gelo e neve em pó cobriam quase tudo, dando um aspecto particularmente luminoso, como se ali houvesse um palácio de cristal. Atrás do edifício, uma avalanche criara a única superfície plana da área, uma espécie de pátio do tamanho de uma quadra de basquete.

— Um avião poderia aterrissar aqui, mestre? — perguntou Dil Bahadur, que não conseguia dissimular seu fascínio pelos poucos aparelhos modernos que conhecia.

— Não entendo nada dessas coisas, Dil Bahadur, nunca vi um avião aterrissar, mas me parece que este espaço é pequeno demais. Além disso, as montanhas formam um verdadeiro funil, cortado por correntes de ar.

Na cozinha encontraram panelas e outras vasilhas de ferro, bem como algumas porções de cereais preservados pelo frio. Havia pequenos vasos de azeite e um recipiente com mel, alimento que o príncipe não conhecia. Tensing disse que o provasse, e pela primeira vez o jovem sentiu o sabor de algo doce. A surpresa e o prazer quase o fizeram cair de costas. Prepararam fogo para cozinhar e acenderam velas diante das estátuas, em sinal de respeito. Naquela noite comeriam melhor e dormiriam sob um teto: a ocasião merecia uma cerimônia breve, porém especial, de agradecimento.

Meditavam em silêncio quando ouviram um longo rugido que retumbou por entre as ruínas do mosteiro. Abriram os olhos no momento que entrava na sala um tigre do Himalaia, de pelagem branca e meia tonelada de peso, o mais feroz felino deste mundo.

O príncipe recebeu telepaticamente a ordem do mestre e procurou cumpri-la, embora sua primeira e instintiva reação fosse recorrer ao *tao chu* e sair em sua própria defesa. Se conseguisse pôr uma das mãos atrás das orelhas do tigre, poderia paralisá-lo; no entanto, permaneceu imóvel, tratando de respirar com calma, para que a fera não sentisse cheiro de medo. O tigre se aproximou lentamente dos monges. Apesar da iminência do perigo, o jovem não pôde deixar de sentir admiração pela extraordinária beleza do animal. Sua pele tinha a cor do marfim claro; as listras eram marrons; e os olhos, azuis como algumas geleiras do Himalaia. Era um macho adulto, enorme e poderoso; um exemplar perfeito da espécie.

Sentados na posição de lótus, com as pernas cruzadas e as mãos sobre os joelhos, Tensing e Dil Bahadur viam o tigre avançar. Sabiam que, se o animal estivesse faminto, seriam poucas as possibilidades de detê-lo. A esperança era que ele houvesse comido, embora fosse pouco provável que naquelas altitudes houvesse caça em abundância. Tensing possuía extraordinários poderes psíquicos, pois era um *tulku*, reencarnação de um grande lama. Concentrou seu poder como um raio para fazê-lo penetrar na mente da fera.

Os monges sentiram no rosto o hálito do grande felino, o sopro de ar quente e fétido que escapava de sua goela. Outro rugido terrível estremeceu o local. O tigre chegou a poucos centímetros dos homens, que receberam nas faces as picadas de seus duros bigodes. Durante vários segundos, que pareceram eternos, o animal andou ao redor deles, cheirando-os, tateando-os com sua enorme pata, mas não os atacou. O mestre e o discípulo permaneciam absolutamente imóveis, abertos à compaixão e ao afeto. O tigre não percebeu neles nenhum temor de agressão; registrou apenas empatia, e, uma vez satisfeita sua curiosidade, retirou-se tão digno e solene quanto na chegada.

— Viu, Dil Bahadur, como às vezes a calma serve para alguma coisa? — foi o comentário do lama, o único.

O príncipe não pôde responder, porque a voz estava petrificada em seu peito.

Apesar daquela inesperada visita, decidiram ficar e passar a noite em Chenthan Dzong, mas tomaram a precaução de dormir ao lado de uma fogueira, mantendo à mão duas lanças que encontraram entre as armas abandonadas pelos monges *tao chu*. O tigre não voltou, mas na manhã seguinte, quando reataram a marcha, viram suas pegadas na neve refulgente e ouviram os ecos de seus rugidos na crista dos montes.

Alguns dias mais tarde, Tensing soltou uma exclamação de alegria enquanto apontava para uma estreita passagem entre duas encostas verticais da montanha. Eram duas paredes de rocha preta, polidas por milhões de anos de gelo e erosão. Entraram com grande cuidado naquela garganta, porque o caminho era de pedras soltas e de vez em quando deparavam com fendas profundas. Antes de avançar, tinham de comprovar, com seus bastões, a firmeza do terreno.

Tensing lançou uma pedra em um daqueles buracos, e tamanha era sua profundidade que não ouviram nenhum som quando ela chegou ao final. No alto, o céu era apenas uma fita azul entre as brilhantes paredes de rocha. Veio ao encontro dos dois um coro de gemidos aterrorizantes.

— Felizmente — disse o lama —, não acreditamos em fantasmas ou demônios, não é verdade?

O jovem respondeu com outra pergunta, o espanto eriçando seus cabelos:

— Será a minha imaginação que me faz ouvir esses gemidos?

— Talvez seja o vento, que passa por aqui como o ar por dentro de uma trombeta.

Depois de percorrerem um bom pedaço de caminho, foram assaltados por um horrível cheiro de ovo podre.

— É enxofre — explicou o mestre.

— Não consigo respirar — disse Dil Bahadur, tapando o nariz com as mãos.

— Talvez seja melhor você imaginar que está sentindo cheiro de flores — sugeriu Tensing.

— De todos os perfumes — recitou o jovem com um sorriso —, o mais doce é o da virtude.

— Imagine, então, que este é o doce perfume da virtude — replicou o lama, também rindo.

A passagem tinha cerca de um quilômetro e meio de comprimento, mas gastaram duas horas para percorrê-la. Em alguns lugares era tão estreita que se viam obrigados a avançar de lado entre as rochas, um pouco tontos pela rarefação do ar. Mas não vacilaram, porque o pergaminho indicava com clareza a existência de uma saída. Viram nichos cavados pelas encostas, nos quais havia esqueletos e pilhas de ossos muito grandes, alguns de aparência humana.

— Deve ser o cemitério dos *yetis* — comentou Dil Bahadur.

Um sopro de ar quente e úmido, como jamais haviam experimentado, anunciou-lhes o final do desfiladeiro.

Tensing foi o primeiro a sair, seguido de perto pelo discípulo. Quando viu a paisagem que havia pela frente, Dil Bahadur teve a impressão de estar em outro planeta. Se não lhe pesasse tanto o cansaço do corpo e não tivesse o estômago tão revolto por aquele cheiro de enxofre, pensaria ter feito uma viagem astral. O lama anunciou:

— Aí está o Vale dos Yetis.

Diante deles estendia-se um pequeno planalto vulcânico. Tufos de áspera vegetação verde-acinzentada, arbustos espessos e grandes cogumelos de várias formas e cores cresciam por toda parte. Havia arroios e charcos borbulhantes, estranhas formações rochosas, e do chão emergiam altas colunas de fumaça branca. Uma delicada bruma flutuava no ar, apagando os contornos a distância e dando ao vale uma aparência de sonho. Os visitantes sentiram-se fora da realidade, como se houvessem mergulhado em outra dimensão. Depois de suportar tantos dias de frio na caminhada pelas montanhas, aquele vapor morno era uma verdadeira dádiva para os sentidos, apesar do cheiro nauseabundo que ainda persistia, já menos intenso do que no desfiladeiro.

— Em tempos remotos — disse Tensing —, alguns lamas, cuidadosamente selecionados por sua resistência física e força espiritual, faziam esta viagem uma vez a cada vinte anos, a fim de recolher plantas medicinais que não se encontram em nenhum outro lugar.

"Em 1950", acrescentou o monge, "o Tibete foi invadido pelos chineses, que destruíram mais de seis mil mosteiros e fecharam os restantes. Em sua maioria, os lamas partiram para o exílio em outros países, como a Índia e o Nepal, espalhando por toda parte os ensinamentos de Buda. Em vez de acabarem com o budismo, como pretendiam, os invasores conseguiram exatamente o contrário: disseminá-lo pelo mundo. Apesar de tudo, estão desaparecendo muitos dos conhecimentos da medicina dos lamas, bem como alguns de seus tratamentos psíquicos.

"As plantas", continuou o mestre, "eram postas a secar, piladas e misturadas com outros ingredientes. Um grama desses pozinhos, Dil Bahadur, pode ser mais precioso do que todo o ouro do mundo."

— Não podemos levar muitas plantas — comentou o jovem.

— Infelizmente não trouxemos um iaque.

— Talvez nenhum iaque concordasse em vencer os precipícios equilibrando-se em um cajado de viajante, Dil Bahadur. Levaremos o que pudermos.

Entraram no misterioso vale e, depois de alguns passos, viram formas que pareciam esqueletos. O lama informou ao discípulo que se tratava de ossos petrificados de animais anteriores ao dilúvio universal. Agachou-se e começou a procurar no chão, até encontrar, uma pedra escura com manchas vermelhas.

— Isto é excremento de dragão, Dil Bahadur. Tem propriedades mágicas.

— Não devo acreditar em tudo que ouço, não é verdade, mestre? — quis saber o jovem.

— Não — disse o lama, passando-lhe a mostra do resíduo —, mas neste caso talvez você deva acreditar em mim.

O príncipe vacilou. Não o seduzia a ideia de tocar naquilo.

— Está petrificado — afirmou o lama, sorrindo. — Isso pode colar ossos quebrados em poucos minutos. Uma pequenina lasca desta pedra, moída e dissolvida em álcool de arroz, pode transportar você a qualquer uma das estrelas que há no firmamento.

A pedra descoberta tinha um pequeno orifício pelo qual o lama passou um cordão, que em seguida pendurou no pescoço de Dil Bahadur.

— Isto é como uma couraça: tem o poder de desviar certos metais. Flechas, facas e outras armas de corte não poderão mais ferir você.

— Mas, para me matar, talvez baste um dente infeccionado, um tropeção no gelo ou uma pedrada na cabeça — riu-se o jovem.

— Todos vamos morrer, Dil Bahadur. Esta é a nossa única certeza.

O lama e o príncipe instalaram-se perto de uma daquelas chaminés das quais a fumaça branca saía bastante quente, à espera de passar uma noite agradável pela primeira vez em muitos dias. A grossa coluna de vapor mantinha os dois aquecidos. Fizeram chá com água de uma fonte termal. A água saía fervendo e, quando cessava de borbulhar, adquiria uma pálida cor de lavanda. A fonte alimentava um arroio fumegante em cujas margens cresciam plantas carnosas, de flores violáceas.

O monge pouquíssimo dormia. Sentava-se na posição de lótus, com os olhos semicerrados, e assim descansava e repunha as energias. Era capaz de permanecer absolutamente imóvel, controlando com a mente a respiração, a pressão sanguínea, as batidas do coração e a temperatura, de modo a fazer seu corpo entrar em estado de hibernação. Tão facilmente quanto entrava em repouso absoluto, diante de uma emergência podia saltar com a velocidade de uma flecha, todos os poderosos músculos prontos para a defesa. Durante anos, Dil Bahadur havia procurado imitá-lo, sem conseguir. Dominado pela fadiga, o jovem dormiu assim que encostou a cabeça no chão.

O príncipe despertou em meio a um coro de grunhidos aterradores. Mal abriu os olhos e viu quem os rodeava, ergueu-se como um arco, parou de pé, com os joelhos dobrados e os braços estendidos, em posição de ataque. A voz tranquila do mestre paralisou-o no instante em que se preparava para desferir um golpe.

— Calma. São os *yetis* — murmurou o lama. — Assim como fez com o tigre, transmita-lhes compaixão e afeto.

Estavam no meio de uma horda de seres repelentes, de um metro e meio de altura, inteiramente cobertos de pelos brancos, emaranhados e imundos, braços longos, pernas curtas e arqueadas, terminadas em grandes pés de macacos. Dil Bahadur supôs, então, que a origem da lenda que os cercava eram as marcas daqueles pés enormes. Mas, então, de quem eram os ossos compridos e os gigantescos esqueletos que tinham visto no túnel?

A estatura pequena daquelas criaturas em nada atenuava seu aspecto de ferocidade. Os rostos peludos e achatados eram quase humanos, mas de expressão bestial; os olhos eram pequenos e avermelhados; as orelhas pontudas como as de alguns cães, os dentes afiados e longos. Entre um grunhido e outro, suas línguas saíam da boca, enroscando-se na ponta, como as de certos répteis, de um intenso azul arroxeado. Todos levavam no peito armaduras de couro, manchadas de sangue seco, atadas nos ombros e na cintura. Brandiam porretes ameaçadores e pedras com gumes afiados, mas, apesar das armas e de serem amplamente superiores em número, mantinham uma prudente distância. Começava a amanhecer, e a luz da aurora dava à cena, envolvida em bruma espessa, um tom de pesadelo.

Tensing pôs-se de pé lentamente, a fim de não provocar uma reação em seus atacantes. Comparados com ele, um gigante, os *yetis* pareciam ainda mais baixos e disformes. A aura do mestre não havia mudado de cor, continuava branca e dourada, o que indicava sua perfeita serenidade, enquanto as auras da maioria daquelas criaturas eram sem brilho, vacilantes, com o predomínio de tons terrosos, que indicam medo e enfermidade.

O príncipe adivinhou por que não tinham partido imediatamente para o ataque: pareciam estar à espera de alguém. Poucos minutos depois, avançou em direção do monge e seu discípulo uma criatura bem maior do que as demais, apesar de encurvada pela idade. Era da mesma espécie dos *yetis*, mas meio corpo mais alta. Se pudesse ficar ereta, teria o tamanho de Tensing, mas à idade avançada somava-se uma corcunda que lhe deformava as costas e a obrigava a caminhar com o torso paralelo ao solo. Ao contrário dos outros *yetis*, que se vestiam apenas com seus próprios e imundos cabelos e as couraças, a recém-chegada se enfeitava com colares de dentes e ossos, levava uma gasta pele de tigre e na mão conduzia um pedaço de madeira retorcida.

Aquela criatura não podia ser considerada mulher, embora fosse do sexo feminino; certamente não era humana, ainda que não fosse também um animal. Sua pelagem era rala e havia caído em várias partes, pondo à mostra uma pele escamosa e rosada feito a cauda de um rato. Estava revestida por uma impenetrável crosta de gordura, sangue seco, barro e excremento, que exalava um cheiro insuportável. As unhas eram garras pretas, e os poucos dentes de sua boca estavam soltos, dançando cada vez que ela respirava. Do nariz gotejava um muco verde. Seus olhos remelentos brilhavam em meio a mechas de pelos eriçados que lhe cobriam a face. Os *yetis*, respeitosamente, abriram caminho para deixá-la passar. Era evidente que ela mandava; devia ser a rainha ou a feiticeira da tribo.

Com surpresa, Dil Bahadur viu o mestre ajoelhar-se perante a sinistra criatura, juntar as mãos diante do rosto e recitar a saudação habitual do Reino Proibido: "Seja feliz."

— *Tampo kachi* — disse o monge.

— Grr-ympr — rugiu ela, salpicando-lhe saliva.

De joelhos, Tensing tinha a altura da encurvada anciã; podiam, pois, olhar-se nos olhos. Dil Bahadur imitou o lama, embora nessa postura não pudesse defender-se dos *yetis*, que continuavam brandindo seus porretes. Calculou, com o canto do olho, que havia uns dez ou doze ao seu redor, e não sabia quantos nas imediações.

A chefe da tribo lançou uma série de ruídos guturais e agudos, os quais, combinados, pareciam constituir uma linguagem. Dil Bahadur teve a impressão de tê-la ouvido antes, não sabia onde. Não compreendia nenhuma palavra, embora os sons fossem familiares. De repente, todos os *yetis* também se ajoelharam e puseram-se a bater com a cabeça no chão, mas sem largar suas armas, oscilando entre aquela saudação cerimoniosa e o impulso de massacrar os dois com seus porretes.

A velha *yeti* mantinha os outros calmos, enquanto repetia o grunhido que soava como *Grr-ympr*. Os visitantes imaginaram que este devia ser o nome dela. Tensing escutava com grande atenção, ao passo que Dil Bahadur esforçava-se para captar, telepaticamente, o que estavam pensando aquelas criaturas, mas suas mentes eram um emaranhado de visões incompreensíveis. Prestou atenção ao que a bruxa tentava comunicar, até porque, sem dúvida, ela era mais evoluída que os outros. Várias imagens foram se formando em seu cérebro. Viu uns animaizinhos peludos, parecidos com coelhos brancos, agitando-se em convulsões e em seguida enrijecendo-se. Viu cadáveres e ossadas; viu vários *yetis* empurrando outros para as fontes de água fervente; viu sangue, morte, brutalidade e terror.

— Cuidado, mestre — balbuciou o jovem. — São muito selvagens.

— Talvez estejam mais assustados que nós — replicou o lama.

Grr-ympr fez um gesto para os outros *yetis*, que finalmente baixaram os porretes, enquanto ela avançava, chamando, também com gestos, o príncipe e o lama. Eles a acompanharam, ladeados por *yetis*, seguindo por entre as altas colunas de vapor e as águas quentes, em direção a umas covas naturais, abertas no solo vulcânico. Enquanto caminhavam, viram outros *yetis*, todos sentados no chão, mas nenhum deles mostrou intenção de se aproximar.

A lava ardente de alguma erupção vulcânica muito remota havia esfriado na superfície em contato com o gelo e a neve, mas por muito tempo continuara a se mover, em estado líquido, por baixo. Assim tinham se formado cavernas e túneis subterrâneos, nos quais os *yetis* haviam escolhido suas moradas. Em alguns pontos, a crosta de lava tinha se partido, e pelas fendas entrava um pouco de luz. Na maioria, aquelas grutas eram muito baixas e estreitas, não dava para Tensing entrar nelas, mas a temperatura lá dentro era agradável, pois a lembrança do calor da lava permanecia nas paredes, e as águas quentes das chaminés passavam pelo subsolo. Era assim que os *yetis* se defendiam do clima; de outro modo, não conseguiriam atravessar o inverno.

Não havia nenhuma espécie de objeto nas grutas, nada além de peles fétidas, que aqui e ali ainda conservavam pedaços de carne. Horrorizado, Dil Bahadur compreendeu que algumas daquelas peles eram dos próprios *yetis*, certamente arrancadas de cadáveres. As outras eram de *chegnos*, animais desconhecidos no resto do mundo, que os *yetis* mantinham em currais feitos com pedras e neve. Os *chegnos* eram menores do que os iaques e tinham chifres retorcidos, como os do carneiro. Os *yetis* aproveitavam a carne, a gordura, a pele e também o excremento seco dos *chegnos* que usavam como combustível. Sem aqueles nobres animais, que comiam tão pouco e resistiam às temperaturas mais baixas, os *yetis* não teriam como sobreviver.

— Ficaremos aqui alguns dias, Dil Bahadur. Trate de aprender a linguagem dos *yetis* — disse o lama ao discípulo.

— Para quê, mestre? Nunca mais teremos oportunidade de usá-la.

— Eu, talvez não. Mas você, talvez sim – replicou Tensing.

Pouco a pouco foram se familiarizando com os sons que as criaturas emitiam. Com as palavras aprendidas e lendo a mente de Grr-ympr, Tensing e Dil Bahadur tomaram conhecimento da tragédia sofrida pelos *yetis*. Nasciam cada vez menos e pouquíssimos sobreviviam. A sorte dos adultos não era muito melhor. Cada geração vinha mais baixa e mais fraca do que a anterior, suas vidas haviam se encurtado dramaticamente e só umas poucas criaturas tinham força para realizar as tarefas necessárias, tais como criar os *chegnos*, coletar plantas e caçar animais para comer. Tratava-se de um castigo dos deuses ou dos demônios que vivem nas montanhas, assegurou-lhes Grr-ympr. Disse que os *yetis* tinham tentado aplacá-los com sacrifícios, mas a morte de várias vítimas, despedaçadas e lançadas na água fervente das fontes, não servira de nada para aplacar o castigo divino.

Grr-ympr tinha vivido muito. Sua autoridade vinha da memória e experiência, coisas que ninguém mais possuía. A tribo lhe atribuía poderes sobrenaturais, e durante duas gerações tinham esperado que ela se entendesse com os deuses, mas sua magia não havia servido para anular o feitiço e salvar o povo de uma extinção próxima. Grr-ympr disse que invocara os deuses muitas vezes e agora eles finalmente se apresentavam: assim que pusera os olhos em Tensing e Dil Bahadur, soubera que eram eles. Por isso os *yetis* não os haviam atacado.

Tudo isso foi comunicado aos visitantes pela atribulada mente da anciã.

— Quando essas criaturas souberem que não somos deuses, mas simples seres humanos, creio que não vão ficar muito contentes — observou o príncipe.

— É possível. Mas, em comparação com eles, somos semideuses, apesar de nossas infinitas fraquezas — disse o lama com um sorriso.

Grr-ympr lembrava-se do tempo em que os *yetis* eram altos, fortes e protegidos por uma pelagem tão espessa que podiam viver ao ar livre naquela região, a mais alta e mais fria do planeta. Os ossos que os visitantes tinham visto no desfiladeiro eram de seus antepassados, os *yetis* gigantes. Ali eles os preservavam, respeitosamente, embora só ela os reverenciasse. Grr-ympr era jovem ainda quando sua tribo descobriu o vale das águas quentes, onde a temperatura era suportável e a existência mais fácil, pois ali crescia alguma vegetação e havia animais para caçar, ratos e cabras, além dos *chegnos*.

A bruxa também se lembrava de que uma vez na vida tinha visto deuses, como Tensing e Dil Bahadur, que haviam chegado ao vale em busca de plantas. Em troca das plantas que levaram, passaram-lhe valiosos conhecimentos, que haviam melhorado as condições de vida dos *yetis*. Ensinaram-lhes como domesticar os *chegnos* e como cozinhar carne, embora ninguém ali tivesse mais energia para esfregar pedras e fazer fogo. Comiam cru aquilo que conseguiam caçar e, se a fome fosse muito grande, como último recurso matavam os *chegnos* ou comiam os cadáveres de outros *yetis*. Os lamas também lhes haviam ensinado a distinguir-se mediante um nome próprio. Na língua dos *yetis*, Grr-ympr queria dizer "mulher sábia".

Fazia muito tempo que nenhum deus aparecia no vale, Grr-ympr informou telepaticamente aos viajantes. Tensing calculou que desde a invasão do Tibete pela China, cerca de meio século atrás, nenhuma expedição tinha ido àquele lugar em busca de plantas medicinais. Os *yetis* não viviam muito, e nenhum deles, salvo a velha feiticeira, jamais tinha visto seres humanos; mas a lenda dos sábios lamas continuava a existir na memória coletiva.

Tensing sentou-se em uma gruta maior do que as outras, a única na qual pôde entrar de gatinhas; ali, certamente, era um local de reunião, algo como a sala do conselho. Grr-ympr e Dil Bahadur sentaram-se ao lado do lama, e pouco a pouco os *yetis* foram chegando, alguns tão fracos que mal se arrastavam pelo chão. Aqueles que os haviam recebido brandindo paus e pedras eram os guerreiros do patético grupo, e como tal ficaram do lado de fora, montando guarda sem separar-se de suas armas.

Os *yetis* foram desfilando, um a um; no total eram uns vinte, sem contar os guerreiros. Quase todos eram fêmeas e, a julgar pelos dentes e a pelagem, deviam ser jovens, mas estavam muito doentes. Tensing examinou cada uma com muito respeito para não as assustar. As últimas cinco traziam suas crias, as únicas que haviam sobrevivido. Não tinham o aspecto repugnante dos adultos, pareciam macaquinhas de juntas moles e cabelos brancos. Estavam fracas, as cabeças caídas, os membros soltos, os olhos fechados; mal respiravam.

Comovido, Dil Bahadur constatou que, como todas as outras mães, aquelas criaturas de aspecto bestial amavam suas crias. Sustentavam-nas ternamente nos braços, cheiravam-nas e lambiam-nas, davam-lhe o peito para alimentá-las e gritavam angustiadas ao ver que não reagiam.

— Que coisa triste, mestre — observou o jovem. — Estão morrendo.

— A vida é cheia de sofrimento — replicou Tensing. — Nossa missão é aliviá-la, Dil Bahadur.

Na caverna havia pouquíssima luz e o cheiro era insuportável; por isso o lama pediu que fossem para o ar livre. Ali a tribo reuniu-se. Grr-ympr deu uns passos de dança ao redor das crias enfermas, fazendo soar seus colares de ossos e dentes e lançando gritos de arrepiar os cabelos. Os *yetis* a acompanharam com um coro de gemidos.

Sem levar em conta os lamentos que o envolviam, Tensing se inclinou sobre elas. Dil Bahadur viu a expressão do mestre alterar-se, como ocorria sempre que ativava seus poderes de cura. O lama levantou uma das menores crias, que cabia na palma de sua mão, e a examinou atentamente. Em seguida, aproximou-se de uma das mães, gesticulou amistosamente a fim de acalmá-la e estudou umas gotas de seu leite.

— O que há com elas? — perguntou o príncipe.

— É possível que estejam morrendo de fome — disse Tensing.

— Fome? Suas mães não as alimentam?

Tensing explicou-lhe que o leite das *yetis* era um líquido amarelado e transparente. Em seguida chamou os guerreiros, que só concordaram em se aproximar quando Grr-ympr lhes grunhiu uma ordem. Eles também foram examinados pelo lama, que fixou a atenção principalmente em suas línguas arroxeadas. Só a língua da velha Grr-ympr não era dessa cor. Sua boca era um buraco escuro e malcheiroso, que não dava vontade de observar muito de perto, mas Tensing não era homem de recuar diante dos obstáculos.

— Todos os *yetis* estão desnutridos, menos Grr-ympr, que só apresenta os sintomas da idade avançada. Deve ter uns cem anos — concluiu o lama.

— O que mudou no vale para lhes faltar comida? — perguntou o discípulo.

— Talvez não falte alimento. O provável é que estejam doentes e não assimilem aquilo que comem. As crias dependem do leite materno, que é fraco como água e não dá para nutri-las; por isso morrem com algumas semanas ou poucos meses de vida.

Os adultos têm mais possibilidades, comem carne, plantas, mas alguma coisa os deixou debilitados.

— Por isso vêm perdendo tamanho e morrendo jovens — acrescentou Dil Bahadur.

— Talvez.

Dil Bahadur revirou os olhos. As respostas vagas do mestre às vezes o tiravam do sério.

— Este é um problema das gerações mais recentes — opinou o jovem —, pois Grr-ympr se lembra de quando a estatura dos outros *yetis* era igual à dela. Se continuarem diminuindo assim, em poucos anos terão desaparecido.

— Talvez — repetiu pela centésima vez o lama, que estava pensando em outra coisa, e acrescentou que Grr-ympr também se lembrava de quando a tribo se mudara para o vale. Isso significava que havia ali alguma coisa daninha, algo que estava destruindo os *yetis*.

— Deve ser isso! Pode salvá-los, mestre?

— Talvez...

O monge fechou os olhos e rezou durante alguns minutos, pedindo inspiração para resolver o problema e humildade para compreender que o resultado não estava em suas mãos. Faria o melhor que pudesse, mas não era capaz de controlar a vida ou a morte.

Terminada sua breve meditação, Tensing lavou as mãos; dirigiu-se em seguida a um dos currais e ordenhou uma *chegno*. Encheu uma tigela de leite morno e espumoso e tratou de levá-la aos pequeninos. Molhou um trapo no leite e o pôs na boca de um deles. Inicialmente não houve reação, mas depois de alguns segundos o cheiro do leite reanimou o pequenino ser, seus lábios se abriram e ele começou a sugar bem devagar o trapo de forma bem fraca. Com gestos, o lama disse que as mães o imitassem.

Foi longo e tedioso o trabalho de ensinar os *yetis* a ordenhar os animais e alimentar os bebês gota a gota. A capacidade de compreensão dos *yetis* era muito pequena, mas conseguiram aprender por repetição. O caso manteve mestre e discípulo ocupados durante o dia inteiro, mas na mesma noite puderam presenciar os resultados: três criaturinhas começaram pela primeira vez a chorar. No dia seguinte, as cinco choravam pedindo leite e logo abriram os olhos e puderam se movimentar.

Dil Bahadur sentia-se tão orgulhoso que era como se a solução tivesse sido ideia sua. Tensing, porém, não descansava. Queria encontrar uma explicação para aquilo. Examinou cada coisa que os *yetis* levavam à boca, mas não conseguia chegar à causa da doença. Até que de repente ele e o discípulo começaram a sentir dores no ventre e a vomitar bílis. Os dois só haviam comido *tsampa*, seu alimento habitual, mistura de farinha de cevada com manteiga e água quente. Como eram vegetarianos, não haviam provado a carne de *chegno* que os *yetis* lhes haviam oferecido.

— O que comemos de diferente, Dil Bahadur? — perguntou o mestre, enquanto preparava um chá digestivo para ambos.

— Nada, mestre — replicou o jovem, pálido como um morto.

— Alguma coisa nos fez mal — insistiu Tensing.

— Só nos alimentamos de *tsampa* — murmurou o jovem. — Mais nada...

Tensing passou-lhe a tigela com o chá e Dil Bahadur, curvado de dor, a levou à boca. Não conseguiu beber o líquido, cuspindo-o sobre a neve.

— A água, mestre! É a água quente!

Habitualmente ferviam água ou neve, a fim de preparar o chá e a *tsampa*, mas no vale tinham usado a água de uma das fontes termais que saía fervendo do chão.

— É isso que está envenenando os *yetis*, mestre — insistiu o príncipe.

Tinham visto as criaturas recolherem na fonte termal a água cor de lavanda e usá-la para fazer uma sopa de fungos, ervas e flores arroxeadas, base de sua alimentação. Com o passar dos anos, Grr-ympr havia perdido o apetite, limitava-se a comer um pouco de carne crua a cada três dias e matava a sede levando punhados de neve à boca. O lama e seu discípulo tinham usado no chá aquela água termal, que devia conter minerais tóxicos. Nas horas seguintes evitaram usá-la com qualquer finalidade, e assim não se repetiu o mal-estar que os atormentara. Para se certificarem de que haviam descoberto a causa do problema, no dia seguinte Dil Bahadur fez chá com a água suspeita e o bebeu. Logo estava vomitando, porém feliz por ter provado sua teoria.

Com grande paciência, o lama e seu discípulo informaram a Grr-ympr que a água quente cor de lavanda estava proibida para todos os fins, assim como as flores roxas que cresciam nas margens do arroio. A água termal servia para o banho, mas não para beber ou preparar comida. Não se deram ao trabalho de explicar que a água continha minerais danosos, porque a an- ciã *yeti* não teria compreendido; bastava que os *yetis* acatassem suas instruções. Grr-ympr facilitou a tarefa dos visitantes. Reu- niu seus súditos e os pôs a par da nova lei: quem beber dessa água será lançado na fervura. Entendido? Todos entenderam.

A tribo ajudou Tensing e Dil Bahadur a coletar as plantas medicinais de que necessitavam. Durante a semana que perma- neceram no Vale dos Yetis, os visitantes comprovaram que os pequenos se recuperavam e que os adultos se fortaleciam, en- quanto a cor arroxeada ia desaparecendo de suas línguas.

Grr-ympr em pessoa os acompanhou quando chegou o mo- mento de partir. Viu-os encaminhar-se para o desfiladeiro pelo qual haviam chegado e, depois de algumas hesitações — pois temia revelar o segredo dos *yetis* mesmo àqueles deuses —, dis- se-lhes que a seguissem na direção contrária. O lama e o príncipe andaram atrás dela durante mais de uma hora, por uma trilha estreita que passava por entre as colunas de vapor e as lagunas de água fervente, até deixarem para trás a primitiva aldeia dos *yetis*.

A feiticeira os levou até o final do pequeno planalto, indicou-lhes uma abertura na montanha e informou que por ali os *yetis* às vezes saíam em busca de comida. Tensing conseguiu compreender o que ela dizia: era um túnel natural para encurtar o caminho. O misterioso vale ficava muito mais próximo da civilização do que se podia supor. O pergaminho em poder de Tensing indicava a única rota conhecida pelos lamas, que era muito mais longa e cheia de obstáculos, mas também existia aquela passagem secreta. Pela sua localização, Tensing compreendeu que o túnel descia diretamente pelo interior da montanha e saía antes de Chenthan Dzong, o mosteiro em ruínas. Era uma economia de dois terços do caminho.

Grr-ympr se despediu deles com a única mostra de afeto que conhecia: lambeu seus rostos e mãos até deixá-los empapados de saliva e muco.

Assim que a horrenda feiticeira deu meia-volta, Dil Bahadur e Tensing puseram-se a rolar na neve a fim de limpar-se. O mestre ria, mas o discípulo mal podia conter o nojo.

— O único consolo é que nunca mais voltaremos a ver aquela boa criatura — comentou o jovem.

— Nunca é muito tempo, Dil Bahadur. Talvez a vida nos reserve uma surpresa — replicou o lama, penetrando, com decisão, na estreita passagem subterrânea.

TRÊS OVOS FABULOSOS

Nesse meio tempo, do outro lado do mundo, Alexander Cold chegava a Nova York, em companhia de sua avó Kate. Sob o sol da Amazônia, o garoto norte-americano havia adquirido uma cor bronzeada. O corte de seu cabelo fora feito pelos indígenas: o alto da cabeça raspado em círculo, deixando à vista uma cicatriz recente. Levava nas costas a mochila imunda e nas mãos uma garrafa com um líquido leitoso. Com a pele tão queimada quanto a dele, Kate Cold vestia suas habituais bermudas de cor cáqui e calçava sapatos enlameados. Os cabelos grisalhos, cortados por ela mesma sem olhar no espelho, davam-lhe um aspecto de indígena moicano que acabara de acordar. Estava cansada, mas seus olhos brilhavam atrás das lentes quebradas, presas com fita adesiva ao aro dos óculos. A bagagem era formada por um tubo de quase três metros de comprimento e alguns pacotes de tamanho e formato nada comuns.

— Têm algo a declarar? — perguntou o funcionário da imigração, com um olhar de desaprovação para o estranho penteado de Alex e a aparência da avó.

Eram cinco da manhã e o homem estava tão cansado quanto os passageiros do avião que acabara de chegar do Brasil.

— Nada. Somos repórteres da *International Geographic* — respondeu Kate Cold. — Tudo que trazemos é material de trabalho.

— Frutas, vegetais, alimentos?

— Só água da saúde para curar minha mãe — disse Alex, mostrando a garrafa que mantivera na mão durante toda a viagem.

— Não ligue para ele, senhor, este menino tem muita imaginação — disse Kate, interrompendo Alex.

— O que é isso? — perguntou o funcionário, apontando para o tubo.

— Uma zarabatana.

— O quê?

— É uma espécie de cana oca que os indígenas da Amazônia usam para disparar dardos envenenados — Alexander começou a explicar, mas a avó o fez calar-se com uma canelada.

Distraído, o homem deixou de fazer perguntas, de modo que não soube da aljava com os dardos, nem da cabaça que estava em um dos pacotes da bagagem e dentro da qual havia *curare*, veneno mortal produzido pelos indígenas.

— Mais alguma coisa?

As mãos de Alexander Cold remexeram nos bolsos da camisa de lã e voltaram com três bolas de vidro.

— O que é isso?

— Creio que são diamantes — disse o garoto, recebendo sem demora outra canelada de Kate.

— Diamantes! Muito engraçado! O que você andou fumando, menino? — exclamou o funcionário com uma gargalhada, carimbando os passaportes e indicando que passassem.

Quando a porta do apartamento de Nova York foi aberta, uma lufada de ar fétido bateu na cara de Kate e Alexander. Ela deu uma palmada na testa. Não era a primeira vez que viajava deixando lixo na cozinha. Entraram aos tropeções, tapando o nariz. Enquanto Kate punha em ordem a bagagem, o neto abria as janelas e ia cuidar do lixo, cuja flora e fauna haviam tido tempo o bastante para se desenvolver. Quando, finalmente, conseguiram introduzir no minúsculo apartamento o tubo da zarabatana, Kate soltou um suspiro e atirou-se no sofá. Sentia que os anos começavam a pesar-lhe.

Alexander retirou novamente as bolas do bolso da blusa e as depositou na mesa. Ela olhou para as pedras com indiferença. Pareciam pesos de vidro para papel, daqueles que os turistas costumam comprar.

— São diamantes, Kate — informou o menino.

— Claro! E eu sou a Marilyn Monroe… — respondeu a velha escritora.

— Quem?

— Deixa pra lá! — grunhiu ela, espantada com o abismo que separava sua geração da do neto.

— Deve ser alguém de sua época — sugeriu Alexander.

— Minha época é esta, a que estamos vivendo! Esta época é mais minha do que sua. Pelo menos eu não vivo no mundo da lua, como você — resmungou a avó.

— São diamantes de verdade, Kate — insistiu ele.

— Está bem, Alexander, são diamantes.

— Pode me chamar de Jaguar? É o meu animal totêmico. Os diamantes não nos pertencem, Kate, são dos indígenas, do povo da neblina. Prometi a Nádia que só os usaríamos para protegê-los.

— Está bem, está bem! — tornou a resmungar a avó, sem lhe prestar atenção.

— Com isso poderemos financiar a Fundação que você pensava criar com o professor Leblanc.

— Tenho a impressão de que a pancada na cabeça afrouxou os parafusos do seu cérebro, filho — replicou ela, guardando distraidamente os ovos de cristal no bolso de sua jaqueta.

Nas semanas seguintes, a escritora teria ocasião de rever o juízo que fazia do neto.

Kate manteve os ovos em seu poder durante duas semanas, sem lembrar-se deles uma vez sequer, até que, ao retirar seu casaco da cadeira, um deles caiu, bem em cima dos dedos de um de seus pés. A essa altura, seu neto Alexander estava de volta à casa dos pais na Califórnia. A escritora andou vários dias com o pé dolorido, mas mesmo na rua brincava, distraída, com as pedras, que continuavam em seu bolso. Certa manhã, fez o desjejum no café próximo de casa e, por descuido, saiu deixando um dos diamantes sobre a mesa. O dono do café, um italiano que havia dois decênios a conhecia, alcançou-a na esquina.

— Kate! Você esqueceu sua bola de vidro! — gritou, lançando-a por cima da cabeça de outros transeuntes.

Ela apanhou a bola em pleno voo e continuou a andar, pensando que já era hora de fazer algo com aqueles ovos. Sem um plano definido, dirigiu-se à rua dos joalheiros, onde se situava a loja de Isaac Rosenblat, um antigo namorado. Quarenta anos antes quase tinham se casado, mas então aparecera Joseph Cold, que a seduzira tocando um concerto em sua flauta. Kate não tinha dúvida de que a flauta era mágica. Pouco tempo depois, Joseph Cold havia se tornado um dos músicos mais célebres do mundo. "E a flauta era aquela que o tonto do meu neto deixou na Amazônia!", pensou Kate, furiosa. Tinha dado um bom puxão de orelhas em Alexander por haver perdido o magnífico instrumento musical do avô.

Isaac Rosenblat era um dos pilares da comunidade hebraica, rico, respeitado e pai de seis filhos. Tratava-se de uma dessas pessoas que trazem a alma sempre em paz, andam serenas e cumprem seus deveres sem espalhafato. Mas, quando viu Kate entrar na loja, foi como se afundasse em um movediço areal de lembranças. Em um instante voltou a ser o jovem tímido que amara aquela mulher com o desespero do primeiro amor. Naquele tempo ela ostentava uma pele de porcelana e uma indomável cabeleira ruiva; agora, tinha mais rugas do que um pergaminho, e com aqueles cabelos grisalhos, cortados a golpes de tesoura, sua cabeça mais parecia um escovão.

— Kate! Você não mudou nada, garota — murmurou ele, emocionado. — Eu a reconheceria no meio de qualquer multidão.

— Não minta, seu velhote descarado — replicou ela sorrindo lisonjeada, apesar de tudo, e largando a mochila, que caiu no piso como se fosse um saco de batatas.

— Veio dizer que se enganou? — disse o joalheiro, brincando. — Veio pedir perdão por me ter deixado com o coração partido, não é?

— Claro que me enganei, Isaac. Nunca tive vocação para ser casada. Meu casamento com Joseph durou pouquíssimo, mas pelo menos tivemos um filho, John. Agora tenho três netos.

— Soube que Joseph morreu. Lamento, sinceramente. Sempre me enciumou e não o perdoei por me ter tomado a namorada, mas ainda assim comprava todos os discos dele. Tenho a coleção completa de seus concertos. Era um gênio — disse o joalheiro, oferecendo um assento a Kate e acomodando-se ao seu lado. — Então agora está viúva — acrescentou, observando-a com ternura.

— Não se iluda, não vim para ser consolada — disse Kate. — Também não vim comprar joias. Não fazem o meu estilo.

— Dá para notar — replicou Isaac Rosenblat, observando com o canto do olho as calças amassadas, as botas de combate e a mochila de viagem no chão.

— Quero te mostrar uns pedaços de vidro — disse ela, pegando as pedras no bolso do casaco.

Entrando pela janela, a luz da manhã caiu em cheio sobre os objetos que a mulher sustentava na palma das mãos. Um brilho indescritível cegou momentaneamente Isaac Rosenblat, sobressaltando-lhe o coração. Ele vinha de uma família de joalheiros. Pelas mãos de seu avô haviam passado pedras preciosas encontradas nas tumbas de faraós; das mãos de seu pai haviam saído diademas usados por imperatrizes; suas próprias mãos haviam trabalhado com rubis e esmeraldas pertencentes à família imperial russa, assassinada no curso da revolução bolchevique. Ninguém entendia mais de joias do que ele, e pouquíssimas pedras conseguiam emocioná-lo; mas aquilo que acabava de aparecer diante de seus olhos era algo tão prodigioso que o estonteava. Sem dizer palavra, pegou os ovos, levou-os para seu escritório e, iluminando-os, examinou-os com uma lupa. Quando comprovou que sua primeira impressão estava certa, deu um suspiro profundo, tirou um lenço branco do bolso e enxugou o suor da fronte.

— Onde você roubou isto, garota? — perguntou com a voz trêmula.

— Vêm de um lugar distante, chamado Cidade das Feras.

— Está querendo zombar de mim?

— Juro que não. Têm algum valor, Isaac?

— Têm, sim. Digamos que com eles você pode comprar um pequeno país — murmurou o joalheiro.

— Tem certeza?

— São os maiores e mais perfeitos diamantes que já vi. Onde estavam? É impossível que um tesouro como este haja passado despercebido. Conheço todas as pedras importantes que existem no mundo, mas nunca tinha ouvido falar destas, Kate.

— Peça que nos tragam café e uma dose de vodca, Isaac — disse Kate Cold. — Agora relaxe que vou contar uma história interessante.

Assim, o bom Isaac inteirou-se da existência de uma adolescente brasileira que havia chegado ao topo de uma montanha no Alto Orinoco, guiada por um sonho e um feiticeiro nu, e lá encontrara as pedras em um ninho de águias. Kate contou como a menina havia entregado aquela fortuna a Alexander, seu neto, recomendando-lhe que só a usasse para ajudar uma certa tribo de indígenas, o povo da neblina, que ainda vivia na Idade da Pedra.

Isaac Rosenblat escutou educadamente, mas sem acreditar em uma só palavra daquela história desarrazoada. Nem o mais rematado tolo conseguiria crer em tais fantasias, concluiu. Sua ex-noiva certamente envolvera-se em algum negócio muito escuso ou então havia descoberto uma fabulosa mina. Sabia que Kate jamais confessaria. Bem, ela estava em seu direito, suspirou outra vez.

— Estou vendo que você não acredita em mim, Isaac — murmurou a extravagante escritora, que em seguida tomou outro gole de vodca a fim de aplacar um acesso de tosse.

— Suponho que concorde comigo que sua história não é nada comum, Kate.

— E ainda não lhe disse uma palavra sobre as Feras, uns gigantes peludos e feios que...

— Basta, Kate — interrompeu-a o joalheiro, extenuado. — Acho que não necessito de mais detalhes.

— O meu dever é transformar essas pedras em capital para uma Fundação. Prometi a meu neto que seriam usadas para proteger o povo da neblina, que é como são chamados os indígenas invisíveis e...

— Invisíveis?

— Não, Isaac, eles não são propriamente invisíveis, mas parecem. É como um truque de mágica. Nádia Santos diz que...

— Quem é Nádia Santos?

— A menina que encontrou os diamantes, já lhe disse isso. E então, Isaac, você vai me ajudar?

— Posso ajudar, Kate, desde que não haja nada ilegal.

E foi assim que o honrado Isaac Rosenblat se tornou guardião das três maravilhosas pedras; que se encarregou de transformá-las em dinheiro vivo; que investiu sabiamente o capital; que assessorou Kate Cold quando chegou a hora de criar a Fundação Diamante. Aconselhou-a a nomear para a presidência o antropólogo Ludovic Leblanc, mas manter em suas próprias mãos o controle do dinheiro. E foi assim, ainda, que reatou a amizade com ela, adormecida havia quarenta anos.

— Sabe, Kate, eu também sou viúvo — confessou naquela mesma noite, quando saíram juntos para jantar.

— Espero que não tenha intenção de me fazer uma declaração de amor, Isaac. Há muito tempo que deixei de lavar as cuecas de um marido e não penso em fazer isso novamente — disse, rindo, a escritora.

Brindaram aos diamantes.

Alguns meses mais tarde, Kate estava diante de seu computador, o corpo magro vestido apenas com uma camiseta esburacada, que chegava ao meio da coxa e deixava à vista os joelhos nodosos, as pernas cruzadas por veias e marcadas por cicatrizes, os pés firmes de caminhante. Acima de sua cabeça giravam, com um ruído de varejeiras, as pás de um ventilador que não chegava a abrandar o calor sufocante de Nova York no verão. Fazia já muito tempo — dezesseis, dezessete anos — que a escritora pensava na possibilidade de instalar um aparelho de ar condicionado em seu apartamento, mas ainda não havia encontrado a ocasião para tratar disso. O suor empapava-lhe o cabelo e descia-lhe pelas costas, enquanto seus dedos batiam furiosamente no teclado. Sabia que bastava roçar os dedos nas teclas, mas, não podendo mais se libertar do hábito, malhava-as sem piedade, como antes fazia com sua antiquada máquina de escrever.

De um lado do computador havia uma jarra de chá gelado com vodca, mistura explosiva de cuja invenção se orgulhava. Do outro lado, seu cachimbo de marinheiro descansava, apagado. Resignara-se a fumar menos, pois a tosse não a deixava em paz, mas, a título de companhia, mantinha o cachimbo com o forno sempre cheio: o aroma do tabaco reconfortava-lhe a alma. "Aos sessenta e cinco anos, não são muitos os vícios que uma bruxa como eu pode se permitir", pensava. Não se dispunha a renunciar a nenhum de seus vícios, mas se não parasse de fumar, seus pulmões estourariam.

Nos últimos seis meses Kate dedicara-se a erguer a Fundação Diamante, que havia criado juntamente com o famoso antropólogo Ludovic Leblanc, a quem, diga-se de passagem, considerava um inimigo. Detestava aquele tipo de trabalho, mas, se não o fizesse, seu neto Alexander jamais a perdoaria. "Sou uma pessoa de ação, uma repórter de viagens e aventuras, não uma burocrata", suspirava, entre um gole e outro de chá batizado com vodca.

Além de cuidar do assunto Fundação, tivera de voar duas vezes para Caracas, a fim de depor perante a justiça contra Mauro Carías e a Dra. Omayra Torres, responsáveis pela morte de centenas de indígenas infectados pela varíola. Mauro Carías não comparecia às audiências, era agora um vegetal em uma clínica privada. Melhor seria se a cacetada recebida dos indígenas o houvesse mandado de vez para o outro mundo.

As coisas estavam se complicando para Kate Cold, porque a revista *International Geographic* a encarregara de escrever uma reportagem sobre o Reino do Dragão de Ouro. Não era conveniente adiar ainda mais a viagem, pois a revista podia encomendá-la a outro repórter, mas antes de partir tinha de se curar da tosse. O pequeno Reino estava incrustado entre os picos do Himalaia, onde o clima era muito traiçoeiro; a temperatura podia variar trinta graus em poucas horas. Claro, a ideia de consultar um médico não lhe passava pela mente. Jamais procurara um em toda sua vida, e não era agora que iria começar; tinha uma péssima opinião sobre os profissionais que ganham por hora. Ela cobrava por palavra. Parecia-lhe óbvio que não convinha a médico nenhum a cura do paciente; por isso, preferia remédios caseiros. Acreditava em uma casca de árvore trazida da Amazônia que deveria deixar seus pulmões novos em folha. Um centenário xamã de nome Walimai havia garantido que a casca da tal árvore servia para as enfermidades do nariz e da boca. Pulverizou-a com o liquidificador e, para dissimular o sabor amargo, adicionou-a ao seu chá com vodca, que bebia da manhã à noite, com determinação. O remédio ainda não dera resultado, explicava naquele momento ao professor Ludovic Leblanc, através do correio eletrônico.

Nada fazia Cold e Leblanc tão felizes quanto se odiar mutuamente, e não perdiam oportunidade de demonstrá-lo. Pretextos não lhes faltavam, pois estavam inevitavelmente unidos pela Fundação Diamante, cujo presidente era ele, enquanto ela mantinha as rédeas do dinheiro. O trabalho comum para a Fundação obrigava-os a comunicar-se quase todos os dias, e o faziam por intermédio do computador, para não terem de escutar a voz do outro ao telefone. Procuravam se encontrar o mínimo possível.

A Fundação Diamante fora criada para proteger as tribos da Amazônia em geral e o povo da neblina em particular, como havia exigido Alexander. O professor Ludovic Leblanc estava escrevendo um "tijolo" acadêmico sobre a tribo e também sobre seu próprio papel naquela aventura, embora os indígenas tivessem sido milagrosamente salvos do genocídio por Alexander Cold e sua amiga brasileira Nádia Santos, e não por Leblanc. Quando recordava aquelas semanas na selva, Kate não podia evitar um sorriso. Ao partirem em viagem para a Amazônia, seu neto era um garotinho mimado; na volta, pouco mais tarde, tornara-se um homem. Era justo reconhecer que Alexander — o Jaguar, como agora tinha colocado na cabeça que devia chamá-lo —, portara-se valentemente. Sentia orgulho do neto. Era graças a Alex e Nádia que a Fundação existia. Sem ele, o projeto continuaria no papel. Eles o haviam financiado.

No começo, o professor queria que a organização se chamasse Fundação Ludovic Leblanc, pois estava certo de que seu nome atrairia a imprensa e os possíveis benfeitores, mas Kate não lhe permitira nem mesmo que terminasse a frase.

— Leblanc, você terá de passar por cima do meu cadáver antes de pôr em seu nome o capital levantado por meu neto — ela o havia interrompido.

O antropólogo tivera de resignar-se, porque era com ela que estavam os três fabulosos diamantes da Amazônia. Como o joalheiro Rosenblat, Ludovic Leblanc não acreditava em uma só palavra da história contada por Kate sobre aquelas pedras extraordinárias. Diamantes em um ninho de águia? Ora! Suspeitava que o guia César Santos, pai de Nádia, tinha acesso a uma jazida secreta, em plena selva, da qual a menina havia retirado as pedras. Acalentava a ideia de voltar à Amazônia e convencer o guia a dividir as riquezas com ele. Era um sonho disparatado, pois estava envelhecendo, sentia dores nas articulações e não tinha energia para viajar a lugares onde não houvesse ar-condicionado. Sem esquecer que estava inteiramente dedicado a escrever sua obra-prima.

Parecia-lhe impossível concentrar-se em tão importante missão vivendo do pequeno salário de professor. Seu escritório era uma caverna insalubre, em um edifício decrépito, num quarto andar sem elevador, uma vergonha. Se Kate Cold fosse mais liberal com o orçamento... Que mulher mais desagradável!, pensava o antropólogo. Era impossível discutir qualquer coisa com ela. O presidente da Fundação Diamante devia trabalhar com estilo. Necessitava de uma secretária e de um escritório decente; mas a avarenta não soltava um centavo sequer além do estritamente necessário às tribos. Naquele momento, os dois estavam justamente discutindo, pelo correio eletrônico, a aquisição de um carro, que a ele parecia indispensável. Andando de metrô, explicava Leblanc, perdia um tempo precioso que deveria ser dedicado à defesa dos indígenas e das florestas. Na tela do monitor de Kate formavam-se as frases do antropólogo: "Não peço nada especial, Cold, não se trata de uma limusine com motorista, mas de um pequeno conversível."

O telefone soou, mas a escritora fez de conta que não o ouvira, pois não desejava perder o fio dos contundentes argumentos com os quais planejava atormentar Leblanc; mas o aparelho continuou a soar, até tirá-la do sério. Furiosa, ergueu o fone com um movimento brusco, resmungando contra o atrevido que vinha interromper seu trabalho intelectual.

— Oi, vovó! — saudou alegremente a voz de seu neto mais velho, diretamente da Califórnia.

— Alexander! — exclamou, feliz por ouvi-lo. Mas em seguida controlou-se; do contrário, o neto suspeitaria que sentia sua falta. — Já disse mil vezes para você não me chamar de vovó!

— Também já te pedi que me chame de Jaguar — replicou o garoto, imperturbável.

— De jaguar você não tem nem um fio de bigode. Não passa de um gato arrepiado.

— Em troca, você é a mãe do meu pai. Legalmente posso chamá-la de avó.

— Recebeu meu presente? — interrompeu ela.

— Maravilhoso, Kate!

E realmente era. Alexander acabava de completar dezesseis anos, e os Correios lhe entregaram uma enorme caixa, procedente de Nova York, com o presente de sua avó. Assim, Kate Cold havia se separado de uma de suas mais preciosas posses: a pele de uma píton com vários metros de comprimento, a mesma que, muitos anos antes, na Malásia, havia engolido sua máquina fotográfica. Agora o troféu estava pendurado, como adorno único, no quarto de Alexander. Meses antes, angustiado pela doença da mãe, ele havia destroçado os móveis que ali existiam. Tinham restado o colchão meio destripado, no qual dormia, e a luminária que usava para ler à noite.

— Como vão suas irmãs?

— Andréa não entra no meu quarto, porque tem horror à pele da cobra. Já Nicole aceita ser minha escrava desde que eu a deixe tocar nela. Me ofereceu tudo que possui em troca da píton, mas eu jamais vou dá-la a quem quer que seja.

— Assim espero. E como está sua mãe?

— Bem melhor. Basta dizer que já voltou aos pincéis e às telas. Sabe? O xamã Walimai me disse que tenho o poder de curar e que devo usá-lo com cuidado. Por isso acho que não vou ser músico, como havia pensado, mas médico. O que lhe parece? — perguntou Alex.

— Ou muito me engano, ou você está imaginando que curou sua mãe. — A avó riu.

— Não fui eu que a curei; foram a água da saúde e as plantas medicinais que eu trouxe da Amazônia.

— E também a quimioterapia e as radiações — ela o interrompeu.

— Nunca saberemos o que realmente a curou, Kate. Outros pacientes que receberam o mesmo tratamento, no mesmo hospital, estão mortos. Já minha mãe está em plena recuperação. Essa doença é muito traiçoeira e pode voltar a qualquer momento, mas eu acho que a água maravilhosa e as plantas do xamã Walimai poderão mantê-la com saúde.

— Teve muito trabalho para consegui-las — comentou Kate.

— Quase perdi a vida…

— Isso não seria nada. O ruim foi ter perdido a flauta de seu avô — cortou ela.

— Sua consideração pelo meu bem-estar é comovente, Kate — disse ele em tom de zombaria.

— Bem, já basta! O mal não tem mais remédio. Acho que devo perguntar pela sua família.

— É sua também, e me parece que você não tem outra. Se lhe interessa, a normalidade pouco a pouco está voltando à família. Na cabeça da minha mãe está nascendo uma cabeleira crespa e meio grisalha. Ela se achava mais bonita de cabeça pelada — informou o neto.

— Fico alegre por saber que Lisa está sarando. Gosto dela, é boa pintora — admitiu Kate Cold.

— E boa mãe.

Houve uma pausa de vários segundos, até Alexander adquirir coragem para expor o motivo da chamada. Explicou que havia economizado algum dinheiro, pois durante o semestre tinha dado aulas de música e trabalhado como garçom em uma pizzaria. O propósito inicial era repor o que havia quebrado em seu quarto, mas àquela altura já mudara de ideia.

— Não tenho tempo para saber dos seus planos financeiros. Vamos direto ao assunto — intimou a avó. — O que está querendo?

— A partir de amanhã estarei de férias.

— E daí?

— Pensei que, se eu pagasse a minha passagem, talvez pudesse me levar com você em sua próxima viagem. Me disse que vai ao Himalaia, não?

Outro silêncio glacial acolheu a pergunta. Kate Cold estava fazendo um enorme esforço para controlar a satisfação que a embargava: tudo ia saindo de acordo com seus planos. Se o houvesse convidado, Alex teria alinhado uma série de inconvenientes, como fizera no caso da viagem à Amazônia, mas agora a iniciativa partia dele. Estava tão certa de que Alexander iria com ela que até lhe havia preparado uma surpresa.

— Você ainda está aí, Kate? — perguntou Alex timidamente.

— Claro. Onde poderia estar?

— Pode, pelo menos, pensar no assunto?

— Ora! Eu achava que os jovens estivessem ocupados em fumar maconha e procurar namoradas na internet… — comentou ela entre dentes.

— Isso acontece um pouco mais tarde, Kate. Tenho só dezesseis anos e não ganho o suficiente nem para um encontro virtual — disse Alexander, rindo. E acrescentou: — Já provei que sou um bom companheiro de viagem, não? Garanto que não criarei nenhum problema e poderei até lhe dar alguma ajuda. Você já não tem idade para andar sozinha…

— O quê? Seu abusado!

— Quero dizer… bem, posso carregar a sua bagagem, por exemplo. Também posso fotografar.

— Acha que a *International Geographic* publicaria suas fotos? Os fotógrafos serão os mesmos que foram conosco à Amazônia: Timothy Bruce e Joel González.

— González está curado?

— Das costelas quebradas, sim. Mas ainda anda assustado. Timothy Bruce cuida dele como se fosse a mãe.

— Eu também poderei cuidar de você como se fosse sua mãe, Kate. No Himalaia você poderá ser pisoteada por uma manada de iaques. Sem falar que há pouco oxigênio, e você poderá até ter um ataque do coração — disse o neto.

— Não penso em dar a Leblanc o gosto de morrer antes dele — murmurou Kate entre dentes. — Mas vejo que você já sabe alguma coisa sobre aquela região.

— Nem imagina quanto já li a respeito. Posso ir com você? Por favor!

— Está bem, mas não vou esperar nem um minuto. A gente se encontra no aeroporto John F. Kennedy, quinta-feira próxima. Teremos de embarcar às nove da noite para Londres e de lá para Nova Délhi. Entendeu?

— Prometo que estarei lá na hora certa!

— Traga roupa de frio. Quanto mais alto subirmos, mais frio será. Vai ter oportunidade de fazer montanhismo. É bom trazer também o equipamento de escalar.

— Obrigado, obrigado, vovó! — exclamou Alex, emocionado.

— Se me chamar outra vez de vovó, não levarei você a lugar nenhum! — replicou Kate, desligando o telefone e rindo seu riso de hiena.

O COLECIONADOR

A trinta quadras do minúsculo apartamento de Kate Cold, no andar mais alto de um arranha-céu em pleno coração de Manhattan, o segundo homem mais rico do mundo, que havia feito fortuna roubando as ideias de seus subalternos e sócios na indústria da computação, falava ao telefone com alguém de Hong Kong. Os dois jamais haviam se encontrado e nunca se encontrariam.

O multibilionário referia-se a si mesmo como o Colecionador, e o homem de Hong Kong era simplesmente o Especialista. O primeiro não conhecia a identidade do segundo. Entre outras medidas de segurança, ambos haviam instalado no telefone um dispositivo para distorcer a voz e outro que impedia o rastreio do número. Aquela conversa não ficaria registrada em lugar nenhum; nem mesmo o FBI, que dispunha dos mais sofisticados sistemas de espionagem do mundo, poderia averiguar em que consistia a transação secreta daquela dupla.

Pelo preço certo, o Especialista conseguia qualquer coisa. Podia assassinar o presidente da Colômbia, pôr uma bomba em um avião da Lufthansa, apoderar-se da coroa real da Inglaterra, sequestrar o Papa ou trocar o quadro da Mona Lisa no Museu do Louvre. Não necessitava promover seus serviços, pois trabalho era o que jamais lhe faltava; de fato, muitas vezes seus clientes tinham de esperar meses antes que chegasse a sua vez. A maneira de agir do Especialista era sempre a mesma: o cliente depositava em uma conta certa quantia de seis dígitos — não reembolsável — e aguardava com paciência a rigorosa verificação de seus dados pela organização criminosa.

Passado algum tempo, o cliente recebia a visita de um agente, em geral alguém de aspecto banal, talvez uma jovem estudante em busca de informação para uma tese, ou um padre, representante de uma instituição de beneficência. O agente o entrevistava, a fim de saber em que consistia a missão, e logo desaparecia. Nesse primeiro encontro não se mencionava o preço, pois estava entendido que se o cliente necessitava perguntar quanto custaria o serviço certamente não poderia pagá-lo. Mais tarde o negócio era fechado com um telefonema do Especialista em pessoa. Essa ligação podia vir de qualquer lugar do mundo.

O Colecionador tinha 42 anos. Era um homem de estatura mediana e aspecto comum; usava lentes grossas, tinha ombros caídos e uma calvície precoce, motivo pelo qual parecia mais velho. Vestia-se com desalinho, seus poucos fios de cabelo pareciam sempre engordurados, e tinha o mau hábito de enfiar o dedo no nariz quando estava concentrado em seus pensamentos, o que ocorria quase o tempo todo. Fora um menino solitário, complexado e enfermiço; não fazia amigos, e, por ser tão brilhante, a escola o aborrecia. Seus companheiros o detestavam, pois conseguia as melhores notas sem fazer o menor esforço; seus professores também não o engoliam, porque era pedante e sempre sabia mais do que eles. Começara a carreira aos quinze anos, produzindo computadores na garagem da casa do pai. Aos 23 já era milionário e, graças à sua inteligência e absoluta falta de escrúpulos, aos trinta havia mais dinheiro em suas contas pessoais do que no orçamento geral das Nações Unidas.

Quando menino, havia colecionado selos e moedas, como quase todo mundo; na juventude, colecionara carros de corrida, castelos medievais, campos de golfe, bancos e vencedoras de concursos mundiais de beleza; agora, no começo da maturidade, havia iniciado uma coleção de "objetos raros". Tais objetos eram mantidos sob criptas blindadas, distribuídas pelos cinco continentes, para que, em caso de cataclismo, sua preciosa coleção não se perdesse por inteiro. Essa disposição tinha um inconveniente: ele não podia passear entre seus tesouros, desfrutá-los de uma só vez; para vê-los, tinha de se deslocar em seu jato de um lugar para outro, mas, de fato, não necessitava fazer isso com frequência. Bastava-lhe saber que existiam, estavam a salvo e eram seus. Não o motivava um sentimento de amor artístico por aquele butim, senão a pura e simples ambição.

Entre outras coisas de valor inestimável, o Colecionador possuía o mais antigo manuscrito da humanidade, a verdadeira máscara fúnebre de Tutancâmon (a do museu é uma cópia), o cérebro de Einstein, cortado em pedacinhos que flutuam em formol, os textos originais de Averróis, escritos de próprio punho, uma bomba nuclear, a espada de Carlos Magno, o diário secreto de Napoleão Bonaparte, vários ossos de Santa Cecília e a fórmula da Coca-Cola.

Agora o multibilionário pretendia adquirir um dos mais raros tesouros do mundo, cuja existência pouquíssimos conheciam e ao qual apenas uma pessoa tinha acesso. Tratava-se de um dragão de ouro, incrustado de pedras preciosas, que nos últimos mil e oitocentos anos só fora visto pelos monarcas de um pequeno reino independente situado em montanhas e vales do Himalaia. O dragão estava envolto em mistério e protegido por um feitiço, além de antigas e complexas medidas de segurança. Não era mencionado em nenhum livro ou guia de turismo; mas muita gente ouvira falar dele, e no Museu Britânico havia uma descrição sua. Dele também existia um desenho feito em antigo pergaminho, descoberto por um general em um mosteiro, quando a China invadira o Tibete. Aquela brutal ocupação levara mais de um milhão de tibetanos a fugir para a Índia e o Nepal, entre os quais o Dalai-Lama, a mais alta figura espiritual do budismo.

Antes de 1950, o príncipe herdeiro do Reino do Dragão de Ouro recebera educação especial, dos seis aos vinte anos de idade, naquele mosteiro tibetano. Ali estavam guardados, havia séculos, os pergaminhos nos quais se encontravam descritas as propriedades daquele objeto e sua forma de uso, que devia ser estudada pelo príncipe. Segundo a lenda, não se tratava apenas de uma estátua, mas de um prodigioso artefato de adivinhação, que só o rei, devidamente coroado, podia usar para resolver os problemas de seu reino. O dragão podia prognosticar desde as variações climáticas, que determinam a qualidade das colheitas, até as intenções bélicas dos países vizinhos. Graças a essa misteriosa fonte de informação e à sabedoria de seus governantes, aquele diminuto reino conseguira manter-se tranquilamente próspero e ferozmente livre.

Para o Colecionador, era irrelevante o fato de a estátua ser de ouro, pois dispunha de quanto ouro desejasse. Interessavam-lhe somente as propriedades mágicas do dragão. Tinha pago uma fortuna ao general chinês pelo pergaminho roubado; em seguida mandara traduzi-lo, pois sabia que a estátua de nada lhe serviria sem as instruções de uso. Os olhinhos de rato do multibilionário brilhavam atrás das grossas lentes ao pensar que, quando tivesse em mãos aquele objeto, poderia controlar a economia mundial. Conheceria as variações do mercado financeiro antes que estas ocorressem; assim, poderia passar à frente dos competidores e multiplicar seus bilhões. Incomodava-o muitíssimo o fato de ser apenas o segundo homem mais rico do mundo.

O Colecionador inteirou-se de que durante a invasão chinesa, quando o mosteiro fora destruído e vários de seus monges assassinados, o príncipe herdeiro do Reino do Dragão de Ouro lograra escapar por estreitos desfiladeiros, disfarçado de camponês, até alcançar o Nepal, e dali, sempre incógnito, havia se dirigido ao seu país.

Os lamas tibetanos não tinham conseguido terminar a formação do jovem, mas seu pai, o Rei, continuara pessoalmente a educá-lo. Não pôde, contudo, transmitir-lhe os excelentes conhecimentos de práticas mentais e espirituais que ele mesmo havia recebido. Quando os chineses atacaram o mosteiro, os monges ainda não tinham aberto o olho na testa do príncipe, que o capacitaria a ver a aura das pessoas e assim determinar o caráter e as intenções de cada uma. Também não fora treinado na arte da telepatia, com a qual poderia ler pensamentos. Nada disso o pai pudera transmitir-lhe; de qualquer modo, após sua morte o príncipe fora capaz de ocupar o trono com dignidade. Conhecia profundamente os ensinamentos de Buda e, no momento oportuno, provou que possuía as qualidades necessárias para governar: senso prático para fazer justiça e espiritualidade para não se deixar corromper pelo poder.

O pai de Dil Bahadur acabara de fazer vinte anos quando subiu ao trono, e muitos haviam pensado que não seria capaz de governar como outros monarcas da nação; mas, desde o início, o novo rei dera mostras de maturidade e sabedoria. O Colecionador descobrira que o monarca estava no trono havia mais de quarenta anos e que seu governo se caracterizava pela paz e o bem-estar.

O soberano do Reino do Dragão de Ouro repelia as influências estrangeiras, sobretudo as do Ocidente, cuja cultura considerava materialista e decadente, muito perigosa para os valores que sempre haviam imperado em seu país. A religião oficial do Estado era o budismo, e ele se dedicava a manter as coisas como eram. Cada ano mandava realizar uma pesquisa com o objetivo de medir o índice de felicidade nacional. A felicidade não consistia na ausência de problemas, que na maior parte são inevitáveis, mas na atitude compassiva e espiritual de seus habitantes. O governo desencorajava o turismo e só admitia, por ano, um número muito reduzido de qualificados visitantes. Por isso, as empresas de turismo referiam-se ao país como o Reino Proibido.

A televisão, instalada em data recente, transmitia durante poucas horas diárias e somente aqueles programas que o rei considerava inofensivos, como esportes, ciência e desenhos animados. O traje nacional era obrigatório; a roupa ocidental, proibida em lugares públicos. Tais roupas tinham sido objeto de uma veemente petição de estudantes da universidade, que adoravam os tênis esportivos e os caubóis americanos; mas nesse ponto, como em muitos outros, o rei se mantinha inflexível. Para isso, contava com o apoio incondicional do restante da população, que se mostrava orgulhosa de suas tradições e não sentia interesse pelos costumes estrangeiros.

O Colecionador pouquíssimo sabia sobre o Reino do Dragão de Ouro, cujas riquezas históricas e geográficas não tinham nenhum valor para ele. Não pensava jamais em visitar o país. De resto, não era problema seu apoderar-se da estátua mágica, pois para isso pagaria uma fortuna ao Especialista. Se aquele objeto podia predizer o futuro, como lhe haviam assegurado, ele poderia realizar seu último sonho: tornar-se o homem mais rico do mundo, o número um.

A voz distorcida de seu interlocutor em Hong Kong confirmou que a operação estava em marcha e podia esperar resultados dentro de três ou quatro semanas. Embora o cliente não perguntasse, o Especialista tratou de informar o preço de seus serviços. Era tão absurdamente alto que o Colecionador deu um salto da cadeira.

— E se você falhar? — quis saber o segundo homem mais rico do mundo, logo se acalmando ao observar atentamente a substância amarela que seu dedo indicador acabava de extrair do nariz.

— Eu não falho — respondeu laconicamente o Especialista.

Nem o Especialista nem seu cliente imaginavam que, naquele mesmo momento, Dil Bahadur, filho mais jovem do monarca do Reino do Dragão de Ouro e o escolhido para sucedê-lo no trono, estava com o mestre em sua "casa" na montanha. Tratava-se de uma gruta, cujo acesso era dissimulado por um biombo natural de rochas e arbustos, situada em uma espécie de terraço na encosta da montanha. O lugar fora escolhido pelo monge porque era praticamente inacessível por três de seus lados e porque ninguém que não o conhecesse poderia descobri-lo.

Tensing tinha vivido naquela caverna, como ermitão, durante vários anos de solidão e silêncio, interrompidos quando o rei e a rainha do Reino Proibido lhe entregaram o filho para que se encarregasse de sua formação. O menino permaneceria com ele até os vinte anos. Nesse lapso de tempo, o lama deveria transformá-lo em um governante perfeito, o que teria de ser alcançado mediante um treinamento rigoroso, ao qual poucas criaturas humanas resistiriam. Mas todo o treino do mundo não levaria aos resultados previstos se Dil Bahadur não tivesse uma inteligência superior e um coração irrepreensível. Tensing sentia-se feliz, porque o discípulo dera demonstrações de sobra de possuir esses dois atributos.

O príncipe havia permanecido com o monge durante doze anos, dormindo sobre pedras, cobrindo-se com uma pele de iaque, alimentando-se com uma dieta estritamente vegetariana, dedicando-se por inteiro à prática religiosa, ao estudo e ao exercício físico. Era feliz. Não trocaria sua vida por nenhuma outra, e via com pesar aproximar-se o dia de reintegrar-se ao mundo.

Contudo, ainda recordava muito bem o sentimento de terror e solidão quando, aos seis anos, se vira, em uma caverna na montanha, ao lado de um desconhecido de estatura gigantesca, que o deixou chorar durante três dias sem fazer nada para consolá-lo, até não lhe restarem mais lágrimas por derramar. Não voltara a chorar. A partir de então o gigante tomara o lugar de sua mãe, seu pai e do resto de sua família, transformando-se em seu melhor amigo, seu mestre, seu instrutor de *tao chu*, seu guia espiritual. Com ele aprendera tudo que sabia.

Tensing o conduzira passo a passo no caminho do budismo, ensinara-lhe história e filosofia, dera-lhe a conhecer a natureza, os animais e o poder curativo das plantas, desenvolvera-lhe a intuição e a imaginação, adestrara-o para a guerra, ao mesmo tempo que lhe fazia entender o valor da paz. Iniciara-o nos segredos dos lamas e o ajudara a encontrar o equilíbrio mental e físico de que necessitaria para governar. Um dos exercícios que o príncipe devia fazer consistia em disparar seu arco equilibrando-se na ponta dos pés, com ovos sob os calcanhares, ou de cócoras com ovos na parte de trás dos joelhos.

— Para lançar corretamente uma flecha, Dil Bahadur, não se requer apenas boa pontaria; você também necessita de força, estabilidade e controle de todos os músculos — repetia o lama com paciência.

— Talvez fosse melhor comermos esses ovos, honorável mestre — suspirava o príncipe quando os esmagava em seus exercícios.

A prática espiritual era ainda mais intensa. Aos dez anos, o garoto já se tornara capaz de entrar em transe e elevar-se a um plano superior de consciência; aos onze, podia comunicar-se telepaticamente e mover objetos sem tocar neles; aos treze, fazia viagens astrais. Quando completou quatorze, o mestre abriu um orifício em sua testa para que pudesse ver a aura. A operação consistira em perfurar o osso, o que resultou em uma cicatriz circular do tamanho de uma ervilha.

— De toda matéria orgânica irradia-se energia ou aura, um halo de luz invisível ao olho humano, salvo o de certas pessoas com poderes psíquicos — explicou Tensing. — Muitas coisas podem ser averiguadas por meio da cor e da forma da aura.

Durante três verões consecutivos, o lama viajou com o menino por várias cidades da Índia, do Nepal e do Butão, para que exercitasse a leitura da aura de animais e pessoas com as quais se encontravam; mas nunca o levou aos belos vales nem aos terraços existentes nas encostas das montanhas de seu próprio país, o Reino Proibido, ao qual só regressaria quando fosse concluída sua educação.

Dil Bahadur aprendeu a usar com tal precisão o olho criado em sua testa que, aos dezoito anos, podia distinguir, pela aura, as propriedades medicinais de uma planta, a ferocidade de um animal ou o estado emocional de uma pessoa.

Faltavam apenas dois anos para que o jovem completasse vinte, e assim o mestre desse por terminada sua tarefa. Quando isso acontecesse, Dil Bahadur regressaria pela primeira vez ao seio de sua família e em seguida iria estudar na Europa, pois no mundo moderno havia muitos conhecimentos que Tensing não tinha para lhe dar, mas eram indispensáveis ao governo da nação.

Tensing dedicava-se inteiramente à formação do príncipe para que fosse um bom rei e para que pudesse decifrar as mensagens do Dragão de Ouro, sem suspeitar que em Nova York havia um homem ambicioso que planejava roubá-lo. Os estudos eram tão intensos e complicados, que às vezes o aluno perdia a paciência; mas Tensing, inflexível, o obrigava a trabalhar, até que ambos fossem vencidos pela fadiga.

— Mestre, não quero ser rei — disse um dia Bahadur.

— Talvez meu aluno prefira renunciar ao trono, a fim de não estudar suas lições. — Tensing sorriu.

— Desejo uma vida de meditação, mestre. Como poderei alcançar a iluminação rodeado pelas tentações do mundo?

— Nem todos podem ser eremitas, como eu. Seu carma é ser rei. Você terá de alcançar a iluminação fazendo algo mais difícil do que meditar. Deverá alcançá-la prestando serviço ao seu povo.

— Mestre, não desejo que nos separemos — disse o príncipe com voz embargada.

O lama fingiu não ver os olhos marejados do rapaz.

— Medo e desejo são ilusões, Dil Bahadur. Não são realidades. Você deve praticar o desprendimento.

— Devo me desprender também do afeto?

— O afeto é como a luz do meio-dia: não necessita da presença do outro para se manifestar. A separação entre as criaturas é também ilusória, pois tudo está unido no universo. Nossos espíritos estarão sempre juntos, Dil Bahadur — explicou o lama, comprovando, com certa surpresa, que ele mesmo não era impermeável à emoção, já que se contagiara com a tristeza do discípulo.

Tensing também via com pesar aproximar-se o momento em que deveria conduzir o príncipe de volta à sua família, ao mundo e ao trono do Reino do Dragão de Ouro, para o qual estava destinado.

A ÁGUIA E O JAGUAR

avião no qual Alexander Cold viajava aterrissou em Nova York às 17h45. Ainda não diminuíra nem um pouquinho o calor daquele dia de junho. O garoto se lembrou, bem-humorado, de sua primeira viagem sozinho à cidade, quando, depois de se afastar apenas alguns passos do aeroporto, uma garota de aspecto inofensivo roubara tudo que trazia. Como era mesmo o nome dela? Quase o havia esquecido... Morgana! Nome de feiticeira medieval. Parecia-lhe que desde então haviam transcorrido anos, embora na verdade tivessem passado apenas seis meses. Sentia-se outra pessoa: havia crescido, adquirira mais autoconfiança e não voltara a sofrer ataques de raiva ou de desespero.

A crise familiar havia passado: sua mãe parecia salva do câncer, embora sempre existisse o receio de uma recaída. O pai tinha voltado a sorrir, e suas irmãs, Andréa e Nicole, começavam a amadurecer. Ele quase não brigava mais com elas; só o necessário para que não lhe montassem nas costas. O prestígio de Alex havia aumentado, de modo notável, em seu círculo de amizades; até a bela Cecilia Burns, que sempre o havia tratado como se fosse apenas um piolho, agora lhe pedia ajuda na hora de resolver problemas de matemática. Mais do que ajudá-la, Alex fazia os exercícios por inteiro; ela os copiava e passava facilmente nos exames. Para ele, o sorriso radiante da garota era a melhor recompensa. Cecilia Burns sacudia sua cabeleira refulgente e no mesmo instante as orelhas de Alex se avermelhavam.

Desde que voltara da Amazônia com metade da cabeça pelada, uma orgulhosa cicatriz e uma fieira de histórias inacreditáveis, tornara-se muito popular na escola; começava, no entanto, a sentir-se meio deslocado naquele ambiente. Seus amigos não o divertiam como antes. A aventura havia despertado sua curiosidade; a cidadezinha onde crescera não era mais que um ponto quase invisível no mapa do norte da Califórnia, onde parecia se afogar; queria escapar daqueles confins e explorar a imensidão do mundo.

O professor de geografia sugeriu que contasse suas aventuras à turma. Alex levou sua zarabatana para a sala de aula, mas sem os dardos envenenados com *curare*, pois não queria provocar um acidente; levou também suas fotos nadando com um boto no Rio Negro, agarrando um jacaré com as mãos nuas, devorando carne assada em um espeto. Quando explicou que a carne era um pedaço de jiboia, a maior cobra aquática que se conhece, o estupor dos companheiros cresceu até alcançar a incredulidade. E ele nem chegou a contar o mais interessante: sua viagem ao território do povo da neblina, onde havia encontrado prodigiosas criaturas pré-históricas. Também não lhes falou de Walimai, o velho bruxo que o ajudara a recolher a água da saúde, destinada à sua mãe, pois pensariam que enlouquecera. Tudo estava cuidadosamente anotado em seu diário, porque pensava em escrever um livro. Até o título já existia. Seu livro se chamaria *A Cidade das Feras*.

Jamais mencionava Nádia Santos, a Águia, como a chamava. Sua família sabia que deixara uma amiga na Amazônia, mas apenas Lisa, sua mãe, adivinhava a profundidade daquela relação. Para ele, a Águia era mais importante que todos os amigos da escola, inclusive Cecilia Burns. Não pensava em expor a lembrança de Nádia à curiosidade daquele grupo de garotinhos ignorantes; eles não acreditariam que a garota podia falar com os animais e que havia descoberto três fabulosos diamantes, os maiores e mais valiosos do mundo. E pensava menos ainda em contar que ela havia aprendido a arte de se tornar invisível. Ele mesmo comprovara como os indígenas desapareciam sempre que queriam, mimetizando-se, feito camaleões, com as cores e as texturas da floresta; era impossível vê-los a dois metros de distância, à luz do meio-dia. Várias vezes tentara fazer algo parecido, mas fora inútil; Nádia, ao contrário, fazia aquilo com a maior facilidade, como se ficar invisível fosse a coisa mais simples do mundo.

Jaguar escrevia à Águia quase todos os dias, às vezes apenas um ou dois parágrafos, às vezes mais. Acumulava as cartas em um envelope, que todas as sextas-feiras punha nos Correios. As cartas demoravam mais de um mês para chegar a Santa Maria da Chuva, na fronteira do Brasil com a Venezuela, mas ambos se resignavam a tais demoras. Ela vivia em um vilarejo isolado e primitivo, onde o único aparelho telefônico pertencia à polícia, e de correio eletrônico ninguém jamais ouvira falar.

Nádia respondia com notas curtas, escritas trabalhosamente, como se escrever fosse uma tarefa muito difícil para ela; mas bastavam umas poucas frases no papel para que Alexander a sentisse ao seu lado como uma presença real. Cada uma daquelas cartas levava à Califórnia um sopro da floresta, com seu rumor de água e seu concerto de pássaros e macacos. Às vezes parecia ao Jaguar que podia perceber claramente o cheiro e a umidade da floresta, que se estendesse a mão tocaria na amiga.

Em sua primeira carta ela o advertira de que devia "ler com o coração", assim como antes lhe ensinara a "escutar com o coração". Segundo Nádia, essa era a maneira de comunicar-se com os animais ou de entender um idioma desconhecido. Com um pouco de prática, Alexander Cold conseguiu fazer o que ela recomendava, e então descobriu que não necessitava de papel e tinta para se sentir em contato com a garota. Desde que estivesse só e em silêncio, bastava-lhe pensar na Águia para ouvi-la. Mesmo assim, gostava de escrever para ela. Era algo como manter um diário.

Quando a porta do avião foi aberta em Nova York e os passageiros puderam afinal estirar as pernas, depois de seis horas de imobilidade, Alexander saiu com a mochila na mão, acalorado e enrijecido, mas alegre pelo encontro que logo teria com a avó. Sua pele havia perdido o bronzeado e o cabelo havia crescido, escondendo-lhe a cicatriz no crânio. Lembrou-se de que na visita anterior Kate não viera recebê-lo no aeroporto e que se angustiara porque era a primeira vez que viajava sozinho. Pôs-se a rir, pensando em seu próprio susto naquela oportunidade. Desta vez sua avó tinha sido muito clara: deviam encontrar-se no aeroporto.

Assim que saiu do corredor e entrou no salão, viu Kate Cold. Não havia mudado: continuava com os mesmos cabelos desgrenhados, as mesmas lentes quebradas e seguras com fita adesiva, o mesmo casaco de mil bolsos, todos cheios de coisas, as mesmas bermudas que iam até os joelhos, revelando em seguida pernas delgadas e musculosas, com a pele rachada como casca de árvore. De inesperado, apenas sua expressão, que habitualmente era de fúria, e agora parecia alegre. Alexander vira-a sorrir pouquíssimas vezes, embora costumasse rir às gargalhadas, sempre nos momentos menos oportunos. Seu riso parecia um latido estrepitoso. Agora sorria mostrando algo parecido com ternura, embora fosse absolutamente improvável que fosse capaz desse sentimento.

— Oi, Kate! — saudou-a, um pouco assustado diante da possibilidade de que a avó estivesse de miolo mole.

— Você chegou meia hora atrasado — repreendeu ela, tossindo.

— Culpa minha — replicou ele, tranquilizado pelo tom de voz: era sua avó de sempre, o sorriso fora uma ilusão de ótica.

Alexander agarrou-a pelo braço, da maneira mais brusca possível, e plantou-lhe um sonoro beijo no rosto. Ela o afastou com um empurrão, limpou o beijo com uma palmada e em seguida o convidou a beber alguma coisa, pois ainda dispunham de duas horas antes do embarque para Londres e de lá para Nova Délhi. Alex a seguiu ao salão dos passageiros assíduos. Kate, que volta e meia estava em um avião, concedia-se ao menos o luxo de usar aquele serviço. Mostrou seu cartão de acesso e entraram. Então Alexander viu, a três metros de distância, a surpresa que a avó lhe havia preparado: Nádia Santos o esperava.

Alex deu um grito, soltou a mochila e abriu os braços em um gesto impulsivo, mas logo se conteve, envergonhado. Nádia também havia enrubescido; vacilou por uns instantes, sem saber como se comportar diante daquela pessoa que de repente lhe parecia um desconhecido. Não se lembrava dele tão alto; além disso, seu rosto também havia mudado; agora suas feições eram mais angulosas. Mas no final das contas a alegria falou mais alto que a surpresa, e ela correu para abraçar o amigo. Alexander comprovou que naqueles seis meses Nádia não havia crescido, continuava a mesma menina etérea, toda cor de mel, um arco com penas de papagaio prendendo o cabelo crespo.

Kate Cold fingia ler uma revista, exagerando na atenção; esperava que lhe servissem sua vodca, enquanto os dois jovens amigos, felizes por estarem novamente juntos depois de uma separação demasiado longa e por se encontrarem às portas de uma nova aventura, murmuravam seus nomes totêmicos: Jaguar, Águia.

A ideia de convidar Nádia para a viagem rondara meses a mente de Kate. Ela se mantinha em contato com César Santos, pai da garota, que fora escolhido supervisor dos programas da Fundação Diamante destinados a preservar a floresta nativa e as culturas indígenas da Amazônia. César Santos conhecia a região melhor do que ninguém, era o homem perfeito para aquela tarefa. Por ele, Kate fora informada de que a tribo do povo da neblina, chefiada pela pitoresca anciã Iyomi, vinha se mostrando capaz de adaptar-se às mudanças com grande rapidez. Iyomi havia decidido mandar quatro jovens — dois homens e duas mulheres — estudar na cidade de Manaus. Desejava que conhecessem os costumes dos *nahab* — como a tribo chamava quem não fosse indígena — para que um dia servissem de intermediários entre as duas culturas.

Enquanto o restante da tribo permanecia na floresta, vivendo da caça e da pesca, os quatro emissários aterrissavam, da maneira mais brusca, em pleno século XXI. Assim que se habituaram a usar roupa e conseguiram falar um mínimo de português, lançaram-se valentemente à conquista da "magia dos *nahab*", começando por dois formidáveis inventos: os fósforos e o ônibus. Em menos de seis meses tinham descoberto a existência dos computadores e, na opinião de César Santos, se mantivessem tal passo, em um dia não muito distante poderiam enfrentar de igual para igual aqueles temíveis advogados das corporações que exploravam a Amazônia. Como dizia Iyomi: "Há muitas classes de guerreiros."

Fazia meses que Kate Cold vinha pedindo a César Santos que deixasse a filha visitá-la. Argumentava que, assim como Iyomi tinha enviado os quatro jovens para estudar em Manaus, ele devia mandar Nádia a Nova York. A garota já estava em idade de sair de Santa Maria da Chuva e saber um pouco do mundo. Era bom viver em harmonia com a natureza e conhecer os costumes dos animais e dos indígenas, mas Nádia também devia receber uma educação formal; dois meses de férias em centros civilizados lhe fariam muito bem, a escritora assegurava. Secretamente, esperava que essa separação temporária servisse para tranquilizar César Santos e que em um futuro próximo talvez ele se decidisse a mandar a filha estudar nos Estados Unidos.

Era a primeira vez na vida que Kate se dispunha a encarregar-se de alguém. Não fizera isso nem com o próprio filho John, que, depois do divórcio de Kate, fora viver com o pai. O trabalho de jornalista, suas viagens, seus hábitos de velha rabugenta não ajudavam a fazer de seu caótico apartamento um lugar ideal para receber visitas. Mas Nádia era um caso especial. Parecia-lhe que, aos treze anos, aquela garota era muito mais sábia do que ela mesma aos 65. Estava certa de que Nádia tinha uma alma antiga.

Claro, ela não revelara nada de seus planos a Alexander; o neto poderia pensar que ela estava se tornando sentimental. Mas não havia um indício de sentimentalismo naquele caso, ela assegurava, enfática, a si mesma. Seus motivos eram puramente práticos. Necessitava de alguém que organizasse seus papéis e arquivos; além disso, havia uma cama sobrando em seu apartamento. Se fosse viver com ela, Nádia não seria mimada, teria de trabalhar como uma escrava. Mas isso aconteceria depois, assim que ela resolvesse permanecer em sua casa; não agora, quando o cabeça-dura do César Santos mal acabava de permitir que a filha viesse visitá-la por algumas semanas.

Kate não imaginara que Nádia viajasse apenas com a roupa do corpo. Sua bagagem era formada somente por um casaco, duas bananas e uma caixa de papelão, em cuja tampa havia aberto alguns furos. Dentro da caixa vinha Borobá, o macaquinho que sempre a acompanhava, agora tão assustado quanto ela. A viagem tinha sido longa. César Santos levara a filha ao avião, no qual uma comissária se encarregaria dela até Nova York. Colara adesivos em seus braços com os telefones e o endereço da escritora, para o caso de haver algum desencontro. Não foi fácil à garota livrar-se, mais tarde, daquelas etiquetas colantes.

Até então, Nádia só tinha voado no decrépito aviãozinho do pai; e de fato não gostava de voar, pois sentia medo de altura. Seu coração deu um salto quando viu o tamanho do avião comercial em Manaus e compreendeu que durante muitas horas ficaria dentro dele. Subiu aterrorizada, e o mesmo aconteceu a Borobá. Habituado ao ar e à liberdade, o pobre mico sobreviveu com dificuldade à prisão e ao ruído dos motores. Quando sua ama levantou a tampa da caixa, no aeroporto de Nova York, Borobá saiu como uma flecha, saltando sobre os ombros das pessoas, semeando pânico entre os viajantes. Nádia e Kate Cold levaram meia hora para capturá-lo e tranquilizá-lo.

Durante os primeiros dias, a experiência de viver em um apartamento nova-iorquino foi difícil para Borobá e Nádia, mas logo aprenderam a situar-se nas ruas e fizeram amigos no bairro. Onde estivessem, chamavam a atenção. Um macaco que se portava como um ser humano e uma garota com penas de papagaio no penteado eram um espetáculo na cidade. As pessoas ofereciam-lhes doces e os turistas tiravam fotos dos dois.

— Nova York é um conjunto de aldeias, Nádia. Cada bairro tem suas características próprias. Depois que conhecer o iraniano da mercearia, o vietnamita da lavanderia, o salvadorenho que entrega a correspondência, o italiano da cafeteria e mais um punhado de pessoas, você se sentirá como se estivesse em Santa Maria da Chuva — explicou Kate, e logo a menina comprovou que ela estava certa.

A escritora recebeu Nádia como uma princesa, enquanto repetia para si mesma que ela não perderia por esperar, pois logo chegaria a hora de colocá-la na linha. Passeou com ela por muitos lugares, levou-a para tomar chá no Hotel Plaza, a andar de carruagem no Central Park, a subir ao alto de arranha-céus, a visitar a Estátua da Liberdade. Teve de ensiná-la a usar elevador e escada rolante e a passar por portas giratórias. Também foram ao teatro e ao cinema, experiências inéditas para Nádia. Contudo, o que mais impressionou a menina foi o gelo de uma pista de patinação. Acostumada com o calor equatorial, não se cansava de admirar o frio e a brancura do gelo.

— Logo você se cansará de ver gelo e neve, pois estou pensando em levá-la ao Himalaia — disse Kate à garota.

— E onde fica isso?

— Do outro lado do mundo. Você vai precisar de sapatos resistentes, roupa grossa, um casaco impermeável.

A escritora considerava estupenda sua ideia de levar Nádia ao Reino do Dragão de Ouro. Assim ela conheceria mais um bom pedaço do mundo. Comprou-lhe roupas de frio e sapatos adequados aos lugares aonde iriam. Comprou também um acolchoado de bebê para Borobá e uma casinha de viagem para mascotes. Era uma espécie de maleta, com janela protegida por uma rede que permitia ao macaco respirar e ver o que se passava lá fora. O interior era acolchoado com uma macia pele de cordeiro; e havia recipientes com água e comida, além de fraldas especiais. Mas não foi fácil acomodar Borobá dentro de sua maletinha, apesar das longas explicações da garota, na língua que compartilhava com o animal. Pela primeira vez, em sua plácida existência, Borobá mordeu uma criatura humana.

Kate Cold andou com um esparadrapo no braço durante uma semana, mas o macaco aprendeu a fazer suas necessidades na fralda, o que era indispensável em uma viagem como aquela que planejavam.

Kate não disse a Nádia que Alexander se juntaria a elas no aeroporto. Quis que fosse uma surpresa para os dois.

Pouco depois do encontro, chegaram ao salão da companhia aérea Timothy Bruce e Joel González. Depois da viagem à Amazônia, os fotógrafos não tinham visto nem a escritora, nem seu neto, nem a garota brasileira. Abraçaram-se efusivamente, enquanto Borobá saltava da cabeça de um para outro, encantado com o reencontro com os velhos amigos.

Joel González abriu a camisa para mostrar, com orgulho, as marcas do furioso abraço da jiboia de vários metros de comprimento que, na Floresta Amazônica, estivera a ponto de acabar com a sua vida. Tivera várias costelas quebradas e o peito afundado para sempre. Já o outro fotógrafo, Timothy Bruce, comportava-se como se estivesse se sentindo anos mais moço, apesar de sua comprida cara de cavalo. Ao ser interrogado pela implacável Kate, confessou que havia promovido melhorias na dentadura. Em vez dos grandes dentes amarelos e tortos, podia exibir, agora, um sorriso resplandecente.

Às oito da noite os cinco embarcaram, tomando o rumo da Índia. O voo era eterno, mas para Nádia e Alexander parecia curto: tinham muito a contar. Comprovaram, com alívio, que Borobá seguia tranquilo, encolhido como um bebê sobre a pele de cordeiro. Enquanto o restante dos passageiros tentava dormir em suas poltronas estreitas, os dois se entretinham conversando e vendo filmes.

As compridas extremidades de Timothy Bruce mal cabiam no reduzido espaço diante de sua poltrona, e de vez em quando ele se levantava, a fim de fazer exercícios de ioga no corredor, evitando assim as cãibras nas pernas. Joel González sentia-se mais bem acomodado, porque era magro e de menor estatura. Kate Cold tinha um modo próprio de enfrentar as longas viagens: tomava dois comprimidos para dormir, empurrando-os goela abaixo com vários tragos de vodca. O efeito da mistura equivalia a uma cacetada na cabeça.

— Se aparecer no avião algum terrorista com uma bomba, façam o favor de não me acordar — pediu Kate aos outros, antes de esconder a cabeça embaixo de um cobertor e enrolar-se em seu assento como se fosse um camarão.

Três filas de poltronas atrás de Nádia e Alexander viajava um homem de cabelos compridos, divididos em dezenas de finas tranças, amarradas com uma tira de couro. Levava um colar de contas no pescoço, e no peito uma bolsinha de camurça atada por uma correia escura. Vestia jeans desbotados, calçava botas com saltos de vários centímetros de altura e usava um chapéu texano, caído para a frente, que, como os nossos viajantes comprovaram mais tarde, não saiu de sua cabeça nem na hora de dormir. Pareceu a Nádia e Alexander que o homem não tinha idade para se vestir daquela maneira.

— Deve ser um músico pop — arriscou Alex.

Nádia não sabia o que isso vinha a ser, e Alexander achou que seria muito difícil explicar. Prometeu que na primeira oportunidade dividiria com a amiga seus elementares conhecimentos de música popular que qualquer adolescente atualizado deve ter.

Calcularam que o estranho hippie devia ter mais de quarenta anos, a julgar pelas rugas em torno dos olhos e da boca, que marcavam seu rosto muito bronzeado. O pouco que se via de seu cabelo, preso em um rabo de cavalo, era de um tom cinza metálico. Mas, fosse qual fosse sua idade, o homem parecia em ótima forma física. Tinham-no visto primeiro no aeroporto de Nova York, carregando uma bolsa de lona e um saco de dormir, atados por um cinto e pendentes do ombro. Depois o viram cochilando no aeroporto de Londres, enquanto aguardava seu voo, e agora o encontravam no mesmo avião a caminho da Índia. Saudaram-no de longe.

Assim que o piloto apagou o sinal de usar o cinto de segurança, o homem deu uns passos pelo corredor, estirando os músculos. Aproximou-se de Nádia e Alexander, sorrindo. Os dois notaram, então, que seus olhos eram de um azul muito claro, inexpressivos como os de uma pessoa hipnotizada. Seu sorriso movia todas as rugas do rosto, mas não passava dos lábios. Seus olhos pareciam mortos. O desconhecido perguntou o que Nádia levava na caixa sobre os joelhos e ela lhe mostrou Borobá. O sorriso do homem transformou-se em uma gargalhada ao ver a fralda que protegia o macaco. Apresentou-se:

— Me chamam Tex Tatu, por causa das botas, sabem? São de couro de tatu.

— Nádia Santos, do Brasil.

— Alexander Cold, da Califórnia.

— Notei que vocês levam um guia turístico do Reino Proibido. No aeroporto, vocês estavam estudando o guia.

— Vamos para lá — informou Alex.

— Poucos turistas visitam aquele país. Que eu saiba, aceitam apenas uma centena de estrangeiros por ano — disse Tex Tatu.

— Estamos viajando com um grupo da *International Geographic.*

— Verdade? Parecem jovens demais para trabalhar naquela revista — comentou Tex em tom irônico.

— Verdade — replicou Alexander, decidido a não dar explicações além da conta.

— Meus planos são os mesmos, mas não sei se na Índia conseguirei um visto. As pessoas, no Reino do Dragão de Ouro, não têm simpatia por hippies como eu. Acham que só vamos à procura de drogas.

— Há muitas drogas por lá? — perguntou Alexander.

— A maconha e as papoulas nascem por toda parte, é só chegar e colher. Muito fácil.

— Deve ser um problema muito grave — comentou Alexander, estranhando que sua avó não tivesse falado de drogas.

— Para eles não é problema nenhum. Só usam as drogas para fins medicinais. Não sabem o tesouro que têm. Imaginem que bom negócio seria exportá-las — disse Tex Tatu.

— Imagino — replicou Alexander. Mas não gostava do rumo tomado pela conversa, tampouco daquele homem de olhos mortos.

AS COBRAS

Aterrissaram pela manhã em Nova Délhi. Kate Cold e os fotógrafos, habituados a viajar, sentiam-se bastante bem, mas Nádia e Alexander, que não tinham dormido nem um cochilo, pareciam sobreviventes de um terremoto. Nenhum dos dois estava preparado para o espetáculo daquela cidade. O calor os atingiu como um soco. Mal saíram à rua, foram cercados por uma verdadeira multidão de homens que se ofereciam para levar as bagagens, guiá-los e vender de docinhos de banana cobertos de moscas a estátuas de deuses do panteão hindu. Uns cinquenta meninos tentavam aproximar-se com as mãos estendidas, pedindo moedas. Um leproso sem dedos e com metade da face comida pela doença agarrou-se a Alexander, pedindo uma esmola, até que um guarda do aeroporto o ameaçou com seu cassetete e conseguiu afastá-lo.

Viram-se completamente envolvidos pela massa humana, pessoas de pele escura, feições delicadas e olhos enormes. Habituado à distância mínima de setenta centímetros entre as pessoas, admissível em seu país, Alexander sentia-se atacado pela turba. Mal podia respirar. De repente percebeu que Nádia havia desaparecido, tragada pela multidão, e logo foi tomado pelo pânico. Pôs-se a chamá-la freneticamente, tratando de soltar-se das mãos que lhe agarravam a roupa, até que, depois de alguns angustiantes minutos, conseguiu vislumbrar a certa distância as penas coloridas que ela exibia em seu rabo de cavalo. Abriu caminho a cotoveladas, pegou-a pela mão e a fez seguir os passos decididos da avó e dos fotógrafos, que tinham estado várias vezes na Índia e conheciam a rotina local.

Demoraram meia hora para reunir as bagagens, contar os volumes, defender-se da multidão e tomar dois táxis, que os levaram ao hotel, seguindo a mão inglesa, isto é, deslocando-se pela pista esquerda de ruas apinhadas de carros e gente. Os mais variados tipos de veículos circulavam na maior desordem, desrespeitando os poucos semáforos existentes e as ordens dos policiais: automóveis barulhentos, ônibus sacolejantes pintados com figuras de deuses, motocicletas com quatro passageiros, carroças puxadas por búfalos, riquixás de tração humana, bicicletas, carros abertos transportando estudantes e até um vistoso elefante enfeitado para uma cerimônia qualquer.

Ficaram parados durante quarenta minutos, o trânsito engarrafado por causa de uma vaca morta na rua, enquanto cães famintos e abutres negros disputavam sua carne em decomposição. Kate explicou que, na Índia, as vacas eram sagradas e podiam circular livremente pelas ruas, sem que ninguém lhes fizesse mal. Existia, porém, uma polícia especial que procurava tocá-las pacificamente para os arredores da cidade e recolhia os cadáveres das que morriam de causas naturais.

A multidão suada e paciente contribuía para o caos. Um asceta, cujos cabelos emaranhados desciam até os pés, seguia pela rua completamente nu, acompanhado por meia dúzia de mulheres que lançavam sobre ele pétalas de flores; a certa altura, o homem cruzou a rua a passo de cágado, sem atrair um único olhar. Tratava-se, evidentemente, de um espetáculo normal.

Criada em uma aldeia de vinte casas, no silêncio e na solidão da floresta, Nádia Santos oscilava entre o espanto e a fascinação. Comparada com aquilo, Nova York parecia um vilarejo. Não imaginava que houvesse tanta gente no mundo. Enquanto isso, Alexander defendia-se das mãos que avançavam pelo interior do táxi, oferecendo bugigangas ou pedindo esmolas; se subissem os vidros das janelas, morreriam asfixiados.

Por fim chegaram ao hotel. Mal cruzaram a porta, vigiada por guardas armados, viram-se em um jardim paradisíaco, no qual reinava a mais absoluta paz. O ruído da rua desaparecera como por encanto; ouviam-se apenas o trinado das aves e o canto de várias fontes jorrando água. Havia uma pequena campina, pela qual passeavam pavões reais, arrastando as caudas coloridas, com formas que pareciam desenhos de joias. Vestidos com uniformes de brocado e veludo bordados a ouro e levando na cabeça altos turbantes enfeitados com penas de faisão, mais parecendo ilustrações de contos de fadas, os serviçais trouxeram as bagagens para dentro.

O hotel era um palácio revestido de mármore branco, construído de maneira que parecia talhado em um só bloco de pedra. Enormes tapetes de seda recobriam o piso; os móveis eram feitos de madeira de lei, com incrustações de prata, nácar e marfim; sobre as mesas havia grandes jarros de porcelana, cheios de flores perfumadas. Por toda parte, frondosas plantas tropicais cresciam em vasos de cobre cinzelado; e em gaiolas de complicada arquitetura cantavam pássaros de plumagens multicores.

O palácio fora a residência de um marajá que perdera poder e fortuna depois da independência da Índia e agora o alugava a uma companhia hoteleira americana. O marajá e sua família ainda ocupavam uma ala do edifício, isolada dos hóspedes do hotel. À tarde, no entanto, seus descendentes costumavam aparecer para tomar chá com os turistas.

O aposento a ser dividido por Alexander e os fotógrafos tinha uma decoração pesada e luxuosa. No banheiro havia uma pequena piscina guarnecida de azulejos e na parede um afresco reproduzia cenas de caça ao tigre: armados de espingardas, os caçadores seguiam montados em elefantes e eram rodeados por um séquito de criados a pé, carregados de lanças e flechas. Alex e os fotógrafos estavam hospedados no andar mais alto, e do balcão podiam apreciar os fabulosos jardins internos, separados da rua por muros de vários metros de altura.

— Está vendo aquelas pessoas acampadas lá embaixo? São famílias que nascem, vivem e morrem na rua. Suas únicas posses são a roupa que vestem e as panelas nas quais cozinham alguma coisa. São os *intocáveis,* os pobres mais pobres da Índia — explicou Timothy Bruce, apontando umas barracas feitas de trapos, na calçada do outro lado da rua.

O contraste entre a opulência do hotel e a absoluta miséria daquela gente produziu em Alexander uma reação de fúria e horror. Mais tarde, quando quis dividir seus sentimentos com Nádia, ela não entendeu a que se referia. A garota vivia com o mínimo, e o esplendor daquele palácio a deixava angustiada.

— Creio que me sentiria mais à vontade lá fora, com os intocáveis, do que aqui dentro com todas essas coisas, Jaguar. Estou tonta. Não há um pedaço de parede sem adorno, não há onde descansar a vista. Luxo demais. É como se eu estivesse me afogando. E por que esses príncipes ficam nos fazendo reverências? — Nádia apontou para os homens vestidos de brocado e veludo, com turbantes emplumados.

— Não são príncipes, Águia. São empregados do hotel — disse Alexander, rindo.

— Diga que saiam daqui, não necessitamos de sua presença.

— Estão fazendo o trabalho deles. Se eu dissesse para saírem, eles se ofenderiam. Você logo se habituará.

Alexander voltou à sacada, a fim de observar os intocáveis da rua, que sobreviviam em meio à maior miséria, vestidos apenas com trapos. Angustiado diante daquele espetáculo, separou alguns dólares dos poucos que levava no bolso e saiu para dividi-los com eles. Nádia permaneceu no balcão, seguindo-o com olhos. De seu posto podia ver os jardins, os muros do hotel e, do outro lado, a massa de gente pobre. Viu seu amigo passar pelo pátio do hotel, vigiado por guardas, aventurar-se, sozinho, no meio da multidão e começar a repartir suas moedas com os meninos mais próximos. Em poucos instantes estava cercado por dezenas de pessoas desesperadas. Espalhara-se como um rastilho a notícia de que um estrangeiro estava distribuindo moedas, e de todos os lugares chegava cada vez mais gente. Era como uma avalanche humana.

Ao perceber que, em minutos, Alexander seria esmagado, Nádia desceu as escadas correndo, gritando desesperada. Acudiram hóspedes e empregados do hotel, que contribuíram para aumentar o alarme e a confusão generalizada. Todos davam palpites, enquanto os segundos passavam com rapidez. Não havia tempo a perder, mas ninguém parecia tomar uma decisão. De repente surgiu Tex Tatu, que, num abrir e fechar de olhos, tomou conhecimento da situação.

— Rápido! Venham comigo! — ordenou aos guardas armados que vigiavam os portões do jardim.

Sem vacilar, levou-os ao centro do alvoroço formado na rua, começando então a distribuir socos, enquanto os guardas tentavam abrir caminho a coronhadas. Tex Tatu arrebatou a arma de um deles e disparou dois tiros para o alto. Imediatamente parou a movimentação dos mais próximos, mas os de trás continuavam a empurrar, com o objetivo de se aproximar.

Tex Tatu aproveitou a surpresa da massa para alcançar Alexander, que estava caído no chão com a roupa em farrapos. Segurou-o pelas axilas, levantou-o e, com a ajuda de dois guardas, conseguiu levá-lo para um lugar seguro, dentro do hotel; isso depois de recuperar os óculos do garoto, que, por milagre, estavam intactos no chão. Em seguida, os portões do palácio foram fechados enquanto lá fora aumentava a gritaria.

— Você é mais tolo do que parece, Alexander — disse Kate Cold quando o viu chegar cheio de escoriações. — Não se pode mudar o mundo com alguns dólares. A Índia é a Índia, e temos de aceitá-la como é.

— Por esse critério, ainda estaríamos vivendo nas cavernas — disse Alex, estancando o sangramento do nariz.

— Estamos, garoto, ainda estamos — disse Kate, dissimulando o orgulho que a atitude do neto provocava nela.

No terraço do hotel, sentada embaixo de um grande guarda-sol branco de franjas douradas, a mulher observara a cena. Aparentava uns quarenta anos bem vividos; era delgada, alta e atlética; vestia calça e camisa de cor cáqui, calçava sandálias e havia atirado ao chão, entre os pés, uma bolsa de couro muito gasta pelo uso. Seu cabelo negro e liso, um tufo caindo sobre a testa, acentuava as linhas clássicas de seu rosto: olhos castanhos, sobrancelhas arqueadas e grossas, nariz reto e boca expressiva. Apesar da simplicidade de suas roupas, tinha um ar aristocrático e elegante.

— Você é um rapaz valente — disse a desconhecida a Alexander uma hora mais tarde, quando o grupo da *International Geographic* se reuniu no terraço.

O garoto sentiu as orelhas em chamas.

— Mas precisa ter cuidado, você não está em seu país — acrescentou ela, em um inglês perfeito, embora com leve sotaque da Europa Central. Sua exata procedência, porém, era difícil de precisar.

Naquele momento chegaram dois garçons trazendo grandes bandejas de prata com *chai*, chá à moda indiana, preparado com leite, especiarias e açúcar. Kate Cold convidou a viajante a dividir a mesa com ela. Já havia feito o mesmo convite a Tex Tatu, grata por sua oportuna intervenção, com a qual salvara a vida de seu neto, mas o homem se mantivera à parte, depois de declarar que preferia beber uma cerveja e ler seu jornal. Alexander estranhou que o hippie, cuja bagagem não passava de uma bolsa de lona e um saco de dormir, fosse hóspede do palácio do marajá, mas pensou que o preço do hotel poderia ser baixo. Na Índia, as coisas eram baratas para quem tivesse dólares.

Sem demora, Kate Cold e sua convidada trocavam impressões, e assim descobriu-se que todos ali se dirigiam ao Reino do Dragão de Ouro. A desconhecida apresentou-se como Judit Kinski, arquiteta especializada em jardins. E contou-lhes que havia recebido um convite oficial do rei, a quem tivera a honra de conhecer recentemente. Ao saber que o monarca estava interessado no cultivo das tulipas no Reino, escrevera-lhe, oferecendo seus serviços. Achava que, em certas condições, os bulbos das tulipas poderiam se adaptar ao clima e ao solo do Reino Proibido. Sem demora, o rei lhe solicitara uma entrevista, e ela havia escolhido Amsterdã para tal encontro, dada a fama mundial das tulipas holandesas.

— Sua Majestade entende tanto de tulipas como o melhor especialista — afirmou Judit. — De fato, não necessita de mim para nada, poderia realizar sozinho seu projeto. Mas, ao que parece, gostou de alguns desenhos de jardins que lhe mostrei, e por isso teve a amabilidade de me contratar. Falamos muito dos planos de criar novos parques e jardins em seu país, preservando as espécies locais e cultivando outras. Ele está consciente de que isso deve ser feito com muito cuidado para não romper o equilíbrio ecológico. No Reino Proibido há plantas, pássaros e pequenos mamíferos que já desapareceram no resto do mundo. Aquele país é um santuário da natureza.

Os integrantes do grupo da *International Geographic* pensavam que o monarca devia ter se sentido tão encantado com Judit Kinski como eles se sentiam naquele momento. Ela deixava uma impressão memorável: irradiava uma combinação de força de caráter e feminilidade. Ao observá-la de perto, a harmonia de seu rosto e a elegância natural de seus gestos pareciam tão extraordinárias que era difícil parar de observá-la.

— O rei é um paladino da ecologia — disse Kate. — Pena que não haja um maior número de governantes como ele. Sendo assinante da *International Geographic*, facilitou a concessão de nossos vistos e aceitou que fizéssemos uma reportagem sobre o país.

— É um país interessante — afirmou Judit Kinski.

— Já esteve lá? — perguntou Timothy Bruce.

— Não, mas li muito sobre o Reino — respondeu ela. — Tive o cuidado de me preparar para esta viagem, não apenas no tocante ao meu trabalho, mas também no que diz respeito ao povo, seus costumes, suas cerimônias Não quero ofender as pessoas de lá com minhas rudes maneiras de ocidental — concluiu a arquiteta, sorrindo.

— Imagino que já tenha ouvido falar do fabuloso Dragão de Ouro — insinuou Timothy Bruce.

— Dizem que ninguém jamais o viu, exceto os reis — replicou Judit. — Pode ser apenas uma lenda.

O tema não voltou a ser mencionado, mas Alexander captou o brilho de entusiasmo nos olhos da avó e adivinhou que ela faria o possível para se aproximar daquele tesouro. O desafio de ser a primeira a provar sua existência era irresistível para a jornalista.

Kate Cold e Judit Kinski concordaram em trocar informações e se ajudarem mutuamente, como era natural que acontecesse, tratando-se de duas forasteiras em uma região desconhecida. No outro extremo do terraço, Tex Tatu tomava sua cerveja, com o jornal sobre os joelhos. Seus olhos estavam protegidos por óculos escuros, mas Nádia sentiu que ele estivera o tempo todo examinando o grupo.

Dispunham de apenas três dias para fazer turismo. Uma vantagem para eles era o fato de muita gente ali falar inglês, pois durante vários séculos a Índia fora colônia do Império Britânico. Esse pouco tempo, no entanto, não daria nem mesmo para coçar a superfície de Nova Délhi, como disse Kate, e muito menos para entender aquela complexa sociedade. Os contrastes eram de enlouquecer qualquer um: de um lado, miséria inacreditável; de outro, beleza e opulência. Havia milhões de analfabetos, mas das universidades saíam os melhores técnicos e cientistas. As aldeias não tinham água potável, mas o país fabricava bomba atômica. A Índia tinha a maior indústria cinematográfica do mundo, mas também o maior número de beatos cobertos de cinzas, que jamais haviam cortado o cabelo e as unhas. Só os milhares de deuses e o sistema de castas exigiam anos de estudo.

Habituado ao fato de que na América cada um faz da vida mais ou menos aquilo que quer, Alexander horrorizou-se com a ideia de pessoas serem submissas à casta em que nasciam. Nádia, por sua vez, ouvia as explicações de Kate sem emitir juízos.

— Se você tivesse nascido aqui, Águia, não poderia escolher seu marido — disse-lhe Alex. — Quando completasse dez anos, casariam você com um velho de cinquenta. O casamento seria acertado por seu pai e você não poderia dar qualquer opinião a respeito.

— Claro, meu pai escolheria melhor do que eu... — disse ela, sorrindo

— Ficou maluca? Eu jamais permitiria uma coisa dessas! — exclamou Alexander.

— Se houvéssemos nascido na Amazônia, na tribo do povo da neblina, teríamos de caçar nossa comida com flechas e dardos — argumentou Nádia. — Se houvéssemos nascido aqui, não estranharíamos que os pais negociassem os casamentos.

— Como pode defender tal sistema de vida? Olha a pobreza! Você gostaria de viver assim?

— Não, Jaguar — respondeu ela. — Mas também não gostaria de ter mais do que necessito.

Kate Cold levou-os a visitar palácios e templos. Também foram ver mercados, nos quais Alexander comprou pulseiras para sua mãe e suas irmãs, enquanto Nádia deixava que pintassem suas mãos com hena, como faziam as noivas indianas. O desenho parecia uma verdadeira renda e a tinta permaneceria três semanas na pele. Como sempre, Borobá ia no ombro ou escanchado na cintura de sua dona, mas, ao contrário do que ocorria em Nova York, não chamava a atenção, pois em Nova Délhi os macacos são mais numerosos que os cães.

Em uma praça, encontraram dois encantadores de serpentes sentados no chão, com as pernas cruzadas, tocando suas flautas. As cobras punham parte do corpo para fora de seus cestos e permaneciam erguidas, ondulando, hipnotizadas pelo som das flautas. Ao ver aquilo, Borobá começou a guinchar, abandonou a dona e subiu às pressas em uma palmeira. Nádia se aproximou dos encantadores e começou a murmurar algo no idioma da floresta. Imediatamente os répteis voltaram-se para ela, silvando, enquanto suas línguas afiadas cortavam o ar. Quatro pupilas alongadas fixaram-se nela como se fossem punhais.

De modo imprevisível, as cobras deslizaram para fora de seus cestos e, ziguezagueando, arrastaram-se em direção a Nádia. A praça inteira começou a gritar e houve uma explosão de pânico entre as pessoas que presenciavam o incidente. Em poucos instantes todos se afastaram, menos Alexander e sua avó, que se sentiam paralisados pela surpresa e o pavor. Os encantadores tentavam inutilmente dominar as serpentes com o som de suas flautas, mas não ousavam se aproximar delas. Nádia permanecia impassível, uma expressão divertida no rosto dourado. Não se moveu um só milímetro, enquanto as cobras se enrolavam em suas pernas, subiam por seu corpo delgado, chegavam ao pescoço, ao rosto, sempre silvando.

Banhada de um suor gelado, Kate pensou que, pela primeira vez na vida, iria desmaiar. Caiu sentada no solo e ali permaneceu, branca, os olhos saltando das órbitas, incapaz de articular o mínimo som. Passado o primeiro momento de estupor, Alexander compreendeu que não devia fazer nenhum movimento. Conhecia de sobra os estranhos poderes de sua amiga; na Amazônia, ele a vira pegar com as mãos uma surucucu — serpente das mais venenosas do mundo — e atirá-la para longe. Pensou: se ninguém desse um passo, se ninguém provocasse as cobras, a Águia estaria salva.

A cena durou vários minutos, até que a garota deu uma ordem na língua da floresta e as cobras desceram de seu corpo, regressando aos cestos. Os encantadores fecharam imediatamente a morada de seus répteis e saíram correndo, convencidos de que a garota estrangeira, com aquelas penas na cabeça, era um demônio.

Nádia chamou Borobá, e, assim que este voltou ao seu ombro, pôs-se calmamente a caminhar pela praça. Alexander a seguiu sorrindo, sem fazer o menor comentário. Divertira-se ao ver que, diante do perigo, a avó tinha perdido inteiramente a frieza habitual.

A SEITA DO ESCORPIÃO

No seu último dia em Nova Délhi, Kate Cold teve de passar horas em uma agência de viagens a fim de conseguir bilhetes para o único voo semanal com destino ao Reino do Dragão de Ouro. Não havia muitos passageiros, mas o avião era muito pequeno. Enquanto negociava, Kate autorizou Nádia e Alexander a irem desacompanhados ao Forte Vermelho, situado nas proximidades do hotel. Era uma fortaleza muito antiga, passeio obrigatório para os turistas.

— Não se separem por motivo nenhum e voltem ao hotel antes do pôr do sol — ordenou Kate.

O forte fora usado pelas tropas inglesas na época em que a Índia estava sob o domínio do império britânico. Por séculos o imenso país fora visto pelos colonizadores como a joia mais brilhante da coroa, mas, em 1949, alcançara finalmente a independência. Desde então, o forte estava desocupado. Os turistas visitavam só uma parte da enorme construção. Pouquíssimos conheciam suas entranhas, um labirinto de corredores, salas secretas e subterrâneos que se estendiam por baixo da cidade como tentáculos de um polvo.

Nádia e Alexander seguiram um guia que dava explicações em inglês a um grupo de turistas. O calor sufocante do meio-dia não entrava na fortaleza; ali dentro, a temperatura caía vários graus e as paredes exibiam manchas esverdeadas de mofo acumulado durante centenas de anos. O ar estava impregnado de um cheiro desagradável; o guia disse que o odor era da urina de milhares de ratos que viviam nos subterrâneos, dos quais só saíam à noite. Horrorizados, os turistas tapavam o nariz e alguns fugiam de volta ao ar livre.

De repente, Nádia notou a presença de Tex Tatu. Longe do grupo, ele se apoiava em uma coluna, como se esperasse alguém. Seu primeiro impulso foi o de ir saudá-lo, mas Alexander segurou a amiga pelo braço, impedindo-a de se afastar.

— Espere, Águia. Primeiro vamos ver o que esse homem está procurando — disse Alex. — Não confio nem um pouquinho nele.

— Não se esqueça de que ele salvou a sua vida quando a multidão estava a ponto de esmagar você.

— Sim. Mas há nele alguma coisa que me desagrada.

— Por quê?

— Ele parece andar disfarçado. Não creio que seja realmente um hippie interessado em adquirir drogas, como nos disse no avião. Já viu os músculos dele? Quando caminha, mais parece um ator daqueles filmes de caratê. Um hippie viciado em drogas não teria o aspecto de Tex — sugeriu Alexander.

Esperaram, procurando esconder-se no meio da massa de turistas, sem tirar os olhos de cima dele. Viram, de repente, aparecer a poucos passos de Tex Tatu um homem alto, vestido com túnica e turbante preto-azulado, quase da cor de sua pele. Na cintura, levava uma faixa bem larga, também negra, na qual prendia um punhal curvo com cabo de osso. Em seu rosto muito escuro, entre a barba comprida e as sobrancelhas espessas, seus olhos brilhavam como tições.

Nádia e Alexander notaram o gesto de reconhecimento com o qual o americano e o recém-chegado se saudaram; viram, em seguida, Tex Tatu desaparecer na esquina de um corredor, com o outro em seus calcanhares. Sem dizer palavra alguma, Jaguar e Águia decidiram ver do que se tratava. Com um sussurro, Nádia ordenou a Borobá que se mantivesse quieto. O macaquinho pendurou-se nas costas de sua dona, como se fosse uma mochila.

Deslizando junto às paredes e ocultando-se atrás de colunas, seguiam Tex Tatu a poucos metros de distância. Às vezes chegavam a perdê-lo de vista, porque a arquitetura do forte era complexa, e ia se tornando evidente que o homem queria passar despercebido, mas o instinto infalível de Nádia sempre voltava a encontrá-lo. Tinham se afastado muito dos outros turistas, não se ouviam mais vozes, não se via mais ninguém. Atravessaram salas, desceram escadas estreitas com degraus desgastados pelo uso e pelo tempo, percorreram corredores que pareciam infinitos. Tinham a sensação de que andavam em círculos. Ao cheiro penetrante veio somar-se um murmúrio crescente, como um coro de grilos.

— Não devemos descer mais, Águia. Isso que estamos ouvindo são guinchos de ratos. E eles são muito perigosos — alertou Alexander.

— Se aqueles dois podem avançar por estes subterrâneos, por que não podemos fazer o mesmo? — replicou ela.

Os dois amigos passaram a caminhar em silêncio, pois acabavam de perceber que o eco repetia e amplificava suas vozes. Alexander temia que não fossem capazes de encontrar o caminho de volta, mas não quis manifestar suas dúvidas em voz alta para não assustar a amiga. Também não disse nada sobre a possibilidade de haver ninhos de serpentes, porque depois de ter visto como ela lidava com as cobras sua apreensão parecia algo despropositado.

No início, a luz entrava por pequenos orifícios que existiam nos tetos e paredes, mas depois tiveram de andar longos trechos na mais completa escuridão, apalpando as paredes para guiar-se. Agora, só de vez em quando uma débil lâmpada elétrica iluminava o bastante para que vissem os ratos correndo em fuga pelos corredores. Cabos elétricos pendiam perigosamente do teto. Notaram que o chão estava úmido e em alguns lugares corriam fios de água fétida. Logo estariam com os pés molhados, e Alexander preferiu não pensar no que aconteceria se tocasse em algum daqueles fios e provocasse um curto-circuito. Mas a possibilidade de ser eletrocutado preocupava-o menos do que o cerco dos ratos, cada vez mais agressivos.

— Não ligue pra eles, Jaguar — sussurrou Nádia. — Não se atrevem a chegar perto, mas, se sentirem cheiro de medo, aí sim, atacarão.

Mais uma vez, Tex Tatu desapareceu. Nádia e Alex estavam agora em uma pequena sala de teto arqueado, onde antes armazenavam munições e víveres. Três portas abriam caminho para três tenebrosos corredores. Por meio de sinais, Alex perguntou a Nádia qual deles escolher; confusa, pela primeira vez a garota hesitou. Não tinha certeza. Nádia pôs Borobá no chão e o empurrou de leve, convidando-o a decidir por ela. Mas o macaco voltou rapidamente para as suas costas: tinha horror aos ratos e à água suja. Ela repetiu a ordem, mas o animal não quis largá-la e limitou-se a indicar, com a mão trêmula, a porta da direita, a mais estreita das três.

Seguiram a indicação de Borobá. Avançavam curvados, tateantes, porque ali não havia mais lâmpadas elétricas e a escuridão era quase total. Muito mais alto do que Nádia, Alexander bateu com a cabeça no teto e praguejou. Uma nuvem de morcegos os envolveu durante vários minutos, provocando um ataque de pânico em Borobá, que buscou refúgio embaixo da blusa de sua dona.

Então o garoto se concentrou, chamando o jaguar negro. E bastaram uns poucos segundos para que começasse a adivinhar o que se encontrava ao seu redor, como se tivesse antenas. Havia praticado aquilo durante meses, desde quando soubera, na Amazônia, que seu animal totêmico era o rei da floresta sul-americana. Alexander tinha uma leve miopia e, mesmo com os óculos, via mal na penumbra, mas havia aprendido a ter confiança no instinto do seu totem, que às vezes conseguia invocar. Seguiu Nádia sem hesitar, "vendo com o coração", como vinha fazendo cada vez com mais frequência.

De repente deteve-se e segurou a amiga pelo braço; naquele ponto o corredor fazia uma curva brusca. Pouco adiante havia uma leve claridade e chegou até eles um murmúrio de vozes. Com grande precaução, ergueram a cabeça e viram que três metros adiante o corredor dava lugar a outra sala de teto arqueado, semelhante àquela pela qual haviam passado um pouco antes.

Tex Tatu, o homem de roupa preta e dois outros sujeitos vestidos da mesma maneira estavam de cócoras em torno de uma lâmpada alimentada a azeite, que emitia uma luz fraca, mas suficiente para que os garotos vissem os quatro. Era impossível aproximar-se mais, porque não tinham onde se esconder; sabiam que se fossem surpreendidos estariam em apuros. Pela mente de Jaguar passou fugazmente a certeza de que ninguém sabia onde se encontravam. Podiam morrer naquele subterrâneo, e seus corpos levariam dias, talvez semanas, para serem descobertos. Sentia-se responsável por Nádia. Seguir Tex fora ideia sua, e agora tinham metido o pé no atoleiro.

Os homens falavam em inglês e a voz de Tex Tatu era clara, mas as dos outros tinham um sotaque que as tornava praticamente incompreensíveis. Não havia dúvida, porém, de que se tratava de uma negociação. Viram Tex entregar um maço de notas àquele que parecia ser o chefe do grupo. Em seguida ouviram os quatro discutirem longamente sobre o que parecia ser um plano de ação, que incluía armas de fogo, e provavelmente um templo ou um palácio, não podiam ter certeza.

O chefe desdobrou o mapa no chão de terra bruta, esticou-o com a palma da mão e, movendo a ponta do punhal, indicou uma rota a Tex Tatu. A luz da lâmpada de azeite batia em cheio no rosto do homem. De onde se encontravam, Alex e Nádia não podiam ver o mapa, mas distinguiram com nitidez a marca gravada a fogo na mão morena e notaram que o desenho se repetia no cabo de osso do punhal. Era um escorpião.

Alex calculou que tinham visto o bastante e deviam sair antes que os homens dessem por terminado seu encontro. A única saída da sala abobadada era o corredor no qual se encontravam. Deviam ir embora antes que os conspiradores decidissem voltar; do contrário, seriam apanhados de surpresa. Mais uma vez Nádia consultou Borobá, que, encarapitado em seu ombro, passou a indicar o caminho sem qualquer hesitação. Aliviado, Alexander lembrou-se do conselho que seu pai lhe dava quando escalavam montanhas: Enfrente os obstáculos à medida que se apresentarem, não despenda energia temendo aquilo que poderá haver no futuro. Sorriu, pensando que não devia se preocupar tanto, já que nem sempre era ele quem dominava a situação. Nádia era uma pessoa cheia de recursos, como havia demonstrado em muitas ocasiões. Precisava lembrar-se sempre disso.

Quinze minutos mais tarde, alcançaram o nível da rua e não demoraram a ouvir as vozes dos turistas. Apertaram o passo e logo se misturaram à multidão. Não voltaram a ver Tex Tatu.

— Entende alguma coisa de escorpiões, Kate? — perguntou Alexander à avó, quando se encontraram com ela no hotel.

— Alguns dos existentes na Índia são muito peçonhentos. Com sua picada podem matar uma pessoa. Espero que nada parecido tenha acontecido com você, pois poderia atrasar a viagem e eu não tenho tempo para funerais — replicou ela, fingindo indiferença.

— Bicho nenhum me picou.

— Então, por que o interesse?

— Quero saber se o escorpião significa alguma coisa. É um símbolo religioso, por exemplo?

— As serpentes são símbolos religiosos. Segundo a lenda, uma cobra gigantesca protegeu Buda quando certa vez meditava. Mas nada sei quanto aos escorpiões.

— Pode pesquisar?

— Teria de me comunicar com o chato do Ludovic Leblanc. Tem certeza de que preciso fazer tamanho sacrifício, filho? — perguntou Kate Cold.

— Penso que pode ser muito importante, vó, desculpe, Kate.

Ela acionou seu pequeno computador e mandou uma mensagem para o antropólogo. Dado o fuso horário, era impossível falar com ele pelo telefone. Não sabia quando chegaria a resposta, mas esperava que fosse logo, pois ignorava se a comunicação seria possível quando estivessem no Reino Proibido. Em obediência ao coração, enviou outra mensagem, desta vez ao amigo Isaac Rosenblat, a fim de perguntar se sabia alguma coisa sobre um dragão de ouro que diziam existir no país para o qual se dirigiam. Para sua surpresa, a resposta do joalheiro foi imediata:

Garota! Que alegria ter notícias suas! Claro que sei algo sobre essa estatueta – todo joalheiro sério conhece sua descrição, pois se trata de um dos objetos mais raros e mais preciosos do mundo Ninguém viu o famoso dragão e até hoje não foi fotografado, mas existem desenhos. Tem uns sessenta centímetros de comprimento e muitos supõem que seja de ouro maciço, mas isso não é tudo: o trabalho de ourivesaria é muito antigo e muito bonito. Além disso, é cravejado de pedras preciosas; só os dois rubis estrelados, perfeitamente simétricos, que segundo a lenda tem nos olhos, custariam uma fortuna. Por que me pergunta sobre ele? Está planejando roubar o dragão, como fez com os diamantes da Amazônia?

Kate garantiu ao joalheiro que era exatamente isso o que pretendia fazer, e decidiu não repetir que os diamantes tinham sido encontrados pela garota. Era conveniente que Isaac Rosenblat a imaginasse capaz de tê-los roubado. Calculou que assim manteria o interesse de seu antigo namorado por ela. Soltou uma gargalhada, mas depois dela veio a tosse. Procurou em seus numerosos bolsos até finalmente encontrar o remédio da Amazônia que lhe traria alívio.

A resposta do professor Ludovic Leblanc foi longa e confusa, como tudo que provinha dele. Começava com uma enrolada explicação de como, entre seus muitos méritos, tinha sido o primeiro antropólogo a descobrir o significado do escorpião nas mitologias suméria, egípcia, hindu e blá-blá-blá, mais 23 parágrafos sobre seus conhecimentos e sua própria sabedoria. Mas, salpicados aqui e ali, havia alguns dados muito interessantes que Kate decidiu extrair daquele emaranhado. Ela suspirou, pensando no quanto era difícil aturar aquele petulante. Teve de reler várias vezes a mensagem para resumir o que nela havia de significativo.

— Segundo Leblanc — disse Kate a Nádia e ao neto —, há no norte da Índia uma seita que adora o escorpião. Seus membros têm a imagem de um escorpião marcada a ferro em brasa, geralmente no dorso da mão direita. Eles têm a reputação de serem sanguinários, ignorantes e supersticiosos.

Acrescentou que a seita era odiada, porque durante a luta pela independência da Índia fizera trabalho sujo para as tropas britânicas, torturando e assassinando os próprios compatriotas. Mesmo assim, os homens do escorpião costumavam ser contratados como mercenários, por serem ferozes guerreiros, famosos pela destreza no uso do punhal.

— São bandidos e contrabandistas — explicou a jornalista —, mas também ganham a vida matando por dinheiro.

Então Alex resolveu contar a ela o que tinham visto no Forte Vermelho. Se acaso sentiu vontade de esganá-los por terem corrido semelhante perigo, Kate absteve-se de fazer um gesto de desaprovação. Durante a viagem à Amazônia havia aprendido a confiar neles.

— Não tenho dúvida, os homens que vocês viram pertencem à tal seita. Leblanc — continuou Kate — diz que seus membros se vestem com túnicas e turbantes de algodão, tingidos com anil, um produto vegetal. O azul do anil passa para a pele e, com o tempo, torna-se indelével, como uma tatuagem; por isso eles são conhecidos como os "guerreiros azuis". São nômades, vivem em cima de seus cavalos, tudo que possuem são suas armas, e desde meninos são treinados para guerrear.

— As mulheres também tingem a pele com anil? — Nádia quis saber.

— Boa pergunta, garota, mas não há mulheres na seita.

— Como têm filhos, se não têm mulheres?

— Não sei. Talvez não tenham filhos.

— Mas, se são treinados para a guerra desde pequenos, devem nascer crianças na seita — insistiu Nádia.

— Talvez roubem, talvez comprem crianças — disse Kate Cold. — Neste país há muita miséria, muita criança abandonada, e também há pais que não podem alimentar os filhos e por isso os vendem.

— Fico perguntando a mim mesmo que tipo de negócio pode ligar Tex Tatu com a Seita do Escorpião — murmurou Alexander.

— Não pode ser nada de bom — arriscou Nádia.

— Acha que se trata de drogas? Lembra do que ele disse no avião? Que no Reino Proibido maconha e papoula crescem feito plantas selvagens.

— Espero que aquele sujeito não volte a cruzar o nosso caminho. Mas, se isso ocorrer, não quero que se metam com ele — ordenou a avó com firmeza. — Entenderam?

Os dois amigos responderam que sim, mas a escritora conseguiu surpreender o olhar que trocaram e adivinhou que nenhuma advertência de sua parte seria capaz de criar obstáculo à curiosidade de Nádia e Alexander.

Uma hora mais tarde, o grupo da *International Geographic* reuniu-se no aeroporto a fim de tomar o avião para Tunkhala, a capital do Reino do Dragão de Ouro. Ali se encontraram com Judit Kinski, que seguiria no mesmo voo. A arquiteta, especializada em jardins, vestia uma roupa de linho branco e um abrigo comprido, feito do mesmo tecido, calçava botas e levava a mesma bolsa velha que tinham visto antes. Sua bagagem era formada de duas maletas de tecido grosso como um tapete, de boa qualidade, mas muito desgastadas. Era evidente que tinha viajado muito, mas nem por isso o uso dava ao seu vestuário e à sua bagagem um aspecto descuidado. Contrastando com ela, os membros da expedição da *International Geographic,* com suas roupas velhas e amassadas, suas maletas e mochilas, pareciam refugiados que escapavam de algum cataclismo.

O avião era um modelo antigo, de propulsão a hélice, com capacidade para oito passageiros e dois tripulantes. Os outros passageiros eram um hindu que fazia negócios com o Reino

Proibido e um jovem médico formado em uma universidade de Nova Délhi, que regressava ao seu país. Os viajantes comentavam que voar no pequeno aparelho não parecia o meio mais seguro de desafiar as montanhas do Himalaia, mas o piloto explicou, sorrindo, que não havia nada a temer: em seus dez anos de experiência, jamais sofrera um acidente grave, embora os ventos nos desfiladeiros fossem muito fortes.

— Que desfiladeiros? — perguntou Joel González, inquieto.

— Espero que possam vê-los, são um espetáculo magnífico. A melhor época para voar por essa rota é entre outubro e abril, quando os céus estão claros. Quando há nuvens, não dá para ver nada — esclareceu o piloto.

— Hoje está um pouco nublado. O que faremos para não nos estatelarmos contra as montanhas? — perguntou Kate.

— Essas nuvens são baixas. Logo estaremos voando em céu claro, senhora. Além disso, conheço a rota de cor. Sou capaz de voar por ela de olhos fechados.

— Espero que esteja com eles bem abertos o tempo todo — replicou ela, secamente.

— Creio que em meia hora deixaremos as nuvens para trás — informou o piloto, tranquilizando-a, e acrescentou que estavam com sorte, pois naquela época os voos dependiam do clima e costumavam atrasar vários dias.

Jaguar e Águia comprovaram, com satisfação, que Tex Tatu não estava a bordo.

NO REINO PROIBIDO

Nenhum dos que pela primeira vez faziam aquele voo estava preparado para o que os aguardava. Era pior do que andar na montanha-russa de um parque de diversões. Tapavam os ouvidos e sentiam um vazio no estômago, enquanto o avião subia como uma flecha, em um ângulo muito acentuado. De repente, o avião caía centenas de metros, e então se sentiam como se as tripas tivessem ido juntar-se ao cérebro. Quando finalmente parecia que tinham conseguido um pouco de estabilidade, o piloto mudava bruscamente de direção, a fim de não se chocar com algum pico do Himalaia, e os passageiros se sentiam meio de pernas para o ar, até que, do mesmo modo brusco, o aparelho se voltava para o outro lado.

Pelas janelas podiam ver as encostas das montanhas. Lá embaixo, muito embaixo, o fundo dos desfiladeiros, que mal conseguiam ser vislumbrados. Um movimento em falso, uma ligeira vacilação do piloto e o pequeno avião se despedaçaria contra as rochas ou cairia como uma pedra. Um vento caprichoso os empurrava para diante com sopros intermitentes. Mas, quando se chegava ao fim de uma montanha, o vento podia voltar-se contra o avião, dando a ideia de que o paralisava no espaço.

O comerciante da Índia e o médico do Reino Proibido pareciam pregados em seus assentos e seguiam bastante intranquilos, embora dissessem que já haviam passado por aquela experiência. Já os membros da expedição da *International Geographic* seguravam o estômago com as duas mãos, procurando controlar a náusea causada pelo medo. Ninguém fez o menor comentário, nem mesmo Joel González, que estava branco como uma planície nevada, murmurando orações e acariciando a cruz de prata que sempre levava pendurada no pescoço. Todos notaram a calma de Judit Kinski, que conseguia, sem sentir nenhum enjoo, ler um livro sobre tulipas.

O voo durou várias horas, que pareceram vários dias, ao final das quais desceram abruptamente para aterrissar em uma curta pista aberta na vegetação. Pelas janelas tinham visto um pouco da maravilhosa paisagem do Reino Proibido: entre a majestosa cadeia de montanhas nevadas havia uma série de vales estreitos e terraços nas encostas de montes menores, nos quais crescia uma luxuriante vegetação semitropical. As aldeias pareciam formadas de casinhas brancas de boneca e estavam distribuídas por lugares inacessíveis. A capital situava-se em um vale comprido e estreito, espremida entre montanhas. Parecia impossível manobrar ali o avião, mas o piloto sabia muito bem o que fazia. Quando, por fim, tocaram o solo, todos aplaudiram sua assombrosa perícia.

Logo uma escada foi trazida e abriu-se a porta do avião. Com grande dificuldade os passageiros puseram-se de pé e avançaram aos tropeções para a saída, com a sensação de que a qualquer momento iriam vomitar ou desmaiar; só a imperturbável Judit Kinski mantinha a compostura.

Quem primeiro assomou à porta foi Kate Cold. Uma lufada de vento envolveu-lhe o rosto e a trouxe de volta à vida. Viu, com assombro, que no chão, após o último degrau da escada, havia um tapete de belíssimo tecido, que levava do avião à porta de um pequeno edifício de madeira policromada, com seus vários telhados de pagode. Dos dois lados do tapete, fileiras de crianças com cestas de flores. Fincados ao longo do trajeto, postes delgados, nos quais haviam hasteado bandeiras de seda que agora ondulavam ao vento. Músicos com roupas de cores vibrantes e cabeças protegidas por grandes chapéus tocavam tambores e instrumentos metálicos.

Ao pé da escada aguardavam quatro dignitários em trajes cerimoniais: uma espécie de saia de seda atada à cintura com uma faixa azul-escuro, sinal de sua categoria ministerial, casacos longos, bordados com turquesas e corais, chapéus de pele, altos, pontiagudos, terminados com fitas e adornos dourados. Nas mãos, sustinham delicadas estolas brancas.

— Puxa! Não esperava tal recepção! — exclamou Kate Cold, alisando com os dedos suas mechas cinzentas e seu horrível casaco de mil bolsos.

Desceu seguida por seus companheiros, sorrindo e saudando com a mão, mas ninguém respondeu à sua saudação. Passaram diante dos dignitários e das crianças sem receber um só olhar, como se não existissem.

Depois deles desceu Judit Kinski, tranquila, sorridente, bem composta. Então os músicos começaram a tocar ensurdecedoramente seus instrumentos, os meninos a lançar sobre ela uma chuva de pétalas e os dignitários a fazer-lhe profundas reverências. A arquiteta saudou a todos com uma leve inclinação e em seguida estirou os braços, sobre os quais foram depositadas as estolas de seda, chamadas *katas*.

Os repórteres da *International Geographic* viram sair da casinha com telhados de pagode os membros de uma comitiva, ricamente vestidos. No centro, um homem mais alto que os demais, aparentando uns sessenta anos, mas de porte juvenil, vestido com uma saia longa muito simples, um sarongue em tecido roxo bem escuro, que lhe cobria a parte inferior do corpo; no ombro levava uma peça de tecido cor de açafrão. Não tinha nada na cabeça, exceto enfeites. Seus pés estavam descalços. E como adornos tinha somente uma pulseira feita de contas de âmbar, que usava para rezar, e um medalhão que lhe pendia do pescoço. Apesar de sua extrema simplicidade, que contrastava com o luxo dos demais, não tiveram dúvida de que aquele homem era o rei. Os estrangeiros afastaram-se para deixá-lo passar e, de modo automático, inclinaram-se profundamente, como faziam os demais, tamanha era a autoridade que emanava do monarca.

O rei saudou Judit Kinski com um gesto de cabeça, que ela devolveu silenciosamente. Em seguida, trocaram estolas, com uma série de complicadas reverências. Ela realizou de modo impecável a parte que lhe tocava no cerimonial. Não estava brincando quando dissera a Kate Cold que havia estudado a fundo os costumes do país. Ao finalizar a recepção, o rei e ela sorriram abertamente e apertaram as mãos à maneira ocidental.

— Bem-vinda ao nosso humilde país — disse o soberano em inglês com sotaque britânico.

O monarca e sua convidada retiraram-se, seguidos por uma numerosa comitiva, enquanto Kate e os membros de sua equipe coçavam a cabeça, confusos diante do que acabavam de presenciar. Judit Kinski devia ter causado uma extraordinária impressão ao rei, que não a recebia como uma paisagista contratada para plantar tulipas em seu jardim, mas como uma embaixadora plenipotenciária.

Reuniam a bagagem, que incluía as bolsas com as câmeras e os tripés dos fotógrafos, quando então se aproximou um homem que se apresentou como Wandgi, guia e intérprete. Vestia o traje típico, um sarongue preso à cintura com uma faixa listrada, um casaco curto, sem mangas, e macias botas de pele. Kate notou seu chapéu italiano, semelhante àqueles que os mafiosos usavam nos filmes.

Juntamente com a bagagem, acomodaram-se o melhor que puderam em um jipe velho, chacoalhante, e partiram em direção à capital, que, segundo Wandgi, ficava "logo ali". Levaram quase três horas para chegar lá, pois o que ele chamava "estrada" era um caminho estreito e cheio de curvas. O guia falava um inglês antiquado, com sotaque difícil de ser entendido, como se o houvesse estudado exclusivamente em livros, sem ter tido muitas ocasiões de praticá-lo.

Pelo caminho passavam monges e monjas de todas as idades, alguns de apenas cinco ou seis anos; levavam suas vasilhas de mendigar alimento. Também passavam camponeses a pé, carregados de bolsas, jovens de bicicletas e carroças puxadas por búfalos. Os habitantes do Reino eram pessoas muito bonitas: tinham estatura mediana, porte digno, feições aristocráticas. Sorriam sempre, como se estivessem genuinamente alegres.

Vira apenas dois veículos motorizados: uma antiga motocicleta, com um guarda-chuva que servia de teto ao condutor, e um pequeno ônibus pintado de mil cores e completamente lotado de passageiros, animais e bagagens. Para cruzar com ele, o jipe teve de sair da estrada e esperar que passasse, porque os dois não cabiam naquela pista tão estreita. Wandgi informou que Sua Majestade dispunha de vários automóveis modernos, de modo que Judit Kinski já devia estar há tempos no hotel.

— O rei se veste de monge — observou Alexander.

— Sua Majestade é nosso chefe espiritual. Os primeiros anos de sua vida transcorreram em um mosteiro no Tibete. É um homem de grande santidade — explicou o guia, juntando as mãos diante do rosto e inclinando-se em sinal de respeito.

— Eu pensava que os monges fossem celibatários — comentou Kate.

— Muitos são. Mas o rei deve casar-se para dar filhos à coroa. Sua Majestade é viúvo. Sua bem-amada esposa morreu há dez anos.

— Quantos filhos tiveram?

— Foram abençoados com quatro filhos e cinco filhas. Um dos filhos será rei. Aqui não é como na Inglaterra, onde o mais velho herda a coroa. Entre nós, o príncipe de coração mais puro se tornará rei após a morte do pai — explicou Wandgi.

— Como podem saber quem é o de coração mais puro? — perguntou Nádia.

— O rei e a rainha conhecem bem os filhos, e em geral adivinham qual é o mais puro, mas sua decisão deve ser confirmada pelo grande lama, que estuda os signos astrais e submete o menino escolhido a várias provas, a fim de determinar se ele é realmente a reencarnação de um monarca anterior.

Explicou-lhes que as provas eram irrefutáveis. Por exemplo: em uma delas o príncipe deve reconhecer sete objetos usados pelo primeiro governante do Reino do Dragão de Ouro, mil e oitocentos anos antes. Os objetos são postos no chão, misturados com outros, para que o menino os escolha. Se passar nessa primeira prova, deverá montar um cavalo selvagem. Se for a reencarnação de um rei, os animais reconhecerão sua autoridade e se acalmarão. O menino também deverá cruzar a nado as águas geladas e inquietas do rio sagrado. Os de coração puro serão ajudados pela corrente, os outros serão sugados por ela. Esse método de prova dos príncipes jamais havia falhado.

No decorrer de sua história, o Reino Proibido sempre teve monarcas justos e de grande visão, contou Wandgi, acrescentando que o país nunca fora invadido nem colonizado, embora não contasse com um exército capaz de enfrentar seus poderosos vizinhos, a Índia e a China. Na geração atual, o filho mais novo, que era apenas uma criança quando a mãe morrera, fora designado sucessor do pai. Os lamas tinham lhe dado o nome que tivera em algumas encarnações: Dil Bahadur, "coração valente". Desde então, ninguém voltara a vê-lo; o príncipe era educado em um lugar secreto.

Kate Cold aproveitou a oportunidade para perguntar ao guia sobre o misterioso Dragão de Ouro. Wandgi não parecia disposto a tratar do assunto, mas o grupo da *International Geographic* conseguiu deduzir algo de suas evasivas respostas. Ao que parecia, a estátua podia predizer o futuro, mas somente o rei era capaz de decifrar a linguagem críptica das profecias. A razão pela qual este devia ter o coração puro estava no fato de que o poder do Dragão de Ouro só devia ser usado para proteger a nação, nunca para fins pessoais. No coração do rei não podia haver cobiça.

Pelo caminho, viram casas de camponeses e muitos templos, que se identificavam antes de tudo pelas bandeiras de orações que resplandeciam ao vento, semelhantes às que tinham visto no aeroporto. O guia trocava saudações com as pessoas que passavam; parecia que naquele lugar todos se conheciam.

Passaram por filas de meninos vestidos com as túnicas de cor vermelho-escuro dos monges, e o guia explicou-lhes que a maior parte da educação competia aos mosteiros, onde os alunos viviam a partir dos cinco ou seis anos de idade. Alguns nunca deixavam o mosteiro, porque preferiam seguir os passos de seus mestres, os lamas.

As meninas tinham suas próprias escolas. Havia uma universidade, mas em geral os profissionais iam se formar na Índia e em alguns casos na Inglaterra, quando a família podia pagar ou quando o estudante recebia uma bolsa do governo.

Em dois modestos armazéns, viram antenas de televisão. Wandgi lhes informou que ali se reuniam vizinhos nas horas em que havia programas, mas, como o fornecimento de eletricidade costumava ser interrompido com frequência, os horários de transmissão variavam. Acrescentou que a maior parte do país podia se comunicar por telefone; para falar, bastava ir a uma agência dos correios; e se não houvesse uma no lugar, podiam procurar a escola, onde sempre havia um aparelho disponível. Ninguém tinha telefone em casa, o serviço não era necessário à população. Timothy Bruce e Joel González trocaram um olhar de dúvida. Poderiam usar seus celulares no país do Dragão de Ouro?

— O alcance desses telefones está muito limitado pelas montanhas, por isso são quase desconhecidos aqui. Contaram-me — disse ainda o guia — que em seu país ninguém fala mais cara a cara, só por telefone.

— E pelo correio eletrônico — completou Alexander.

— Ouvi falar desse tal correio, mas nunca o vi — comentou Wandgi.

A paisagem era de sonho, intocada pela tecnologia moderna. Cultivava-se a terra com a ajuda de búfalos, que puxavam os arados com lentidão e paciência. Nas encostas das montanhas, cortadas em terraços, havia centenas de campos de arroz verde-esmeralda. Árvores e flores de espécies desconhecidas cresciam na margem do caminho e lá longe, no fundo do quadro, erguiam-se os cumes nevados do Himalaia.

Alexander observou que a agricultura parecia muito atrasada, mas Kate o fez ver que nem tudo se mede em termos de produtividade, e esclareceu que aquele era o único país do mundo no qual a ecologia era muito mais importante do que os negócios. Wandgi sentiu-se feliz com essas palavras, mas nada acrescentou, para não os humilhar, pois os visitantes vinham de um país onde, segundo tinha ouvido, o mais importante eram os negócios.

Duas horas mais tarde, o sol se ocultava atrás das montanhas e as sombras da tarde caíam sobre os verdes campos de arroz.

Aqui e ali começavam a brilhar, nas casas e nos templos, as vacilantes luzes das lamparinas a óleo. Chegavam fracamente aos ouvidos dos viajantes os sons guturais das grandes trombetas dos monges chamando para a oração do crepúsculo.

Pouco depois puderam ver, a distância, as primeiras edificações de Tunkhala. Embora fosse a capital, não parecia muito maior que uma cidadezinha remota. Viram alguns sinais de trânsito na rua principal, puderam apreciar a ordem e a limpeza que imperavam por toda parte, mas também assinalaram os contrastes: iaques caminhando pelas ruas ao lado de motocicletas italianas, avós transportando netos nas costas e policiais dirigindo o trânsito com roupas de príncipes antigos.

As portas de muitas casas estavam abertas de par em par, e Wandgi explicou que ali praticamente não havia delinquência; além do mais, todo mundo se conhecia. Quem fosse visto entrando em uma casa, só podia ser parente ou amigo. O trabalho da polícia era pequeno: tinha apenas de vigiar as fronteiras, manter a ordem por ocasião das grandes festividades e controlar possíveis rebeliões estudantis.

O comércio continuava a funcionar. Wandgi parou o jipe na frente de uma loja, pouco maior do que um *closet*, onde vendiam creme dental, doces, filmes fotográficos, cartões-postais descoloridos pelo sol, umas poucas revistas, jornais do Nepal, da China e da Índia. Os visitantes notaram que na loja também tinham latas vazias, garrafas, bolsas de plástico e sacos de papel já usados. Todas as coisas tinham valor, mesmo as mais insignificantes, porque ali nada havia em excesso. Nada se perdia, tudo se usava ou se reciclava. Um frasco de vidro ou uma bolsa plástica podiam ser considerados verdadeiros tesouros.

— Esta é minha humilde loja e ao lado fica minha pequena casa, onde terei imenso prazer em recebê-los — anunciou Wandgi, enrubescendo, pois não queria que os estrangeiros vissem nele qualquer vestígio de presunção.

Veio recebê-los uma garota de mais ou menos quinze anos.

— E esta é minha filha, Pema. Seu nome quer dizer flor de lótus — acrescentou o guia.

— A flor de lótus é símbolo de pureza e formosura — disse Alexander, enrubescendo como Wandgi, pois mal fechou a boca e já se sentia ridículo pela maneira como havia falado.

Kate o olhou de lado, surpresa. Ele piscou um olho e sussurrou que antes de viajar tinha ido à biblioteca a fim de ler sobre o país.

— O que mais descobriu? — perguntou ela disfarçadamente.

— Pergunte e verá, Kate. Sei quase tanto quanto Judit Kinski — replicou Alexander no mesmo tom.

Pema sorriu com irresistível encanto, juntou as mãos diante do rosto e se inclinou, fazendo a saudação tradicional. Era magra e reta como um bambu; à luz amarela das lamparinas, sua pele parecia de marfim e seus grandes olhos brilhavam com uma expressão travessa. Seu cabelo era como um suave manto que se soltava sobre os ombros e as costas. Como todas as pessoas que tinham visto desde a chegada, ela também vestia o traje típico. Havia pouca diferença entre a roupa dos homens e a das mulheres, todos vestiam uma saia ou sarongue, um casaco ou uma blusa.

Nádia e Pema olharam-se com mútuo assombro. De um lado, a garota que acabava de chegar do coração da América do Sul, usando penas no cabelo e levando um macaquinho no ombro; de outro, aquela adolescente com a graça de uma bailarina, nascida entre os cumes das montanhas mais altas da Ásia. Ambas se sentiram conectadas por uma instantânea corrente de simpatia.

— Se desejarem, talvez amanhã Pema possa ensinar à menina e à vovozinha como usar um sarongue — disse o guia, perturbado.

Alexander teve um arrepio ao ouvir a palavra "vovozinha", mas Kate não reagiu. Acabava de perceber que as bermudas usadas por ela e por Nádia eram uma ofensa no Reino.

— Ficaremos muito gratas... — replicou Kate, inclinando-se com as mãos postas diante do rosto.

Por fim, os extenuados viajantes chegaram ao hotel, o único da capital e do país. Os poucos turistas que se aventuravam a visitar as aldeias dormiam nas casas dos camponeses, nas quais eram sempre bem recebidos. A ninguém se negava hospitalidade. Arrastaram a bagagem até os dois aposentos que ocupariam: em um, Kate e Nádia; no outro, os homens. Em comparação com os quartos incrivelmente luxuosos do palácio do marajá em Nova Délhi, os do hotel do Reino pareciam celas de monges.

Caíram na cama sem tomar banho nem tirar a roupa, tal o cansaço que sentiam. Mais tarde, acordaram entorpecidos pelo frio. A temperatura havia caído bruscamente. Acenderam suas lanternas e descobriram pesadas cobertas de lã, organizadamente empilhadas em um canto, com as quais se cobriram e logo voltaram a dormir. Acordaram ao amanhecer. Foram despertados pelo grave lamento das pesadas e compridas trombetas com as quais os monges chamavam o povo para a oração.

Wandgi e Pema os esperavam com a excelente notícia de que o rei estava disposto a recebê-los no dia seguinte. Enquanto iam tomando o suculento desjejum composto de chá, verduras e bolos de arroz, que deviam comer com três dedos da mão direita, como exigiam os bons modos, o guia os informava acerca do protocolo da visita ao palácio.

De saída, era necessário comprar roupa adequada para Nádia e Kate. Os homens deviam vestir um casaco. O rei era uma pessoa muito compreensiva e certamente entenderia que se tratava de expedicionários em roupa de trabalho, mas de qualquer maneira teriam de ser respeitosos.

Explicou-lhes como se fazia a troca das *katas*, as estolas cerimoniais, como deviam permanecer de joelhos nos lugares assinalados até que lhes fizessem sinal para se sentar; ensinou-lhes, finalmente, que não deviam se dirigir ao rei antes que este se dirigisse a eles. Se lhes oferecessem chá ou comida, deviam recusar três vezes, para em seguida aceitar e comer em silêncio, lentamente, mostrando assim que gostavam do alimento. Seria descortês falar enquanto estivessem comendo. Borobá ficaria com Pema. Wandgi não sabia o que o protocolo estabelecia no tocante a macacos.

Kate Cold conseguiu conectar seu PC a uma das linhas telefônicas do hotel para enviar notícias à revista *International Geographic* e comunicar-se com o professor Leblanc. Tratava-se de um neurótico, mas não se podia negar que era uma fonte inesgotável de informação. A velha escritora perguntou-lhe o que sabia sobre a educação dos reis e acerca da lenda do Dragão de Ouro. Logo recebeu uma longa lição a respeito.

Pema levou Kate e Nádia a uma loja na qual vendiam sarongues, e cada uma adquiriu três, porque chovia várias vezes por dia e era necessário esperar que o tecido secasse. Não foi fácil para as duas aprender a maneira correta de enrolar o pano em torno do corpo e prendê-lo com uma cinta. Na primeira tentativa, apertaram tanto o tecido que ficaram sem poder dar um passo; na segunda, deixaram os sarongues muito frouxos, e assim eles caíram tão logo as duas se movimentaram. Depois de vários ensaios, Nádia conseguiu dominar a técnica; Kate, no entanto, continuava a parecer uma velha múmia envolta em ataduras. Não conseguia se sentar e, quando caminhava, mais parecia um prisioneiro com grilhões nos pés. Ao vê-la, Alexander e os fotógrafos irromperam em gargalhadas incontroláveis, enquanto Kate tropeçava, tossia, resmungava entre dentes.

O palácio real era o maior edifício de Tunkhala, com mais de mil salas e quartos distribuídos em três andares visíveis e outros abaixo da superfície. Situava-se estrategicamente sobre uma colina de encostas abruptas. O palácio devia ser alcançado por um caminho cheio de curvas, ladeado de bandeiras de orações hasteadas em flexíveis mastros de bambu. O elegante estilo do edifício era o mesmo do restante das casas, inclusive as mais modestas; tinha, porém, mais telhados que as outras, todos coroados por estátuas de cerâmica, que reproduziam figuras da antiga mitologia do Reino. Os balcões, portas e janelas eram pintados com desenhos de cores incomuns.

Soldados montavam guarda, paramentados com capacetes emplumados e casacos de pele, tudo amarelo e vermelho. Estavam armados com espadas, arcos e flechas. Wandgi explicou que a função das espadas e arcos era puramente decorativa; só os policiais usavam armas modernas. Acrescentou que o arco era a arma tradicional do Reino Proibido e também seu esporte favorito. Até o rei participava das competições anuais.

Foram recebidos por dois funcionários que vestiam os elaborados trajes da corte e conduzidos através de várias salas, nas quais o mobiliário era formado somente por mesas baixas, grandes baús de madeira policromada e pilhas de almofadas redondas para serem usadas como assentos. Havia algumas estátuas religiosas cercadas de oferendas: velas, arroz e pétalas de rosas.

As paredes eram cobertas com afrescos; alguns, de tão antigos, haviam perdido parte de suas figuras. Viram, então, monges com pincéis, vasos de tinta e finas lâminas de ouro, restaurando os afrescos com infinita paciência. De várias outras paredes pendiam ricas tapeçarias, com bordados de seda e cetim.

Passaram por longos corredores, com portas de ambos os lados, dando para os escritórios nos quais trabalhavam centenas de funcionários e monges escrivães. O Reino ainda não havia adotado os computadores; os dados sobre a administração pública eram anotados à mão em cadernos. Havia também uma sala para os oráculos. Ali o povo ia pedir conselhos a lamas e monjas que possuíam o dom da adivinhação e ajudavam os consulentes a tirarem suas dúvidas.

Para os budistas do Reino Proibido o caminho da salvação era sempre individual e tinha por base a compaixão por tudo que existe. A teoria de nada servia sem a prática. Com um bom guia, conselheiro ou oráculo era possível corrigir o rumo e apressar os resultados.

Chegaram a uma sala sem adornos, no centro da qual havia um grande Buda de madeira dourada, cuja cabeça alcançava o teto. Ouviram música de bandolins, mas em seguida perceberam monjas cantando. A melodia subia e subia. De repente caía e mudava de ritmo. Diante da monumental imagem havia um tapete para os que oravam, velas acesas, varetas de incenso e cestas com oferendas. Imitando os dignitários, os visitantes inclinaram-se três vezes diante da estátua, tocando a testa no chão.

O rei os recebeu em um salão de estilo arquitetônico tão simples e delicado quanto o resto do palácio, mas decorado com tapetes cobertos de cenas religiosas e máscaras cerimoniais pendentes das paredes. Tinham trazido cinco cadeiras, como deferência aos estrangeiros, que não estavam habituados a se sentar no chão.

Na parede atrás do rei pendia um tapete no qual haviam bordado um animal que causou surpresa a Nádia e Alex, por se parecer muito com os belos dragões alados que tinham visto no interior do *tepui* onde estava a Cidade das Feras, em plena Amazônia. Aqueles eram os últimos de uma espécie extinta há milênios. O tapete real vinha provar que, decerto, em alguma época, os dragões também tinham existido na Ásia.

O monarca usava a mesma túnica do dia anterior, mas agora cobria a cabeça com um estranho gorro, como se fosse um capacete de pano. No peito luzia um medalhão, um antigo disco de ouro com incrustações de coral. Sentava-se na posição de lótus, sobre um estrado de meio metro de altura.

Ao lado do soberano, um bonito leopardo estava deitado como um gato; ao ver os visitantes, o animal ergueu-se, orelhas em posição de alerta, cravou o olhar em Alexander e mostrou-lhe os dentes. O amo pôs a mão em seu lombo, tranquilizando-o, mas os olhos rasgados do leopardo não se desprendiam do garoto americano.

Acompanhavam o rei alguns dignitários, esplendidamente vestidos com tecidos listrados, casacos bordados e chapéus adornados com grandes folhas de ouro, embora alguns calçassem sapatos ocidentais e conduzissem pastas de executivo. Estavam presentes vários monges, com suas túnicas vermelhas. Três garotas e dois adolescentes, altos e distintos, permaneciam de pé junto ao rei; os visitantes supuseram que fossem filhos dele.

Seguindo as instruções de Wandgi, não aceitaram as cadeiras, pois ao se sentarem deviam ficar em um nível inferior ao do mandatário; preferiram, pois, as pequenas almofadas de lã, dispostas em frente à plataforma real.

Depois de trocarem as *katas* e as saudações protocolares, os estrangeiros aguardaram o sinal do rei para se acomodarem no assoalho; os homens com as pernas cruzadas, as mulheres sentadas de lado. Atrapalhada com o sarongue, Kate Cold esteve a ponto de desequilibrar-se e cair. O rei e sua corte tiveram dificuldade para esconder o sorriso.

Antes de darem início às conversações foram servidos chá, nozes e uns estranhos frutos polvilhados com sal, que os visitantes comeram depois de rejeitá-los três vezes. Chegado o momento dos presentes, a jornalista fez um gesto a Timothy Bruce e Joel González, que, de joelhos, aproximaram-se do rei a fim de presenteá-lo com exemplares dos doze primeiros números da *International Geographic*, publicados em 1888, e uma página manuscrita de Charles Darwin, que o diretor da revista havia adquirido milagrosamente em um antiquário de Londres. O rei agradeceu, e em troca lhes ofereceu um livro envolto em tecido. Wandgi lhes instruíra a não abrir o pacote; o contrário seria dar mostras de impaciência só aceitável em uma criança.

Nesse momento, um funcionário anunciou a chegada de Judit Kinski. Os membros da expedição da *International Geographic* compreenderam por que não a tinham visto no hotel pela manhã. Ela era hóspede do palácio real. Judit fez uma saudação inclinando a cabeça e tomou seu lugar no chão, ao lado dos outros estrangeiros. Vestia uma roupa simples e levava sua bolsa de couro, da qual aparentemente jamais se separava; como único adorno, uma larga pulseira africana de osso entalhado.

De repente, Tschewang, o leopardo real, que permanecia quieto mas atento, deu um salto e se plantou diante de Alexander, encolhendo o focinho em uma careta ameaçadora, que deixava à vista cada uma de suas presas. Todos os presentes imobilizaram-se e dois guardas quiseram intervir, mas o rei os deteve com um gesto e chamou a fera. O leopardo voltou-se para seu amo, mas não obedeceu.

Sem ter consciência do que fazia, Alexander tirou os óculos, pôs-se de quatro e adotou uma expressão semelhante à do felino: grunhia, mostrava os dentes e dobrava os dedos como se estes, em vez de unhas, tivessem garras.

Sem sair de seu lugar, Nádia começou a emitir estranhos murmúrios, que soavam como o ronronar de um gato. Logo o leopardo se voltou para ela, aproximou o focinho de sua cara, cheirando-a e agitando a cauda. Em seguida, para assombro de todos, a fera deitou-se diante dela, que, sem aparentar o mínimo temor e sem deixar de ronronar, passou a acariciar-lhe a barriga.

— Sabe falar com os animais? — perguntou o rei com naturalidade.

Surpresos, os estrangeiros deduziram que naquele reino falar com os animais não devia ser algo insólito.

— Às vezes — replicou a menina.

O monarca sorriu, apontou para o felino e perguntou:

— O que está acontecendo com meu fiel Tschewang? Geralmente ele é cortês e obediente.

— Creio que se assustou ao ver um jaguar — respondeu Nádia.

Ninguém, a não ser Alexander, entendeu o que significava aquela resposta. Kate Cold deu uma involuntária palmada na fronte: estavam, sem dúvida nenhuma, fazendo um papelão, pareciam um bando de loucos soltos no palácio. Mas o rei não pareceu se surpreender com a resposta da menina estrangeira de pele cor de mel. Limitou-se a olhar com atenção para o menino americano, que tinha voltado à normalidade e estava novamente sentado com as pernas cruzadas. Nada além do suor em sua fronte indicava o susto que havia experimentado.

Nádia Santos pôs uma das estolas de seda diante do leopardo, que a tomou delicadamente entre os dentes e foi depositá-la aos pés do monarca. Em seguida, instalou-se no lugar de costume, sobre a plataforma real.

O rei tornou a se dirigir a Nádia:

— Também consegue falar com os pássaros, menina?

— Às vezes — repetiu ela.

— Aqui costumam aparecer algumas aves interessantes — informou o rei.

Na verdade, o Reino do Dragão de Ouro era um santuário ecológico, onde sobreviviam muitas espécies já exterminadas no resto do mundo, mas gabar-se era visto como um ato de imperdoável má educação. Nem o rei, que era a maior autoridade em matéria de flora e fauna, seria capaz de mencionar essa particularidade de seu reino.

Mais tarde, quando os membros do grupo da *International Geographic* abriram o presente real, constataram que se tratava de um livro de fotografias de pássaros. Wandgi explicou que as fotos tinham sido feitas pelo próprio rei; contudo, seu nome não aparecia no livro, pois isso seria uma demonstração de vaidade.

No restante da entrevista, continuaram a falar do Reino do Dragão de Ouro. Os estrangeiros notaram que todos os moradores locais se expressavam de modo vago. As palavras mais frequentes eram "talvez" e "possivelmente", com as quais se evitavam opiniões conclusivas e confrontos. Sempre se deixava espaço para uma saída honrosa, caso as partes não chegassem a um acordo.

Judit Kinski parecia saber muito sobre a maravilhosa natureza da região. Isso havia conquistado o governante, bem como o restante da corte, pois seus conhecimentos eram pouco comuns entre os estrangeiros.

— É uma honra receber em nosso país os enviados da revista *International Geographic* — disse o soberano.

— A honra é toda nossa — respondeu Kate Cold. — Sabemos que neste reino o respeito à natureza é incomparável.

— Se ofendermos o mundo natural, teremos de pagar as consequências — disse o rei. — Somente um louco poderia cometer semelhante tolice. Wandgi, seu guia, poderá levá-los aonde quiserem. Talvez possam visitar os templos ou os dzong, mosteiros fortificados, onde possivelmente os monges os receberão como hóspedes e lhes darão as informações de que necessitarem.

Todos notaram que o rei não se dirigia a Judit Kinski, e assim puderam adivinhar que o governante pensava em ser ele mesmo o guia da arquiteta, mostrar-lhe as belezas de seu reino.

A entrevista chegava ao fim; só restava agradecer e despedir-se. Então, Kate Cold cometeu a primeira imprudência. Incapaz de resistir a um impulso, perguntou, sem meias palavras, pela lenda do Dragão de Ouro. Um silêncio glacial baixou sobre a sala. Os dignitários ficaram paralisados, o sorriso amável do rei desapareceu. A pausa que se seguiu pareceu muito pesada, até que Judit Kinski atreveu-se a falar.

— Perdoe nossa impertinência, Majestade — disse, fixando seus olhos castanhos nas pupilas do rei. — Não conhecemos bem os costumes locais. Espero que a pergunta da Sra. Cold não tenha sido ofensiva. Na verdade, ela falou por todos nós. Tanto quanto os jornalistas da *International Geographic,* sinto curiosidade por essa lenda.

O rei devolveu o olhar de Judit com expressão muito séria, como se avaliasse suas intenções, mas em seguida sorriu. Imediatamente se rompeu o gelo, e todos voltaram a respirar aliviados.

— O dragão sagrado existe, não é apenas uma lenda. Mas não poderão vê-lo, lamento — disse o rei, com uma firmeza na voz que até aquele momento tinha evitado.

— Li, em algum lugar, que a estátua era guardada em um mosteiro fortificado do Tibete. Me pergunto o que sucedeu com ela depois da invasão chinesa... — insistiu Judit Kinski.

Kate pensou que outra pessoa não teria ousado prosseguir com o assunto. Aquela mulher tinha muita confiança em si mesma e na atração que exercia sobre o rei.

— O dragão sagrado representa o espírito de nossa nação. Ele nunca saiu de nosso reino — esclareceu o rei.

— Desculpe, Majestade, eu estava mal informada — disse Judit. — É lógico que esteja guardado no palácio, junto a Vossa Majestade.

— Talvez — divagou ele, pondo-se de pé, a fim de indicar que a entrevista estava terminada.

O grupo da *International Geographic* despediu-se com grandes reverências e recuou de costas, menos Kate Cold, que, de tão atrapalhada com o sarongue, não teve remédio senão levantá-lo até os joelhos e sair aos tropeções, dando as costas à Sua Majestade.

Tschewang, o leopardo real, seguiu Nádia até a porta do palácio, esfregando o focinho em sua mão, mas sem afastar a vista de Alexander.

Nádia riu e disse para o amigo:

— Não olhe para ele, Jaguar. Está com ciúmes de você.

SEQUESTRADAS

Colecionador acordou sobressaltado pela campainha do telefone exclusivo sobre sua mesa de cabeceira. Eram duas da madrugada. Só três pessoas conheciam aquele número: sua mãe, seu médico e o chefe de seus guarda-costas. Fazia meses que o aparelho não tocava. O Colecionador não necessitara do médico nem do chefe da segurança. E, naquele momento, sua mãe andava pela Antártica fotografando pinguins. Ela passara seus últimos anos embarcada em cruzeiros de luxo que a levavam de um lado para outro, em uma viagem interminável. Em cada porto que chegava era recebida por um empregado, que lhe entregava a passagem para mais um cruzeiro. O filho havia descoberto que assim podia mantê-la entretida e não tinha de vê-la.

— Como descobriu este número? — perguntou o segundo homem mais rico do mundo, após identificar o interlocutor, apesar do dispositivo que lhe distorcia a voz.

— Descobrir segredos é parte de meu trabalho — replicou o Especialista.

— Quais são as notícias?

— Em breve terá aquilo que me solicitou.

— Então por que me acorda a esta hora da noite?

— Para dizer que de nada servirá o Dragão de Ouro se não souber como usá-lo — explicou o Especialista.

— Para isso mandei traduzir o pergaminho — disse o Colecionador. — Aquele que comprei do general chinês.

— Acredita mesmo que uma coisa tão importante seja exposta em um simples pedaço de pergaminho? O texto está cifrado.

— Então consiga a chave para decifrar! Foi para isso que contratei seus serviços!

— Não. Você me contratou para conseguir aquele objeto, mais nada. O contrato não fala em decifração — assinalou friamente a voz que o telefone deformava.

— Sem as instruções, não me interessa o Dragão! — gritou o cliente. — Ou consegue a chave, ou não verá seus milhões de dólares!

— Jamais reconsidero os termos de um negócio. Nós fizemos um acerto. Dentro de duas semanas lhe apresentarei a estátua e cobrarei o que foi estabelecido. Se não pagar, sofrerá um prejuízo irreparável.

O cliente entendeu a ameaça e não teve dúvida de que sua vida estava em jogo. E, mais uma vez, o segundo homem mais rico do planeta se assustou.

— Tem razão, trato é trato — assentiu o cliente em tom conciliador. — Pagarei uma quantia à parte pela chave de decifração do pergaminho. Acha que poderá consegui-la em um prazo não muito longo? Como sabe, necessito urgentemente da estátua. Estou disposto a pagar o necessário, dinheiro não é problema.

— E, no caso, a questão não é o preço.

— Todo mundo tem um preço.

— Está enganado — replicou o Especialista.

— Mas você não me disse que era capaz de conseguir qualquer coisa? — lembrou o cliente, angustiado.

— Um de meus agentes se comunicará em breve com você — replicou a voz, e a comunicação foi interrompida.

O multibilionário não conseguiu voltar a dormir. Passou o restante da noite no escritório, analisando sua imensurável fortuna. O escritório ocupava a maior parte da casa e nele havia meia centena de computadores. Dia e noite seus empregados mantinham-se conectados com os mais importantes mercados financeiros do mundo. Mas, embora o Colecionador passasse e repassasse os números e gritasse com os subalternos, não conseguia mudar o fato de que havia outro homem mais rico do que ele. Isso lhe destroçava os nervos.

Depois de percorrer a encantadora cidade de Tunkhala, apreciando suas casas com tetos de pagode, suas *stupas* ou cúpulas religiosas, seus templos e suas dezenas de mosteiros construídos nas encostas das montanhas, em meio a uma natureza exuberante, com grande variedade de árvores e flores, Wandgi se propôs a mostrar-lhes a universidade. O *campus* era um parque natural, com pequenas cascatas e milhares de pássaros, em cujo centro se erguiam vários edifícios. Os telhados de pagode, as imagens de Buda pintadas nas paredes e as bandeiras de oração faziam a universidade parecer um conjunto de mosteiros. Pelos caminhos do parque viram estudantes conversando em grupos; chamou-lhes a atenção sua formalidade, que era o oposto do ar relaxado dos jovens no Ocidente.

Foram recebidos pelo reitor. Este pediu a Kate Cold que falasse aos alunos, a fim de contar-lhes a história da revista *International Geographic*, que muitos liam regularmente na biblioteca.

— Temos pouquíssimas oportunidades de receber visitantes ilustres em nossa humilde universidade — disse o reitor, inclinando-se diante da jornalista.

E foi assim que Kate, os fotógrafos, Alexander e Nádia se viram instalados em uma sala, diante dos cento e noventa alunos da universidade e de seus professores. Quase todos falavam pelo menos um pouco de inglês, a língua preferida pelos jovens; mas, em várias ocasiões, Wandgi teve de traduzir o que era dito. A primeira meia hora transcorreu com todos muito circunspectos.

O público fazia perguntas ingênuas, de modo respeitoso, saudando com uma reverência antes de dirigir-se aos estrangeiros. Cansado com tal rotina, Alexander levantou o braço:

— Também podemos fazer perguntas? Viemos de muito longe e queremos aprender alguma coisa sobre este país.

Houve um longo momento de silêncio, durante o qual os estudantes se entreolharam, surpresos, pois era a primeira vez que, em uma conferência, alguém fazia tal proposta. Depois de alguns cochichos entre professores, o reitor deu seu consentimento. Na hora e meia seguinte, os visitantes tomaram conhecimento de alguns dados interessantes sobre o Reino Proibido; e os estudantes, livres da estrita formalidade a que estavam habituados, atreveram-se a fazer perguntas sobre o cinema, a música, a roupa, os carros e muitos outros aspectos da vida nos Estados Unidos.

No final, Timothy Bruce tirou do bolso uma fita com gravações de *rock'n'roll* e Kate Cold a tocou em seu gravador. Obedecendo a um impulso irresistível, seu neto, habitualmente tímido, levantou-se e fez uma demonstração de dança moderna, que deixou todos boquiabertos. Contagiado pela frenética dança, Borobá tratou de imitar Alex, o que fez com perfeição, provocando risos no público. Terminada a "conferência", os estudantes acompanharam os estrangeiros até os limites do *campus,* cantando e dançando como Alexander, enquanto os professores, estupefatos, coçavam a cabeça.

— Como puderam aprender a música americana depois de ouvi-la apenas uma vez? — perguntou Kate Cold, admirada.

— Há muitos anos que essa música circula entre os estudantes, vovó — explicou Wandgi, rindo. — Em suas casas, esses rapazes vestem roupas de vaqueiro, como vocês. Vêm contrabandeadas da Índia.

Àquela altura, Kate já se resignara a ouvir o guia chamá-la de "vovó". Era um tratamento respeitoso, forma educada de dirigir-se às mulheres mais idosas. Em troca, Nádia e Alex deviam tratar Wandgi de "tio" e Pema de "prima".

— Se não estiverem muito cansados, talvez os honoráveis visitantes queiram provar a comida típica de Tunkhala — sugeriu Wandgi com timidez.

Os honoráveis visitantes estavam exaustos, mas não podiam perder tal oportunidade. Terminaram o dia de intensa atividade na casa do guia, que, como muitas outras da capital, tinha dois andares, fora construída com tijolos brancos e peças de madeira pintadas com intrincados desenhos de flores e pássaros, no mesmo estilo visto no palácio real. Foi impossível descobrir quem pertencia diretamente à família de Wandgi, pois no curso da visita entraram e saíram dezenas de pessoas, todas apresentadas como tios, primos e irmãos. Não tinham nome de família. No reino, ao nascer, a criança recebia dos pais dois ou três nomes, para distingui-la das outras, mas as pessoas podiam mudar seus nomes à vontade, várias vezes na vida. Os únicos que usavam sobrenomes eram os membros da família real.

Pema, sua mãe e várias tias e primas serviram a comida. Todos se sentaram no chão, em torno de uma mesa redonda, sobre a qual havia uma verdadeira montanha de arroz avermelhado, cereais e várias combinações de vegetais temperados com especiarias e pimenta. Em seguida, trouxeram as delícias preparadas especialmente para os visitantes: fígado de iaque, pulmão de ovelha, pés de porco, olhos de cabra e chouriços temperados com tanta pimenta e tanta páprica que só o cheiro dos pratos fez os visitantes lacrimejarem e Kate Cold sofrer um acesso de tosse. Comia-se com a mão, formando bolinhas com os alimentos, e era de bom-tom oferecer primeiro as bolinhas aos visitantes.

Ao levar o primeiro bocado à boca, Nádia e Alexander estiveram a ponto de soltar um grito: nenhum deles jamais havia provado algo tão picante. Suas bocas ardiam como se estivessem mastigando brasas. Entre repetidas tosses, Kate lhes advertiu que não deviam ofender os anfitriões, mas os nativos do Reino Proibido sabiam que os estrangeiros não eram capazes de tragar aquela comida. Enquanto as lágrimas corriam dos olhos dos dois adolescentes, os habitantes da casa gargalhavam, batendo no assoalho com os pés e as mãos.

Com ar muito divertido, Pema trouxe-lhes chá, para que enxaguassem a boca, e um prato com os mesmos vegetais, mas preparados sem ingredientes picantes. Alex e Nádia trocaram um olhar de cumplicidade. Na Amazônia, haviam comido serpente assada e uma sopa feita com as cinzas de um indígena morto. Sem dizer nenhuma palavra, decidiram que não era hora de recuar. Agradeceram, inclinando-se com as palmas juntas diante do rosto e em seguida prepararam suas bolinhas de fogo que, com valentia, trataram de levar à boca.

No dia seguinte seria celebrado um festival religioso, que coincidia com a lua cheia e o aniversário do rei. Durante semanas, o país inteiro havia se preparado para o evento. Toda Tunkhala saiu à rua, e pelos caminhos das montanhas, viajando a pé ou a cavalo durante dias, vieram camponeses que moravam em aldeias remotas. Depois das bênçãos dos lamas, os músicos saíram com seus instrumentos, bem como as cozinheiras, que cobriram as grandes mesas ao ar livre com os mais diversos pratos, doces e jarras cheias de licor de arroz. Naquele dia tudo era grátis.

Desde muito cedo soavam as trombetas, os tambores e os gongos dos mosteiros. Os fiéis e os peregrinos chegados de longe aglomeravam-se nos templos para fazer suas oferendas, girar as rodas de oração e acender as velas feitas com manteiga de iaque. Flutuavam sobre a cidade a fumaça do incenso e o cheiro rançoso da gordura queimada.

Antes da viagem, Alexander havia consultado a biblioteca de sua escola para se informar acerca do Reino Proibido, seus costumes e sua religião. Deu uma breve lição sobre o budismo a Nádia, que jamais ouvira falar de Buda.

— Onde hoje é o sul do Nepal, nasceu, quinhentos e sessenta e seis anos antes de Cristo, um príncipe chamado Sidarta Gautama. Um adivinho prognosticou que o menino chegaria a reinar sobre a Terra inteira e acrescentou que seria preservado da deterioração e da morte. Seria, também, um grande mestre espiritual. Seu pai, que preferia o primeiro prognóstico, cercou o palácio de altos muros para que Sidarta levasse uma vida esplêndida, dedicada ao prazer e à beleza, sem ter jamais de enfrentar o sofrimento. Até as folhas que caíam eram imediatamente varridas, para que ele não as visse murchar. O jovem se casou e teve um filho sem nunca ter deixado aquele paraíso. Tinha vinte e nove anos quando pisou fora do jardim e, pela primeira vez, viu a doença, a pobreza, a dor, a crueldade. Cortou o cabelo, despojou-se das joias e das ricas vestes de seda e foi em busca da Verdade. Durante seis anos, estudou com iogues indianos e submeteu o corpo ao mais rigoroso ascetismo.

— O que isso quer dizer? — perguntou Nádia.

— Que ele levava uma vida de privações. Dormia sobre espinhos e comia apenas uns poucos grãos de arroz.

— Péssima ideia — observou a menina.

— Foi exatamente a essa conclusão que Sidarta chegou. Depois de passar do prazer absoluto, em seu palácio, para o sacrifício mais severo, ele compreendeu que o caminho do meio era o mais adequado.

— Por que o chamam de O Iluminado? — quis saber Nádia.

— Porque aos 35 anos sentou-se embaixo de uma árvore e ali permaneceu imóvel seis dias e seis noites, ocupado somente em meditar. Em uma noite de luar, como esta em que se celebra o festival, sua mente e seu espírito se abriram e ele conseguiu compreender todos os princípios e processos da vida. Quer dizer, transformou-se em Buda.

— No sânscrito — esclareceu Kate Cold, que escutava atentamente as explicações do neto — "Buda" quer dizer "desperto" ou "iluminado". Buda não é um nome, mas um título, e qualquer um pode se transformar em Buda mediante uma vida nobre e de práticas espirituais.

— A base do budismo — continuou Alexander, retomando a palavra — é a compaixão por tudo o que vive e existe. Buda disse que cada um deve buscar a verdade ou a iluminação dentro de si mesmo, não em outros ou em coisas externas. Por isso os monges budistas não saem a pregar, como os nossos missionários, mas passam a maior parte de suas vidas em serena meditação, buscando sua própria verdade. Só são donos de suas túnicas, suas sandálias e as tigelas de madeira com as quais mendigam comida. Não se interessam pelos bens materiais.

Para Nádia, que não tinha nada além de uma pequena bolsa com a roupa indispensável e três penas de papagaio para usar no cabelo, essa parte do budismo lhe pareceu perfeita.

Pela manhã, realizaram-se os torneios de tiro ao alvo, a atividade mais concorrida do festival de Tunkhala. Os melhores arqueiros apresentaram-se engalanados, usando suas melhores roupas, ostentando colares de flores que as jovens punham em seus pescoços. Os arcos tinham quase dois metros de comprimento e eram muito pesados.

Ofereceram um daqueles arcos a Alexander, mas o garoto mal conseguiu levantá-lo; como iria encurvá-lo e disparar uma flecha? Esticou a corda com todas as suas forças, mas descuidou-se; a flecha escapou por entre seus dedos e saiu voando em direção a um elegante dignitário que se encontrava a vários metros do alvo. Horrorizado, Alexander viu-o cair de costas e pensou que o havia assassinado, mas sua vítima se pôs imediatamente de pé, com ar divertido. A flecha tinha atravessado seu chapéu. Ninguém se ofendeu. Um coro de gargalhadas celebrou a falta de jeito do estrangeiro, e o dignitário passou o resto do dia com a flecha no chapéu de copa alta, como se fosse um troféu.

A população do Reino Proibido apresentou-se com suas melhores vestes, e muitos usavam máscaras ou pintavam os rostos de amarelo, branco e vermelho. Chapéus, pescoços, orelhas e braços exibiam adornos de prata, ouro, turquesas e corais envelhecidos.

O rei chegou com um adorno espetacular na cabeça: a coroa do Reino Proibido. Era de seda bordada com incrustações de ouro e coberta de pedras preciosas. Na parte da frente, no centro, havia um grande rubi. Sobre o peito, o medalhão real. Com sua eterna expressão de calma e otimismo, o rei passeava sem escolta entre os súditos, que evidentemente o adoravam. O séquito real compunha-se apenas de seu inseparável Tschewang, o leopardo, e sua convidada de honra, Judit Kinski, vestida com o traje típico do país, mas a bolsa de couro sempre pendente do ombro.

À tarde, houve representações teatrais de atores mascarados, acrobatas, jograis e malabaristas. Grupos de moças apresentavam danças tradicionais do país, enquanto os melhores atletas competiam em simulacros de luta com espada ou de um tipo de arte marcial que os estrangeiros nunca tinham visto. Davam saltos mortais e moviam-se com rapidez tão assombrosa que pareciam voar por cima da cabeça de seus adversários. Nenhum deles pôde vencer um jovem magro e elegante, que demonstrava ter a agilidade e a força de uma pantera. Wandgi informou aos visitantes que se tratava de um dos filhos do Rei, mas não o escolhido para um dia ocupar o trono. Com preparo de guerreiro, sempre queria ganhar, agradava-lhe o aplauso, era impaciente e voluntarioso. Sem dúvida, observou o guia, não tinha estofo para tornar-se um governante sábio.

Quando o sol se pôs, os grilos começaram a cantar, somando seu canto aos ruídos da festa. Acenderam-se milhares de tochas e lâmpadas com cúpulas de papel.

Em meio à multidão entusiástica havia muitos mascarados. As máscaras eram verdadeiras obras de arte, nenhuma igual a outra, todas cobertas de ouro e pintadas com cores brilhantes. Nádia atentou para um detalhe: de algumas daquelas máscaras assomavam barbas negras; isso era estranho, porque os homens do Reino Proibido barbeavam-se cuidadosamente. Andar com o rosto coberto de pelos era considerado falta de higiene. Estudou por um momento a multidão, acabando por perceber que os barbudos não participavam das festividades. Ia comunicar suas observações a Alexander, quando este se aproximou dela com uma expressão preocupada.

— Olhe bem para aquele homem, Águia — disse ele.

— Qual?

— Aquele atrás do malabarista que lança tochas acesas para o alto. O que está usando um gorro tibetano de couro.

— O que há com ele? — perguntou Nádia.

— Vamos nos aproximar com cuidado — disse Alexander. — Vamos vê-lo de perto.

Quando conseguiram ficar a poucos passos de distância do homem, viram pelas aberturas da máscara dois olhos claros e inexpressivos: os inconfundíveis olhos de Tex Tatu.

— Como terá chegado aqui? — perguntou Alexander quando se afastaram um pouco. — Não veio no avião conosco, e o intervalo entre os voos é de cinco dias.

— Acho que ele não está sozinho, Jaguar. Aqueles mascarados barbudos podem ser da Seita do Escorpião. Eu estava observando alguns deles e me parece que estão tramando alguma coisa.

— Se virmos algo suspeito, avisaremos Kate. No momento, o melhor é não perdermos os barbudos de vista.

Da China tinha vindo para o festival uma família de especialistas em fogos de artifício. Assim que o sol se escondeu atrás das montanhas, a noite caiu rapidamente e a temperatura baixou vários graus, mas a festa continuou. Então o céu se iluminou, e a multidão que ocupava as ruas celebrou com gritos de assombro cada estouro produzido pelos maravilhosos fogos dos chineses.

Com tanta gente na rua, era difícil se mover. Habituada ao clima equatorial de Santa Maria da Chuva, Nádia tiritava. Pema se ofereceu para acompanhá-la ao hotel, em busca de uma roupa quente, e ambas saíram, em companhia de Borobá, que estava nervoso com o ruído dos fogos. Enquanto isso, Alexander vigiava Tex Tatu.

Nádia agradeceu a Kate Cold por ter tido a boa lembrança de comprar roupa adequada ao clima das altas montanhas para ela. Seus dentes castanholavam tanto quanto os de Borobá. Primeiro, Nádia protegeu o macaco com uma *parka* de bebê; em seguida, ela própria vestiu calções e calças de tecido grosso, calçou botas e pôs ainda um casaco. Pema a observava com olhos divertidos. Ela não parecia necessitar de nada além de seu leve sarongue de seda.

— Vamos! Estamos perdendo o melhor da festa! — exclamou Pema.

Saíram correndo para a rua. A lua e as coloridas cascatas de estrelas dos chineses iluminavam a noite.

— Onde estão Pema e Nádia? — perguntou Alexander, dando-se conta de que ambas estavam ausentes havia mais de uma hora.

— Já faz tempo que não as vejo — respondeu Kate.

— Elas foram ao hotel, porque Nádia precisava de um casaco — explicou Alex —, mas já deviam ter regressado. Melhor eu ir buscá-las.

— Logo voltarão — disse a avó. — Aqui não há como se perder.

Alexander não encontrou as meninas no hotel. Duas horas mais tarde, todos estavam preocupados, pois fazia muito tempo que as duas tinham sido vistas pela última vez. Wandgi, o guia, pediu emprestada uma bicicleta e foi à sua casa, na esperança de que Pema houvesse levado Nádia até lá. Pouco depois voltou, transtornado.

— Desapareceram! — anunciou aos gritos.

— Não deve ter acontecido nada de ruim às duas! — exclamou Kate. — Você mesmo disse que este é o país mais seguro do mundo!

Àquela hora, havia pouquíssima gente nas ruas: uns poucos estudantes retardatários e grupos de mulheres que retiravam o lixo e restos de comida das mesas. O ar cheirava a flores e pólvora.

— Podem ter se juntado a estudantes da universidade — sugeriu Timothy Bruce.

Wandgi assegurou-lhes que isso era impossível. Pema jamais faria tal coisa. Nenhuma menina respeitável saía sozinha à noite e sem permissão dos pais, explicou o guia. Decidiram procurar a delegacia de polícia, onde foram cortesmente atendidos por dois funcionários extenuados, que vinham trabalhando desde o amanhecer e não pareciam dispostos a sair em busca das garotas: as duas estariam decerto com amigos ou parentes. Kate Cold plantou-se diante deles, brandindo o passaporte e a carteira de jornalista, mas, embora reclamasse com a voz mais irritada do mundo, nada parecia comovê-los.

— Estas pessoas estão aqui a convite de nosso amado rei — disse Wandgi, e isso pôs os policiais imediatamente em ação.

Passaram o resto da noite procurando Pema e Nádia pelos mais diversos lugares. Ao amanhecer, toda a força policial — dezenove homens — fora posta em estado de alerta, porque haviam anunciado o desaparecimento de quatro outras adolescentes em Tunkhala.

Alexander passou à avó suas suspeitas de que havia guerreiros azuis no meio da multidão e acrescentou que tinha visto Tex Tatu disfarçado de pastor tibetano. Tentara segui-lo, mas com certeza Tex o havia reconhecido e sumira no meio da massa. Kate pôs os policiais a par desses fatos, mas eles lhe disseram que, considerando a falta de provas, tivessem cuidado para não semear o pânico.

Durante as primeiras horas da manhã, propagou-se a atroz notícia do sequestro de várias meninas. Quase todas as lojas permaneceram fechadas, enquanto as residências mantinham suas portas abertas e os habitantes da tranquila capital saíam para as ruas a fim de comentar o caso. Grupos de voluntários percorriam os arredores, mas o trabalho era desesperador, pois o terreno irregular e coberto de vegetação impenetrável dificultava a busca. Logo começou a circular um rumor, que cresceu, espalhou-se por toda a cidade e transformou-se em um irrepresável rio de pânico: Os Escorpiões! Os Escorpiões!

Dois camponeses, que não tinham estado presentes ao festival, garantiram ter visto vários cavaleiros passarem a galope em direção às montanhas. Os cascos dos cavalos tiravam faíscas das pedras. As capas negras dos ginetes ondeavam ao vento, e à luz fantástica dos fogos de artifício pareciam demônios, disseram os aterrorizados lavradores. Pouco depois, uma família que voltava à sua aldeia encontrou no caminho um velho cantil cheio de aguardente e o levou à polícia. Nele havia gravada a imagem de um escorpião.

Wandgi estava fora de si. De cócoras, gemia com o rosto entre as mãos, enquanto sua mulher permanecia em silêncio, sem chorar, mas completamente rendida à dor.

— Referem-se à Seita do Escorpião, a mesma da Índia? — quis saber Alexander.

— Os guerreiros azuis! — lamentava-se o guia. — Nunca mais verei minha Pema!

Aos poucos, os enviados da *International Geographic* foram conhecendo detalhes acerca dos Escorpiões. Aqueles nômades sanguinários circulavam pelo norte da Índia, onde costumavam atacar aldeias indefesas a fim de raptar meninas, que transformavam em escravas. Para eles, as mulheres tinham menos valor que uma faca; tratavam-nas pior que os animais e as mantinham aterrorizadas, presas em cavernas.

As meninas recém-nascidas eram imediatamente mortas; poupavam os meninos, que, a partir dos três anos, eram separados das mães e treinados para a luta. A fim de imunizá-los, deixavam que, crianças ainda, fossem picados por escorpiões, de modo que no futuro pudessem suportar as mordidas e picadas de répteis e insetos, que para os outros seriam fatais.

Em pouquíssimo tempo as escravas dos guerreiros azuis morriam, vítimas de doenças ou maus-tratos, isso quando não eram logo assassinadas. As poucas que chegavam aos vinte anos eram consideradas inúteis, abandonadas e substituídas por novas meninas sequestradas. O ciclo se repetia. Pelos caminhos rurais da Índia não é raro encontrar essas lamentáveis figuras de mulheres enlouquecidas, esfarrapadas, sobrevivendo de esmolas. O temor da Seita do Escorpião impede que muitas pessoas se aproximem delas.

— E a polícia não faz nada? — perguntou Alexander, horrorizado.

— Essas coisas costumam ocorrer em regiões muito isoladas, em vilarejos indefesos e pobres. Ninguém se atreve a enfrentar os bandidos, todos se apavoram diante deles; acreditam que possuem poderes diabólicos, que podem mandar uma praga de escorpiões e acabar com uma aldeia inteira. Para uma menina, não há pior destino do que cair nas mãos dos homens azuis. Durante muitos anos levará uma vida de animal, verá suas filhas serem exterminadas, os filhos serem levados; e ela, se não morrer cedo, terminará a vida como mendiga — explicou-lhes o guia.

Wandgi acrescentou que a Seita do Escorpião era formada por um bando de ladrões e assassinos; que eles conheciam todas as passagens do Himalaia, cruzavam fronteiras à vontade e atacavam sempre de noite. Eram impalpáveis como sombras.

— Entraram outras vezes no Reino Proibido? — perguntou Alexander, em cuja mente começava a se formar uma terrível suspeita.

— Não. Antes, não — replicou o guia. — Até agora, só agiam na Índia e no Nepal.

— Por que vieram de tão longe? — indagou Alexander. — É muito estranho que tenham vindo a uma cidade como Tunkhala. E é mais estranho ainda que tenham se decidido a vir justamente durante o festival, quando todo mundo estava na rua, a polícia vigiando.

— Iremos imediatamente falar com o Rei — decidiu Kate. — É necessário mobilizar todos os recursos possíveis.

Seu neto estava pensando em Tex Tatu e nos repugnantes personagens que tinha visto nos subterrâneos do Forte Vermelho. Qual seria o papel de Tex naquele caso? O que significava o mapa que eles haviam estudado?

Não sabia por onde começar a procurar a Águia, mas estava disposto a percorrer o Himalaia de ponta a ponta, a fim de encontrá-la. Imaginava os riscos pelos quais a amiga estava passando. Cada minuto era precioso: tinha de encontrá-la antes que fosse demasiado tarde. Mais que nunca, necessitava do instinto caçador do jaguar, mas estava tão nervoso que não conseguia se concentrar o suficiente para invocá-lo. O suor pingava de sua testa e também lhe descia pela nuca, empapando a camisa.

Nádia e Perna não tinham chegado a ver seus atacantes. Dois mantos escuros caíram sobre suas cabeças, envolvendo-as. Em seguida, foram amarradas com cordas, como pacotes, e assim levadas sem cuidado nenhum pelos captores. Nádia gritou e tentou defender-se, batendo com os pés no ar, mas um golpe seco na cabeça a aturdiu. Pema, ao contrário, entregou-se à sorte, adivinhando que naquele momento era inútil lutar, devia reservar suas energias para mais tarde.

Os sequestradores puseram as meninas atravessadas nas costas dos cavalos e montaram atrás, segurando-as com mãos de ferro. Em vez de selas, cobriam o lombo dos animais com uma simples manta dobrada e controlavam as cavalgaduras apenas com a pressão dos joelhos. Eram cavaleiros formidáveis.

Poucos minutos depois, Nádia recuperou a consciência e, assim que a mente foi ficando clara, pôs-se a fazer um inventário da situação. Percebeu, de saída, que estava a cavalo e ia a galope, embora jamais tivesse montado qualquer animal. Cada passo do cavalo repercutia diretamente em seu estômago e no peito, era difícil respirar sob a manta que a envolvia, e nas costas era pressionada e sujeitada por dedos fortes como garras.

Eram penetrantes o cheiro do cavalo suado e o das roupas que o homem vestia. E foi justamente isso o que lhe devolveu a clareza e lhe permitiu pensar. Habituada a viver em contato com a natureza e os animais, Nádia tinha uma excelente memória olfativa. Seu sequestrador não tinha o mesmo cheiro das pessoas que conhecera no Reino Proibido, que eram extremamente limpas. Ali, os cheiros naturais da seda, do algodão e da lã misturavam-se aos das especiarias que os habitantes do reino usavam para cozinhar e ao do óleo de amêndoa, que dava brilho ao cabelo de todo mundo. De olhos fechados, Nádia poderia reconhecer um súdito do rei. Já o homem que lhe prendia as costas era sujo, como se sua roupa nunca tivesse sido lavada; e de sua pele vinha um cheiro amargo de alho, pólvora e carvão. Claro, era um estrangeiro naquela terra.

Nádia escutou com atenção e pôde calcular que, além dos dois cavalos em que iam Pema e ela, havia pelo menos mais quatro, talvez cinco. Percebeu que o caminho era sempre ascendente. E, quando o cavalo trocou de passo, compreendeu que já não seguiam por um caminho estreito, mas cruzavam um terreno irregular. Podia ouvir os cascos chocando-se com pedras e sentia o esforço que o animal fazia para subir. Às vezes, deslizava e relinchava, mas a voz do cavaleiro, que falava um idioma desconhecido, animava-o a prosseguir.

A menina sentia os ossos moídos pelas sacudidelas, mas nada podia fazer para acomodar-se melhor, pois as cordas a imobilizavam. A pressão no peito era tão forte, que chegava a ter medo de partir algumas costelas. Como deixar alguma pista para que alguém pudesse encontrá-la? Estava certa de que Jaguar tentaria, mas aquelas montanhas eram um labirinto de subidas e precipícios. Se pudesse ao menos soltar um sapato, pensava; mas era impossível, pois também haviam amarrado suas botas.

Bem mais tarde, quando as duas meninas já estavam completamente doloridas e meio inconscientes, a caravana se deteve. Nádia fez um esforço para se recuperar e ficar atenta. Os cavaleiros desmontaram e ela sentiu que a retiravam das costas do animal para em seguida lançá-la ao chão como se fosse um fardo. Caiu sobre pedras. Ouviu Pema gemer. Em seguida, desataram-na e tiraram-lhe a manta. Respirou a plenos pulmões e abriu os olhos.

O que primeiro viu foi a abóbada escura do céu e a lua, depois os rostos negros e barbudos inclinados sobre ela. O hálito fétido dos homens, mistura de alho, aguardente e algo parecido com tabaco, atingiu-a como um soco. Seus olhos malignos brilhavam no fundo das órbitas e eles riam, zombeteiros. A cada um faltavam vários dentes, e os que restavam eram quase pretos. Na Índia, Nádia tinha visto pessoas com dentes semelhantes; Kate explicara que aquela cor se devia ao fato de mascarem noz-de-areca. Embora estivesse escuro, percebeu que seus captores tinham o mesmo aspecto dos homens vistos no Forte Vermelho, os temíveis guerreiros do Escorpião.

Com um puxão, eles a puseram de pé, mas tiveram de sustentá-la, pois seus joelhos vergaram. A poucos passos de distância viu Pema, que se encolhia de dor. Com gestos e empurrões, os sequestradores ordenaram às meninas que marchassem. Um deles ficou com os cavalos, e os outros subiram a encosta levando as prisioneiras. Nádia havia calculado certo: eram cinco homens.

Depois de uma subida de quinze minutos, encontraram outro grupo de homens, todos com a mesma vestimenta, todos escuros, barbudos e armados com punhais. Nádia esforçou-se para vencer o medo, "escutar com o coração", compreender o idioma em que falavam, mas estava por demais dolorida e maltratada. Enquanto os homens discutiam, fechou os olhos e imaginou que era uma águia, a rainha das alturas, a ave imperial, seu animal totêmico. Durante alguns segundos, experimentou a sensação de elevar-se como uma esplêndida ave e pôde ver a seus pés a cadeia de montanhas do Himalaia e, muito longe, o vale onde estava a cidade de Tunkhala. Um empurrão a devolveu à terra.

Os guerreiros azuis acenderam tochas improvisadas, feitas com estopas mergulhadas em gordura e atadas à extremidade de varas. À luz vacilante das tochas, levaram as meninas por uma estreita passagem aberta naturalmente na rocha. Iam colados à montanha, pisando com infinito cuidado, pois a seus pés abria-se um abismo profundo. Um vento gelado cortava a pele feito navalha. Embora fosse verão, havia camadas de neve e gelo entre as pedras.

Nádia pensou: se em pleno verão já fazia tanto frio, naquela região o inverno devia ser espantoso. Pema vestia roupa de seda e calçava apenas sandálias. Quis lhe dar sua jaqueta, mas assim que começou a tirá-la recebeu um bofetão e foi obrigada a continuar a caminhada. A amiga ia no fim da fila e não podia vê-la na posição em que se encontrava; supunha, porém, que fosse em condições piores do que as dela.

Por sorte, não tiveram de escalar durante muito tempo. Logo se encontraram diante de uns arbustos espinhosos, que os homens afastaram. As tochas iluminaram a entrada de uma caverna, muito bem dissimulada pelo terreno. Nádia quase desfaleceu: a esperança de que Jaguar a encontrasse parecia-lhe cada vez mais tênue.

A caverna era ampla e compunha-se de várias abóbadas ou salas. Viram pacotes, armas, arreios, mantas, sacos de arroz, lentilhas, verduras secas, nozes e compridas tranças de alho. A julgar pelo aspecto do acampamento e a quantidade de alimentos, era evidente que seus assaltantes tinham demorado ali vários dias e pensavam em ficar outros tantos.

Em um local acima do nível do chão tinham improvisado um altar assustador. Sobre um montinho de pedras erguia-se uma estátua da temível deusa Kali, rodeada de várias caveiras e ossos humanos, ratos, serpentes e outros répteis dissecados, vasilhas com um líquido escuro como sangue, frascos com escorpiões pretos. Ao entrarem, os guerreiros ajoelharam-se diante do altar, meteram os dedos nas vasilhas e os levaram à boca. Nádia notou que, presos na faixa de pano da cintura, cada um deles conduzia toda uma coleção de punhais de diferentes formatos e tamanhos.

As duas meninas foram tocadas para o fundo da caverna, onde as recebeu uma mulher alta, vestida de farrapos e coberta com um manto de pele de cachorro, o que lhe dava um aspecto de hiena. Sua pele tinha o mesmo tom azulado que distinguia os guerreiros; uma horrenda cicatriz percorria-lhe a face direita, do olho ao queixo, talvez resultante de uma facada; em sua testa haviam gravado a fogo a imagem de um escorpião. Na mão, ela portava um chicote.

Acocoradas junto ao fogo, quatro meninas cativas tremiam de frio e terror. A carcereira deu um grunhido e indicou a Nádia e Pema que se reunissem às outras. Nádia era a única que vestia roupa de inverno, todas as outras levavam apenas os sarongues de seda que haviam usado nas celebrações de aniversário do rei. Nádia compreendeu que todas ali tinham sido raptadas nas mesmas circunstâncias, o que lhe deu um pouco de esperança, pois sem dúvida a polícia já estaria revirando céus e terras a fim de encontrá-las.

Um coro de gemidos recebeu Nádia e Pema, mas a mulher se aproximou, ameaçando-as com o chicote, e as prisioneiras calaram-se, escondendo a cabeça entre os braços. As duas amigas procuraram permanecer juntas.

Aproveitando um descuido da guardiã, Nádia envolveu Pema com sua jaqueta e sussurrou-lhe que não desesperasse, pois encontrariam um meio de sair daquele atoleiro. Pema tiritava, mas conseguira acalmar-se; seus belos olhos negros, antes sempre sorridentes, agora refletiam coragem e determinação. Nádia apertou-lhe a mão e as duas sentiram-se fortalecidas pela presença da outra.

Um dos homens do Escorpião não tirava os olhos de cima de Pema, impressionado por sua graça e dignidade. Aproximou-se do grupo de meninas aterrorizadas e plantou-se diante de Pema, a mão no cabo de um punhal. Como os demais, vestia uma túnica suja e escura e trazia na cabeça um turbante seboso; a barba era desalinhada, a pele tinha o mesmo tom estranhamente preto-azulado, os dentes mostravam-se enegrecidos pela noz-de-areca, mas sua atitude irradiava autoridade e os outros o respeitavam. Parecia ser o chefe.

Pema se pôs de pé e sustentou o olhar cruel do guerreiro. Ele estendeu a mão e segurou o longo cabelo da menina, que deslizou como seda entre seus dedos imundos. Um tênue perfume de jasmim desprendeu-se dos fios. O homem pareceu desconcertado, quase comovido, como se jamais houvesse tocado algo tão precioso. Pema fez um brusco movimento com a cabeça, libertando-se.

Se sentia medo, não o manifestou; pelo contrário, sua expressão era tão desafiadora que a mulher da cicatriz, os outros bandidos e até as meninas se imobilizaram, certos de que o guerreiro atacaria sua insolente prisioneira, mas, para surpresa geral, ele soltou uma risada seca e deu um passo para trás. Lançou uma cusparada nos pés de Pema e em seguida voltou para junto de seus companheiros, que estavam de cócoras diante do fogo. Bebiam goles de seus cantis, mastigavam as vermelhas nozes-de-areca, cuspiam e falavam em torno de um mapa estendido no chão.

Nádia supôs que fosse o mesmo mapa ou um similar ao que tinha vislumbrado no Forte Vermelho. Não compreendia o que eles diziam, pois os acontecimentos das últimas horas haviam-na de tal modo impactado que não conseguia "ouvir com o coração". Pema disse-lhe ao ouvido que eles usavam um dialeto do norte da Índia e que ela podia entender algumas palavras: dragão, caminhos, mosteiro, americano, rei.

Não puderam continuar a conversa, pois a mulher da cicatriz, que flagrara o cochicho, aproximou-se brandindo o chicote.

— Calem-se! — rugiu.

As meninas começaram a gemer de medo, menos Pema e Nádia, que se mantiveram impassíveis, mas baixaram a vista para não provocar a mulher. Quando a carcereira se distraiu, Pema contou ao ouvido de Nádia que as mulheres abandonadas pelos homens azuis levavam sempre um escorpião gravado a fogo na testa, e muitas eram mudas, pois haviam tido a língua cortada. Tremendo de horror, as duas não voltaram a falar, mas continuaram a comunicar-se com os olhos.

As outras quatro meninas, levadas para a caverna pouco antes da chegada de Nádia e Pema, pareciam completamente dominadas pelo pânico. Nádia pensou: talvez soubessem de algo que ela ignorava, mas não se atreveu a perguntar. Percebeu que Pema também sabia o que as aguardava, mas era valente e estava disposta a lutar pela vida. Logo as outras se contagiaram com a coragem de Pema e, sem prévio acordo, foram se aproximando dela em busca de proteção. Nádia sentiu-se invadida por um misto de admiração pela amiga e de angústia por não poder comunicar-se com as demais, que não falavam uma palavra sequer em inglês. Lamentou ser tão diferente delas.

Um dos guerreiros azuis deu uma ordem e, por um momento, a mulher da cicatriz afastou-se das prisioneiras. Despejou em tigelas o conteúdo de uma panela preta pendurada sobre o fogo e passou-as aos homens. Uma nova ordem do chefe a levou, contra a vontade, a servir comida às meninas cativas.

Nádia recebeu uma tigela de lata, na qual fumegava um mingau cinzento. O cheiro de alho subiu-lhe ao nariz e mal pôde conter o protesto do estômago. Mas decidiu que tinha de se alimentar, pois necessitaria de todas as suas forças para fugir. Fez um sinal a Pema e ambas levaram o prato à boca. Nenhuma das duas tinha intenção de se resignar à sorte.

BOROBÁ

A lua desapareceu atrás dos cumes nevados e o fogo na caverna se reduziu a um monte de brasas e cinzas. A guardiã roncava sentada, sem soltar o chicote, com a boca aberta e um fio de saliva descendo-lhe pelo queixo. Os homens azuis dormiam estirados no chão, mas um deles guardava a entrada da caverna, com um rifle antiquado nas mãos. Apenas uma tocha iluminava fracamente o interior da gruta, projetando sombras sinistras nas paredes de pedra.

Haviam amarrado os tornozelos das prisioneiras com tiras de couro e, para que se cobrissem, tinham dado a elas quatro mantas de lã grossa. Coladas umas nas outras e protegidas do frio somente pelas mantas, as desafortunadas garotas procuravam repartir o calor. Cansadas de chorar, todas dormiam, menos Pema e Nádia, que aproveitavam a situação para falar em sussurros.

Pema contou à amiga o que sabia acerca da temível Seita do Escorpião, de como roubavam e maltratavam meninas. Além de cortar a língua daquelas que falassem demais, queimavam as plantas dos pés das que tentavam fugir.

— Não pretendo terminar nas mãos desses homens horríveis. Prefiro me matar — concluiu Pema.

— Não fale assim. É melhor morrer tentando fugir do que morrer sem lutar.

— Acha que se pode fugir daqui? — perguntou Pema, indicando os guerreiros adormecidos e o guarda na entrada.

— Haverá um momento certo para a gente tentar — garantiu Nádia, enquanto esfregava os tornozelos inchados pelo aperto das tiras de couro.

Mas, passado algum tempo, elas também foram vencidas pelo cansaço e começaram a cabecear. Nádia, que jamais possuíra um relógio, mas estava acostumada a calcular o tempo, deduziu que seriam mais ou menos duas horas da manhã. De repente, seu instinto a advertiu de que algo se passava. Sua pele lhe disse que a energia no ar estava mudando, e ela se pôs em alerta.

Uma sombra fugaz passou quase voando pelo fundo da caverna. Os olhos de Nádia não conseguiram distinguir o que era, mas a menina viu com o coração que era seu inseparável Borobá. Com imenso alívio, soube que seu pequeno amigo havia seguido os sequestradores. Os cavalos logo o haviam deixado para trás, mas o macaquinho foi capaz de seguir o rastro de sua ama e finalmente conseguira descobrir a caverna. Nádia desejou de todo coração que Borobá não emitisse nenhum guincho de alegria no momento que a visse e lhe transmitiu uma mensagem mental a fim de tranquilizá-lo.

Borobá havia chegado aos braços de Nádia recém-nascido, quando ela mal completara nove anos. Era pequenino e ela tivera de alimentá-lo com um conta-gotas. Nunca se separavam. Ele cresceu a seu lado e ambos se completavam de tal modo que podiam adivinhar o que cada um sentia. Compartilhavam um idioma de gestos e intenções, além da linguagem animal que Nádia havia aprendido. O macaco decerto recebeu a advertência de sua ama, pois não se aproximou dela. Permaneceu durante muito tempo encolhido e imóvel em um lugar escuro, observando tudo, calculando os riscos, esperando.

Quando a menina se certificou de que ninguém notara a presença de Borobá e que os roncos da carcereira não haviam se alterado, emitiu um leve assobio. Então o animal foi se aproximando aos poucos, sempre colado à parede, protegido pelas sombras, até que chegou onde ela estava e, com um salto, pendurou-se em seu pescoço. Já não levava a roupa de bebê, fizera-a em tiras e se livrara dela. Suas mãos agarravam o cabelo crespo de Nádia e, emocionado porém mudo, esfregava sua cara enrugada no colo da menina.

Nádia esperou que ele se acalmasse e agradeceu-lhe a fidelidade. Em seguida, sussurrou uma ordem para ele. Borobá obedeceu imediatamente. Deslizando por onde viera, aproximou-se de um dos homens adormecidos e, com suas mãos ágeis e delicadas, retirou, de modo surpreendentemente preciso, um dos punhais que havia em seu cinto, levando-o em seguida para Nádia. Sentou-se diante dela, observando-a atentamente cortar as correias que prendiam seus tornozelos. Não lhe foi difícil livrar-se das tiras de couro, pois o punhal estava muitíssimo afiado.

Assim que se viu livre, Nádia despertou Pema.

— Chegou o momento de escapar.

— Como passaremos diante do guarda?

— Não sei, já veremos. Uma coisa de cada vez.

Mas Pema não permitiu que Nádia cortasse suas correias e, com lágrimas nos olhos, sussurrou que não podia ir.

— Eu não chegaria muito longe. Vê como estou vestida, com estas sandálias, não posso correr como você. Se formos juntas, seremos apanhadas. Só você tem condições de escapar deles.

— Está louca? Não posso ir sem você! — sussurrou Nádia.

— Você é que deve tentar. Vá procurar ajuda. Não posso deixar as outras, ficarei com elas até que você chegue com o socorro. Vá, antes que seja tarde! — disse Pema, devolvendo o casaco a Nádia.

A determinação de Pema levou Nádia a renunciar à ideia de fazê-la mudar de opinião. Sua amiga não abandonaria as outras meninas. Também seria impossível levá-las, pois não conseguiriam sair sem ser vistas; Nádia sozinha talvez conseguisse. As duas abraçaram-se por um instante e Nádia levantou-se com infinitas precauções.

A mulher da cicatriz fez um movimento, sonhando, balbuciou algumas palavras e, por um instante, pareceu que tudo estava perdido, mas logo voltou a roncar no mesmo ritmo de antes. Nádia esperou cinco minutos, até se convencer de que todos dormiam, e então foi avançando, colada na parede, pelo mesmo caminho feito por Borobá. Respirou fundo e invocou seus poderes de invisibilidade.

Nádia e Alexander tinham vivido uma experiência inesquecível com a tribo do povo da neblina, na Amazônia, os humanos mais remotos e misteriosos do planeta. Embora vivessem na Idade da Pedra, aqueles indígenas eram, sob vários aspectos, bastante evoluídos. Desprezavam o progresso material e viviam em contato com as forças da natureza, em perfeita harmonia com seu meio ambiente. Eram parte da complexa ecologia da selva, como as árvores, os insetos, o húmus. Durante séculos haviam sobrevivido na floresta, sem contato com o mundo exterior, defendidos pelas suas crenças, tradições, sentido de comunidade e a arte de parecer invisíveis. Quando eram ameaçados por algum perigo, simplesmente desapareciam. Por ser tão poderosa essa habilidade, ninguém acreditava na existência real do povo da neblina;

falava-se dele como quem conta uma lenda, o que também os protegia contra a curiosidade e a cobiça dos forasteiros.

Nádia percebera que não se tratava de um truque de ilusionismo, mas de uma arte muito antiga que requeria prática contínua. "É como aprender a tocar flauta, necessita-se de muito estudo", disse Alexander, mas ele mesmo não acreditava que pudesse aprendê-la, e por isso não persistira na prática daquela arte. A garota, porém, concluíra que, se os indígenas podiam, ela também seria capaz de se tornar invisível. Sabia que não se tratava somente de mimetismo, agilidade, delicadeza, silêncio e conhecimento do ambiente, mas sobretudo de uma atitude mental. Era necessário que a pessoa se reduzisse a nada, que chegasse a ver o próprio corpo tornando-se transparente até reduzir-se a puro espírito. Era necessário manter a concentração e a calma interior, a fim de criar um formidável campo psíquico em torno do corpo. Para falhar, bastava uma distração. Só aquele estado superior, no qual o espírito e a mente trabalham em uníssono, permitia a alguém alcançar a invisibilidade.

Nos meses transcorridos entre a aventura na Cidade das Feras, em plena Amazônia, e aquele momento em uma caverna no Himalaia, Nádia havia praticado incansavelmente. Tanto progredira, que às vezes seu pai a chamava aos gritos, embora ela estivesse de pé a seu lado. Quando Nádia surgia, de repente, César Santos dava um pulo. "Já disse para você não aparecer assim! Vai acabar me provocando um ataque do coração!", queixava-se ele.

Agora, na caverna, Nádia sabia que só podia ser salva por aquela arte aprendida com o povo da neblina. Sussurrou instruções a Borobá para que esperasse alguns minutos antes de segui-la, pois não podia ficar invisível carregando o animal; em seguida, voltou-se para dentro de si mesma, para aquele espaço misterioso que todos temos quando fechamos os olhos e expulsamos os pensamentos da mente. Em poucos segundos,

Nádia entrou em um estado semelhante ao transe. Sentiu que se desprendia do corpo e que podia observar a si mesma do alto, como se sua consciência acabasse de se elevar dois metros acima da cabeça. Dessa posição, via como suas pernas davam um passo, depois outro e outro, separando-se de Pema e das meninas aprisionadas, avançando em câmara lenta, cruzando o espaço mergulhado na penumbra do abrigo dos bandoleiros.

Passou a poucos centímetros da horrível mulher do chicote, deslizou como uma sombra imperceptível por entre os corpos dos guerreiros adormecidos, seguiu quase flutuando até a boca da caverna, onde o guarda extenuado fazia um esforço para se manter desperto, os olhos perdidos na noite, o rifle preso na mão. Nem por um instante Nádia perdeu sua concentração, não permitiu que o temor ou a hesitação lhe devolvessem a alma à prisão do corpo. Sem parar nem modificar o ritmo de seus passos, aproximou-se do guarda a ponto de sentir seu calor, o cheiro de alho e sujeira, e por pouco não tocou em suas costas.

O guarda teve um leve estremecimento e agarrou a arma com mais força, como se instintivamente percebesse uma presença ao seu lado; mas logo sua mente bloqueou tal suspeita. Suas mãos relaxaram e seus olhos voltaram a se entrecerrar, lutando contra a fadiga e o sono.

Nádia passou como um fantasma pela entrada da caverna e continuou caminhando às cegas na escuridão, sem afligir-se, sem olhar para trás. A noite engoliu sua delgada silhueta.

Assim que retornou ao corpo e olhou ao redor, Nádia Santos compreendeu que seria incapaz de encontrar, à luz do dia, o caminho de volta a Tunkhala; como iria encontrá-lo em meio às trevas da noite? Ao redor erguiam-se as montanhas, e como viera com a cabeça coberta, não tinha um só ponto de referência.

Sua única certeza era a de que haviam subido o tempo todo, o que significava que agora devia descer, mas não sabia como fazê-lo sem topar com os homens azuis. Sabia que a certa distância do desfiladeiro um homem ficara cuidando dos cavalos, mas não tinha ideia de quantos outros havia nas encostas. A julgar pela segurança com que se moviam, sem aparentar nenhum temor de serem atacados, os bandidos deviam ser muitos. Era melhor buscar outra via de escape.

— E agora, faremos o quê? — perguntou a Borobá quando voltaram a se juntar. Mas o animal só conhecia o caminho que havia usado para chegar até ali, o mesmo dos bandidos.

Tão pouco habituado ao frio quanto sua ama, o macaco tremia e batia os dentes. A menina acomodou-o embaixo de sua *parka,* confortada pela presença do fiel amigo. Deixou que Borobá se encarapitasse firmemente em sua cabeça e o abrigou sob o capuz. Nádia só lamentava não dispor das luvas que a jornalista lhe havia comprado. Não sentia os dedos, de tão geladas que estavam suas mãos. Enfiou-os na boca e soprou a fim de aquecê-los; em seguida, meteu as mãos nos bolsos, mas constatou que era impossível equilibrar-se naquele terreno acidentado, principalmente escalar obstáculos, sem usar as mãos.

Calculou que, uma vez nascido o sol, seus captores saberiam da fuga e sairiam em massa a procurá-la, pois não podiam permitir que uma de suas prisioneiras chegasse ao vale e desse o alarme. Decerto estavam habituados a andar por aquelas montanhas; ela, ao contrário, não tinha a menor ideia de onde estava.

Os homens azuis iriam supor que Nádia desceria a montanha em busca das aldeias e vales do Reino Proibido. Para enganá-los, resolveu subir, embora estivesse consciente de que, ao fazê-lo, se afastaria de seu objetivo e que não tinha tempo a perder. O destino de Pema e das outras garotas dependia do tempo que ela gastasse para conseguir socorro. Esperava alcançar o

143

cume ao amanhecer, e de lá orientar-se e encontrar outro meio de chegar ao vale.

Subir a encosta foi muito mais lento e trabalhoso do que imaginara, pois às dificuldades do terreno somava-se a escuridão, apenas um pouco atenuada pelo luar. Resvalou e caiu mil vezes. Tinha o corpo dolorido por causa da viagem atravessada nas costas do cavalo, do golpe recebido na cabeça e das escoriações que se espalhavam pelo corpo todo, mas não se permitiu pensar nessas coisas. Custava-lhe respirar e seus ouvidos zumbiam; como lhe havia explicado Kate Cold, naquelas altitudes havia bem menos oxigênio.

Entre as rochas cresciam pequenos arbustos que no inverno desapareciam por completo, mas naquela parte do ano brotavam sob o sol do verão. Para subir, Nádia agarrava-se neles. Quando as forças lhe faltavam, procurava lembrar-se do dia em que escalara o cume do *tepui*, na Cidade das Feras, até encontrar o ninho da águia, com seus três maravilhosos diamantes. "Se pude fazer aquela escalada, também poderei fazer esta, que é muito mais fácil", dizia a Borobá, mas o macaquinho, transido de frio embaixo do casaco, não mostrava nem o nariz.

Amanheceu quando ainda faltavam uns duzentos metros para o topo da montanha. Primeiro foi um clarão difuso, que em poucos minutos adquiriu um tom alaranjado. Quando os primeiros raios do sol assomaram sobre o formidável maciço do Himalaia, o céu transformou-se em uma sinfonia de cores, as nuvens tingiram-se de púrpura e os montes de neve cobriram--se de um rosado brilhante.

Nádia não parou a fim de contemplar a beleza da paisagem, mas com um esforço descomunal continuou a escalada, e pouco depois, arfante e banhada de suor, viu-se no ponto mais alto daquela montanha. O coração parecia a ponto de saltar-lhe do peito. Pensara que dali poderia ver o vale de Tunkhala, mas o que se erguia diante de seus olhos era o impenetrável Himalaia, um monte depois de outro, e assim até o infinito. Estava perdida. Ao olhar para baixo, pareceu-lhe que pequenas figuras moviam-se em várias direções: eram os homens azuis. Sentou-se sobre uma rocha, aflita, porém lutando contra a fadiga e o desespero. Tinha de descansar, recuperar o fôlego, mas não seria possível permanecer ali; a menos que encontrasse um esconderijo, logo seus perseguidores a descobririam.

Borobá moveu-se embaixo da *parka*. Nádia abriu o fecho, e seu pequeno amigo pôs a cabeça para fora, os olhos inteligentes fixos nela.

— Não sei para onde ir, Borobá — disse Nádia. — Todas as montanhas parecem iguais e não vejo nenhum caminho transitável.

O macaco apontou para a trilha pela qual tinham vindo.

— Não posso voltar por ali, os homens azuis me capturariam. Mas você, Borobá, não chamaria a atenção, pois neste país há macacos por toda parte. Você pode encontrar o caminho de volta a Tunkhala. Vá, procure o Jaguar — ordenou Nádia.

O macaco disse não com a cabeça, tapou os olhos com as mãos e se pôs a guinchar. Ela explicou-lhe, no entanto, que, se não se separassem, não haveria nenhuma possibilidade de salvarem as outras garotas e eles próprios. A sorte de Pema e de suas companheiras de prisão dependia dele. Precisava encontrar ajuda, ou todos morreriam.

— Eu me esconderei por aqui, até estar certa de que não me procuram deste lado. Então verei como descer ao vale. Você deve correr, Borobá. O sol já saiu, não fará tanto frio e você poderá chegar à cidade antes que o sol se ponha novamente — insistiu Nádia Santos.

Por fim, o macaco separou-se dela e, em seguida, lançou-se encosta abaixo com a velocidade de uma flecha.

Kate Cold mandou que Timothy Bruce e Joel González viajassem para o interior do país, a fim de fotografarem a fauna e a flora da região. Ela ficaria na capital e eles teriam de fazer seu trabalho sozinhos. Kate não se lembrava de ter sentido tanta angústia em sua vida, salvo naquela ocasião em que Nádia e Alexander tinham se perdido na selva amazônica. Havia assegurado a César Santos que a viagem ao Reino Proibido não apresentava nenhum perigo. Como poderia avisá-lo de que a filha fora sequestrada? E nem podia sonhar em dizer-lhe que ela havia caído em mãos de assassinos profissionais cuja especialidade era roubar meninas a fim de escravizá-las.

Kate e Alexander encontravam-se na sala de audiência do palácio, na presença do rei, que os recebia acompanhado do comandante de sua força de segurança, do primeiro-ministro e dos dois lamas que vinham depois dele na alta hierarquia do país. Também Judit Kinski estava presente.

— Os lamas já consultaram os astros e deram instruções aos mosteiros para que rezem e façam oferendas em prol das meninas desaparecidas. A operação militar de resgate está a cargo do general Myar Kunglung. A polícia também já deve estar mobilizada, não é? — perguntou o rei, cuja aparente serenidade não refletia sua grande preocupação.

— Talvez, Majestade Também foram postos em alerta os soldados e a guarda do palácio. As fronteiras estão vigiadas — respondeu o general em seu péssimo inglês, para que os estrangeiros compreendessem as medidas tomadas. E acrescentou:

— Talvez a população também venha a participar das buscas. Jamais aconteceu algo parecido em nosso país. Possivelmente logo teremos notícias.

— Possivelmente? Isso não me parece o bastante! — exclamou Kate Cold, mordendo os lábios em seguida, ao perceber que havia cometido uma terrível descortesia.

— Talvez a Sra. Cold esteja um pouco perturbada — disse Judit Kinski, que pelo visto já havia aprendido a falar de modo vago, como era de bom-tom no Reino do Dragão de Ouro.

— Talvez — disse Kate, inclinando-se com as mãos postas diante do rosto.

— Seria inadequado perguntar como o honorável general pensa em organizar a busca? — indagou Judit Kinski.

Os quinze minutos seguintes foram tomados pelas perguntas dos estrangeiros, que recebiam respostas cada vez mais vagas, até se tornar evidente que não havia maneira de pressionar o general e o rei. A impaciência fazia com que Kate e Alexander transpirassem. Finalmente, o monarca levantou-se e aos dois só restou despedir-se e sair de costas.

— A manhã está linda — observou Judit Kinski. — Talvez haja muitos pássaros no jardim.

— Talvez — concordou o rei, conduzindo-a para fora.

O rei e Judit Kinski deram um passeio pelo estreito caminho que cortava a vegetação do parque, onde tudo parecia crescer de modo selvagem, mas um olho bem treinado saberia avaliar a calculada harmonia do conjunto. Era ali, naquela gloriosa abundância de flores e árvores, em meio ao concerto de centenas de pássaros, que Judit Kinski propunha iniciar sua experiência com as tulipas.

O rei pensava que não merecia ser o chefe espiritual de seu povo, pois se sentia muito longe de ter alcançado o grau necessário de preparação. Durante toda a vida tinha praticado o desprendimento dos assuntos terrestres e das posses materiais. Sabia que nada no mundo é permanente, tudo muda, tudo se desfaz, tudo morre e se renova de outra forma; portanto, apegar-se às coisas deste mundo é inútil e causa sofrimento. O caminho do budismo consistia em aceitar essas ideias.

Às vezes tinha a ilusão de haver alcançado seus objetivos, mas a visita daquela estrangeira trouxera-lhe as dúvidas de volta. Sentia-se atraído por ela, e isso o tornava vulnerável. Era um sentimento que antes não experimentara, porque o amor dividido com sua esposa havia fluído como a água de um arroio tranquilo. Como protegeria seu reino se não era capaz de proteger a si mesmo da tentação do amor? Não havia nada de mau em desejar o amor e a intimidade com outra pessoa, refletia o rei, mas em sua posição isso não era permitido, pois os anos de vida que lhe restavam deviam ser inteiramente dedicados a seu povo. Judit Kinski interrompeu seus pensamentos.

— Que pingente extraordinário, Majestade! — disse ela, indicando a joia que o rei levava no peito.

— Há mil e oitocentos anos vem sendo usado pelos reis deste país — explicou ele, tirando o medalhão e entregando a ela, para que o examinasse de perto.

— É belíssimo!

— O coral antigo, como o que há nesta peça, é escasso e por isso muito apreciado por nós. Pode ser encontrado aqui e também no Tibete. Sua existência nesses lugares é um indício de que há milhões de anos talvez as águas do mar chegassem até as alturas do Himalaia.

— O que diz a inscrição? — ela quis saber.

— "A mudança deve ser voluntária, não imposta." São palavras de Buda.

— O que significa isso?

— Que todos podemos mudar, mas ninguém pode nos obrigar a fazê-lo. A mudança costuma ocorrer quando enfrentamos uma verdade inquestionável, algo que nos obriga a revisar nossas crenças.

— Estranho que tenham escolhido essa frase para o medalhão — comentou Judit.

— Este país sempre foi muito tradicional — respondeu o rei.
— O dever dos governantes é defender o povo das mudanças que não se baseiam em algo verdadeiro.

— O mundo está mudando rapidamente. Creio que os estudantes daqui desejem tais mudanças — sugeriu Judit.

— Alguns jovens se deixam fascinar pelo modo de vida e pelos produtos estrangeiros, mas nem tudo que é moderno é bom. A maioria do meu povo não deseja adotar os costumes ocidentais.

Estavam agora diante de um tanque e contemplavam a dança das carpas na água cristalina.

— Suponho que a frase inscrita na joia queira dizer que, em termos pessoais, todo ser humano pode mudar. Pensa, Majestade, que uma personalidade já formada possa se modificar? Por exemplo, que um vilão possa se transformar em herói ou um criminoso em santo? — perguntou Judit, devolvendo-lhe o medalhão.

O monarca sorriu.

— Se a pessoa não muda nesta vida, talvez tenha de voltar para fazê-lo em outra reencarnação.

— Cada um tem seu carma — disse ela. — Talvez o carma de uma pessoa má não possa se alterar.

— Talvez o carma dessa pessoa seja encontrar uma verdade que a obrigue a mudar — replicou o rei, notando, com surpresa, que os olhos castanhos de sua hóspede estavam úmidos.

Passaram por uma parte isolada do jardim, onde a exuberância das flores desaparecia. Era um pequeno espaço coberto de pedras e areia, sobre a qual um monge muito idoso fazia desenhos com um ancinho. O rei explicou a Judit Kinski que havia copiado dos mosteiros zen, que havia visitado no Japão, a ideia daquele tipo de jardim sem plantas.

Um pouco adiante passaram por uma ponte de madeira talhada. Ao correr sobre as pedras, o arroio produzia sons musicais. Chegaram a um pequeno pagode, onde se realizava a cerimônia do chá. Ali eram aguardados por outro monge, que os saudou com uma reverência. Enquanto tiravam os sapatos, ela e o rei continuavam a conversar.

— Não pretendo ser impertinente, Majestade, mas penso que o desaparecimento de crianças deve ser um golpe muito duro para seu povo

— Talvez... — replicou o soberano, e pela primeira vez ela notou que ele mudava sua expressão e um sulco profundo cruzava sua testa.

— Não há nada que se possa fazer? Quero dizer, algo mais do que uma ação militar?

— O que quer dizer, Srta. Kinski?

— Por favor, Majestade, me chame de Judit.

— Judit é um belo nome. Infelizmente, ninguém me trata pelo meu nome. Temo que seja uma exigência do protocolo.

— Em uma ocasião grave como esta, talvez o Dragão de Ouro seja de grande utilidade — sugeriu ela. — Caso seja verdadeira a lenda sobre seus poderes mágicos.

— O Dragão de Ouro, Judit, só é consultado em questões relacionadas com o bem-estar e a segurança do reino.

— Desculpe meu atrevimento, Majestade, mas talvez o reino esteja diante de uma dessas situações. Se seus cidadãos desaparecem, isso quer dizer que não gozam de bem-estar nem contam com segurança.

Cabisbaixo, o rei admitiu:

— Possivelmente você está com a razão.

Entraram no pagode e sentaram-se no chão, diante do monge. Reinava uma suave penumbra na sala circular, construída em madeira e iluminada apenas por brasas sobre as quais fervia a água em um antigo recipiente de ferro. Permaneceram meditando em silêncio, enquanto o monge seguia os passos da lenta cerimônia, que consistia simplesmente em servir, nas xícaras de cerâmica do mosteiro, chá verde e amargo.

A ÁGUIA BRANCA

Especialista comunicou-se com o Colecionador através de um agente, como costumava fazer. Dessa vez o mensageiro foi um japonês, que solicitou uma entrevista para discutir com o segundo homem mais rico do mundo uma estratégia de negócios nos mercados de ouro da Ásia.

Naquele dia, o Colecionador havia comprado de um espião a chave de decifração de arquivos ultrassecretos do Pentágono. Documentos militares do governo dos Estados Unidos poderiam servir aos seus interesses no setor de armamentos. Para investidores como ele, era importante que no mundo houvesse conflitos. A paz não lhes convinha.

Havia calculado quanto de guerra era necessário que a humanidade travasse para estimular o mercado de armas. Se houvesse menos guerra do que o desejável, ele perderia dinheiro. Se houvesse mais, a Bolsa de Valores se tornaria muito volátil e o risco seria demasiado grande. Felizmente, para ele, era fácil provocar guerras, embora não fosse tão fácil terminá-las.

Quando o assistente lhe informou que um desconhecido solicitava uma entrevista urgente, adivinhou que se tratava de alguém a serviço do Especialista. Duas palavras deram-lhe a chave: ouro e Ásia. Fazia vários dias que o esperava com impaciência, e por isso o recebeu imediatamente. O agente falava um inglês correto. A elegância do traje e os modos impecáveis passaram totalmente despercebidos aos olhos do Colecionador, que não se caracterizava por nenhuma espécie de refinamento.

— O Especialista averiguou a identidade das únicas pessoas que conhecem perfeitamente o funcionamento da estátua na qual o senhor está interessado. São elas o rei e o príncipe herdeiro, um jovem que não é visto desde quando tinha cinco ou seis anos de idade.

— Por quê?

— Está recebendo sua educação em um lugar secreto. Todos os monarcas do Reino Proibido passam por isso na infância e juventude. Os pais entregam o menino a um lama, que faz sua preparação para o governo. Entre outras coisas, o príncipe deve aprender o código do Dragão de Ouro.

— Então esse lama, ou como quer que se chame, também conhece o código.

— Não. Ele é só um mentor, um guia. Além do monarca e seu herdeiro, ninguém conhece o código todo. O código está dividido em quatro partes, e cada uma se encontra em um mosteiro diferente. O mentor conduz o príncipe em uma viagem por esses mosteiros, uma viagem de doze anos, durante os quais ele aprende o código por inteiro — explicou o agente.

— Que idade tem esse príncipe?

— Cerca de dezoito anos. Sua educação está quase terminada, mas não estamos certos de que já saiba decifrar o código.

O Colecionador perguntou com impaciência:

— Onde está agora esse príncipe?

— Cremos que esteja em alguma caverna secreta, em um dos cumes do Himalaia.

— Pois muito bem, o que está esperando? Traga-me ele.

— Isso não será fácil. Já lhe disse que sua localização é incerta, e não podemos garantir que tenha toda a informação de que necessita.

— Pesquise. Para isso você é pago, homem! E, se não o encontrar, suborne o rei.

— O quê?

— Os reizinhos desses países de brinquedo são todos corruptos. Ofereça-lhe o que quiser: dinheiro, mulheres, automóveis. O que quiser! — insistiu o multibilionário.

— Nada que o senhor tenha é capaz de tentar aquele rei. Ele não se interessa pelas coisas materiais — replicou o japonês, sem dissimular o desprezo que sentia pelo cliente.

— E o poder? Bombas nucleares, por exemplo?

— Não. Com certeza absoluta, não.

— Então, sequestre-o, torture-o, faça o que for necessário para arrancar-lhe o segredo!

— Com ele a tortura não funcionaria. Morreria sem nos dizer uma palavra. Os chineses tentaram esses métodos com os lamas do Tibete e raras vezes obtiveram algum resultado positivo. Aquelas pessoas são treinadas para separar o corpo da mente — disse o enviado do Especialista.

— Como fazem isso?

— Digamos que sobem a um plano mental superior. O espírito se desprende da matéria física, compreende?

— Espírito? Você acredita nisso? — zombou o Colecionador.

— Não importa se eu creio ou não. Eles fazem o que acabo de descrever.

— Quer dizer que são como esses faquires de circo que se deitam em camas de pregos e ficam meses sem comer?

— Estou falando de algo muito mais misterioso do que isso. Alguns lamas podem permanecer separados do corpo pelo tempo que quiserem.

— E daí?

— E daí que não sentem dor. E também podem morrer quando têm vontade. Simplesmente deixam de respirar. É inútil torturar pessoas assim — explicou o agente.

— E o soro da verdade?

— As drogas são ineficazes, pois a mente está em outro plano, desligada do cérebro.

— Pretende me dizer que o rei daquele país é capaz de fazer tal coisa? — rugiu o Colecionador.

— Não sabemos com certeza, mas se o treinamento que recebeu na juventude foi completo e se desde então vem praticando o que aprendeu, é exatamente o que pretendo lhe dizer.

— Ele deve ter algum ponto fraco! — exclamou o Colecionador, passeando pela sala como uma fera acuada.

— Se tiver, serão pouquíssimos, mas tentaremos descobri-los — concluiu o agente, pondo sobre a mesa um cartão, no qual estava escrito com tinta roxa quantos milhões de dólares custaria a operação.

A soma era incrivelmente alta, mas o Colecionador calculou que não se tratava de um sequestro normal, e, de qualquer maneira, estava em condições de pagá-la. Quando o Dragão de Ouro estivesse em suas mãos e controlasse o mercado mundial das finanças, teria seu investimento de volta multiplicado por mil.

— Está bem, mas não quero nenhum tipo de problema. É necessário agir com discrição para não provocar um incidente internacional. E é absolutamente fundamental que ninguém me relacione com essa história, pois nesse caso minha reputação estaria arruinada. Vocês se encarreguem de fazer o rei a abrir a boca, mesmo que tenha de fazer aquele país em pedaços, compreendeu? Detalhes não me interessam.

— Em breve terá notícias — disse o visitante, pondo-se de pé e desaparecendo silenciosamente.

O Colecionador teve a impressão de que o agente havia se desfeito no ar. Sentiu um calafrio: era uma lástima ter de tratar com gente tão perigosa. Ainda assim, não podia queixar-se: o Especialista era um profissional de primeira categoria. Sem a sua ajuda não chegaria a ser o homem mais rico do mundo, o número um, o mais rico da história da humanidade, mais que os faraós egípcios, mais que os imperadores romanos.

O sol matutino brilhava no Himalaia. Mestre Tensing havia concluído sua meditação e suas orações. Lavara-se com a lentidão e a precisão que caracterizavam todos os seus gestos, em um delgado fio de água que descia da montanha, e agora se preparava para a única refeição do dia.

Seu discípulo, o príncipe Dil Bahadur, acabara de ferver a água com chá, sal e manteiga de iaque. Parte do líquido era deixada em uma cabaça para ser bebida durante o dia; a outra, misturada com farinha de cevada. A pasta resultante dessa mistura chamava-se *tsampa* e era a base da alimentação dos monges daquela área. Cada um levava sua porção em um saquinho preso entre as pregas da túnica.

Dil Bahadur também havia cozido levemente uns poucos vegetais que cultivavam com muito esforço no solo árido de um terraço natural da montanha, bastante longe da caverna onde viviam. O príncipe devia caminhar várias horas para conseguir um maço de raízes ou de verduras para a comida.

— Está coxeando, Dil Bahadur — observou o mestre.

— Não, não.

O mestre fixou os olhos nele e o discípulo percebeu uma divertida fagulha em suas pupilas.

— Caí — confessou, mostrando arranhões e machucados em uma perna.

— Como?

— Distraí-me. Sinto muito, mestre — disse o jovem, inclinando-se profundamente.

— O treinador de elefantes necessita de cinco virtudes, Dil Bahadur: boa saúde, confiança, paciência, sinceridade e sabedoria — disse o lama, com um sorriso.

— Esqueci as cinco virtudes. Neste momento, minha saúde está incompleta porque perdi a confiança ao pisar. Perdi a confiança porque ia apressado, não tive paciência. Ao negar que coxeava, faltei com a sinceridade. Em resumo, estou longe da sabedoria, mestre.

Os dois puseram-se a rir alegremente. O lama abriu uma caixa de madeira, tirou de lá um potinho de unguento esverdeado e o esfregou com delicadeza na perna do rapaz.

— Mestre, creio que o senhor já alcançou a Iluminação, mas ficou nesta terra só para me ensinar — disse Dil Bahadur com um suspiro, e a única resposta do lama foi bater amistosamente na cabeça do discípulo com o pequeno pote de unguento.

Prepararam-se para a breve cerimônia de agradecimento que sempre realizavam antes de comer. Depois, levando o chá e suas tigelas de *tsampa*, subiram ao cume da montanha e ali sentaram-se na posição de lótus. Comeram lentamente, mastigando muitas vezes cada bocado. Admiravam silenciosamente a paisagem, pois não falavam enquanto comiam. A vista perdia-se na magnífica cadeia de cumes nevados que se estendia à frente deles. O céu havia se colorido de um azul-cobalto muito intenso.

— Hoje teremos uma noite fria — disse o príncipe quando terminou a refeição.

— Esta é uma bela manhã — observou o mestre.

— Já sei: aqui e agora — recitou o aluno com um tom levemente irônico. — Devemos regozijar-nos com a beleza deste momento, em vez de pensar na tormenta que está para vir.

— Muito bem, Dil Bahadur.

— Talvez já não me falte muito por aprender — disse o jovem, sorrindo.

— Quase nada, só um pouco de modéstia — replicou o lama.

Nesse momento uma ave apareceu no céu, voou em grandes círculos e, batendo suas enormes asas, logo desapareceu.

— Que ave era aquela? — perguntou o lama enquanto se punha de pé.

— Parecia uma águia branca.

— Nunca a vi por aqui.

— Há muitos anos vem observando a natureza, mestre. Talvez conheça todos os animais e todas as aves desta região.

— Seria uma imperdoável arrogância da minha parte supor que conheço todos os viventes desta montanha, mas a verdade é que jamais tinha visto uma águia branca.

— Agora, mestre, devo estudar minhas lições — disse o príncipe, recolhendo as tigelas e retirando-se para a caverna.

No topo da montanha, em um terreno plano e circular, Tensing e Dil Bahadur faziam exercícios de *tao chu*, a combinação de diversas artes marciais inventada pelos monges do remoto mosteiro fortificado de Chenthan Dzong. Os sobreviventes do terremoto que havia destruído aquele mosteiro espalharam-se pela Ásia, a fim de ensinar sua arte. Cada um treinava somente uma pessoa, escolhida pela capacidade física e a inteireza moral. Era assim que o conhecimento se transmitia. Jamais, em cada geração, ultrapassava uma dúzia o total de guerreiros conhecedores dos segredos do *tao chu*. Tensing era um deles, e Dil Bahadur o aluno que havia escolhido para sucedê-lo.

Naquela época do ano, o terreno rochoso era traiçoeiro, pois amanhecia orvalhado e se tornava escorregadio. No outono e no inverno, o exercício parecia mais agradável a Dil Bahadur, porque a maciez da neve suavizava as quedas. Além disso, gostava de sentir o ar invernal. Suportar o frio era parte do rude aprendizado ao qual seu mestre o submetia, segundo o qual também devia andar quase sempre descalço, comer pouquíssimo e permanecer horas em meditação.

Naquele meio-dia o sol brilhava e nenhum vento vinha soprar em sua pele, mas a perna machucada doía-lhe, e cada vez que dava uma volta malfeita caía sobre as pedras, sem no entanto pedir trégua ao mestre. Tensing jamais o ouvira queixar-se.

Magro e de estatura mediana, o príncipe contrastava em tamanho com Tensing, que vinha da região oriental do Tibete, onde as pessoas eram extraordinariamente altas. O lama media mais de dois metros de altura e tinha dedicado toda sua vida à prática espiritual e ao exercício físico. Era um gigante com músculos de levantador de pesos.

— Perdoe-me se fui muito brusco, Dil Bahadur. Talvez em vidas passadas eu tenha sido um guerreiro — disse Tensing, em tom de desculpa, depois de ter derrubado o aluno pela quinta vez.

— E eu, em minhas vidas passadas, talvez tenha sido uma frágil donzela — replicou Dil Bahadur, caído e arquejante.

— Talvez fosse conveniente que você não tentasse dominar o corpo com a mente. Você deve ser como o tigre do Himalaia, puro instinto e pura determinação — sugeriu o lama.

— Talvez eu jamais consiga ser tão forte quanto meu honorável mestre — disse o jovem, levantando-se com alguma dificuldade.

— A tempestade arranca do chão o rígido carvalho, mas não arranca o junco, que sabe se dobrar. Você não deve calcular minha força, mas as minhas fraquezas.

— Talvez meu mestre não tenha fraquezas. — Bahadur sorriu, assumindo uma atitude de defesa.

— Minha força é também minha fraqueza, Dil Bahadur. Você deve usá-la contra mim.

Segundos depois, cento e cinquenta quilos de músculos e ossos voavam em direção ao príncipe. Mas dessa vez foi com a leveza de um bailarino que Dil Bahadur saiu ao encontro da massa. No instante em que os dois corpos se tocaram, Bahadur fez um leve movimento para a esquerda, fugindo assim do peso de Tensing, que caiu no chão rolando sobre um ombro e um lado do corpo. Sem perder um segundo, o mestre se pôs de pé com um grande salto e voltou ao ataque. Dil Bahadur esperava por ele. Apesar de sua corpulência, o lama elevou-se como um felino, traçando um arco no ar, mas não chegou a tocar no aluno, porque, quando sua perna se projetou para dar uma feroz patada, este não se encontrava mais ali para recebê-la. Em uma fração de segundo, Dil Bahadur estava atrás de seu adversário e dava-lhe um golpe seco na nuca. Com aquele movimento de *tao chu*, o oponente podia ser imediatamente paralisado ou mesmo morto, mas o jovem havia calculado a força apenas para derrubar seu mestre, sem causar-lhe dano.

— Em vidas passadas Dil Bahadur foi possivelmente uma donzela guerreira — disse Tensing, pondo-se de pé muito satisfeito e saudando o discípulo com uma inclinação profunda.

— Talvez meu honorável mestre tenha esquecido as virtudes do junco — replicou o jovem, sorrindo, enquanto retribuía a saudação.

Nesse momento, uma sombra projetou-se no chão e ambos levantaram a vista para olhar: sobre suas cabeças voava em círculos a mesma ave branca que tinham visto algum tempo antes.

— Percebe algo de estranho nessa águia? — perguntou o lama.

— Talvez a vista me falhe, mestre, mas não vejo a aura da ave.

— Eu também não.

— O que isso significa? — quis saber o jovem.

— Diga você o que significa, Dil Bahadur.

— Se não podemos vê-la, é porque talvez não a tenha, mestre.

— Conclusão muito sábia — zombou o lama.

— Como pode não ter aura?

— Talvez seja uma projeção mental — sugeriu Tensing.

— Tentemos então nos comunicar com ela.

Os dois cerraram os olhos e abriram coração e mente para receber a energia da grande ave que girava acima de suas cabeças. Durante vários minutos permaneceram assim. Tão forte era a presença da ave que chegavam a sentir vibrações na pele.

— Ela lhe diz alguma coisa, mestre?

— Sinto apenas que está confusa e angustiada. Não posso decifrar qualquer mensagem dela. E você?

— Também não.

— Não sei o que isso significa, Dil Bahadur, mas há um motivo pelo qual essa águia veio até nós — concluiu Tensing, que jamais tinha vivido experiência semelhante e parecia perturbado.

11
O JAGUAR TOTÊMICO

Na cidade de Tunkhala reinava grande confusão. Os policiais interrogavam meio mundo, enquanto destacamentos de soldados partiam para o interior do país, uns em jipes, outros a cavalo, pois nenhum veículo com rodas podia aventurar-se pelas trilhas quase verticais das montanhas. Monges com oferendas de flores, arroz e incenso aglomeravam-se diante das imagens religiosas. As trombetas soavam nos templos, e por toda parte ondeavam as bandeiras de oração.

Pela primeira vez desde que fora instalada, a televisão transmitiu durante o dia inteiro, repetindo mil vezes a mesma notícia, mostrando sempre fotografias das meninas desaparecidas. Nas casas das vítimas não cabia um alfinete: amigos, parentes e vizinhos chegavam a fim de expressar sua tristeza, traziam comida e orações escritas em papel, que eram queimadas diante das imagens religiosas.

Kate Cold comunicou-se pelo telefone com a embaixada dos Estados Unidos na Índia, a fim de pedir ajuda, mas de fato não esperava que esta chegasse com a presteza necessária, caso chegasse. O funcionário que a atendeu disse que o Reino Proibido não estava em sua jurisdição e que, além disso, Nádia Santos não era americana, e sim, brasileira.

Diante disso, a escritora resolveu transformar-se na sombra do general Myar Kunglung. Estavam nas mãos dele os poucos recursos militares existentes no país e ela não se sentia disposta a permitir que o general se distraísse nem por um momento. Tirou o sarongue que havia usado desde a chegada ao Reino, vestiu sua roupa habitual de exploradora, sentou-se no jipe do general e ninguém conseguiu fazê-la descer do veículo.

— Nós dois estamos em campanha — anunciou Kate ao surpreso general, que não entendia as palavras da escritora, mas entendia perfeitamente suas intenções.

"Fique em Tunkhala, Alexander. Se puder, tenho certeza de que Nádia se comunicará com você. Tente falar novamente com a embaixada na Índia", ordenou ao neto.

Ficar de braços cruzados, à espera não sabia de quê, era intolerável para Alex, mas ele compreendia que a avó estava com a razão. Foi para o hotel, onde havia telefone, e conseguiu falar com o embaixador. Este foi um pouco mais amável que o funcionário anterior, mas não pôde prometer nada de concreto. Também ligou para a revista *International Geographic*, em Washington. Enquanto aguardava, relacionou todos os elementos capazes de fornecer uma pista, mesmo os mais insignificantes.

Quando pensava na Águia, suas mãos tremiam. Por que a Seita do Escorpião havia escolhido justamente ela? Por que se arriscava a sequestrar uma estrangeira, ação que sem dúvida provocaria um incidente internacional? O que significava a presença de Tex Tatu no festival? Por que o americano andava disfarçado? Eram mesmo guerreiros azuis os barbudos mascarados vistos durante a festa, como acreditava a Águia? Estas e muitas outras perguntas acumulavam-se em sua mente e aumentavam a frustração que sentia.

Ocorreu-lhe que se encontrasse Tex Tatu alcançaria a extremidade de um fio que o conduziria a Nádia, mas não sabia por onde começar. Em busca de alguma chave para o enigma, reviu cuidadosamente cada palavra que parecesse ter relação com aquele homem ou que tivesse conseguido ouvir quando o seguira pelos subterrâneos do Forte Vermelho na Índia. Anotou as seguintes conclusões:

- Havia uma relação entre Tex Tatu e a Seita do Escorpião.
- Tex Tatu nada lucrava com o sequestro das meninas. Essa não era sua missão.
- Tex poderia estar relacionado com o tráfico de drogas.
- O sequestro das meninas não combinava com uma operação de tráfico de drogas, pois chamava muito a atenção.
- Até aquele momento, os guerreiros azuis não haviam sequestrado meninas no Reino Proibido. Deviam ter um motivo muito forte para fazê-lo agora.
- O motivo podia ser justamente o desejo de chamar a atenção e distrair a polícia e as forças armadas.
- Se fosse esse o caso, o objetivo deles seria outro. Mas qual? Por onde atacariam?

Alexander concluiu que sua lista não esclarecia muita coisa: ele estava caminhando em círculos.

Por volta de duas da tarde, recebeu uma chamada telefônica de Kate, que se encontrava em uma aldeia a duas horas da capital. Os soldados do general Myar Kunglung haviam ocupado todos os vilarejos e, em busca dos malfeitores, revistavam templos, mosteiros e casas. Faltavam novas notícias, mas não havia dúvida de que os temíveis homens azuis estavam no país. Vários camponeses tinham visto, de longe, os cavaleiros vestidos de preto.

— Por que estão buscando nas aldeias? É claro que eles não se escondem nesses lugares! — exclamou Alexander.

— Andamos atrás de qualquer pista, meu filho. Também há soldados caçando os criminosos nas encostas das montanhas — explicou Kate.

Alex lembrou-se de ter ouvido dizer que a Seita do Escorpião conhecia todos os cantos do Himalaia. E, é claro, os homens azuis se esconderiam nos mais inacessíveis.

Decidiu que não podia ficar no hotel à espera. "Não é por acaso que me chamo Alexander, que quer dizer defensor dos homens", murmurou, certo de que no significado de seu nome também cabia a defesa das mulheres. Vestiu a *parka* e calçou as botas de montanhismo, as mesmas que usava para escalar, com seu pai, na Califórnia. Pegou seu dinheiro e saiu à procura de um cavalo.

No momento em que deixava o hotel, viu Borobá estendido no chão, perto da porta. Inclinou-se para apanhá-lo, com um grito atravessado no peito, pois pensou que o animal estivesse morto. Mas assim que tocou nele, o macaco abriu os olhos. Acariciando-o e murmurando seu nome, levou-o nos braços até a cozinha, onde conseguiu fruta para alimentá-lo. De sua boca saía espuma, seus olhos estavam avermelhados, tinha o corpo coberto de arranhões, cortes sangrentos nas mãos e nas patas. Parecia extenuado, mas assim que acabou de comer uma banana e beber um pouco de água mostrou-se reanimado.

— Sabe onde Nádia está? — perguntou Alex, enquanto cuidava de seus ferimentos, mas não pôde decifrar os chiados e os gestos do macaco.

Lamentou não ter aprendido a comunicar-se com Borobá. Tivera oportunidade de fazê-lo quando passara três semanas na Amazônia e Nádia se oferecera muitas vezes para ensinar-lhe a língua dos macacos, que, segundo ela, compõe-se de um pequeno número de sons, bem fáceis de serem aprendidos. Na ocasião não lhe parecera necessário; Borobá e ele tinham pouco a dizer um ao outro. Quando sentissem necessidade de comunicar-se, Nádia estaria sempre presente para traduzir. Agora, com certeza, o animal trazia consigo a informação mais importante do mundo para Alex!

O garoto trocou as pilhas da lanterna e a guardou na mochila, com o restante do seu equipamento de escalar. O equipamento era pesado, mas bastava um olhar para a cadeia de montanhas ao redor da cidade para perceber que seria indispensável. Preparou uma refeição de frutas, pão e queijo, tomou emprestado um cavalo do próprio hotel, que deixava vários à disposição dos hóspedes, pois aquele era o meio de transporte mais usado no país. Havia montado nas férias de verão, quando fora com a família para a fazenda dos avós maternos, mas lá o terreno era plano. Pensou: o cavalo devia ter a experiência que lhe faltava no tocante a andar por encostas escarpadas. Acomodou Borobá dentro do casaco, deixando de fora apenas sua cabeça e seus braços, e partiu a galope na direção indicada pelo animal.

Quando a luz começou a diminuir e a temperatura a baixar, Nádia compreendeu que a situação era desesperadora. Depois de enviar Borobá em busca de socorro, permaneceu no local, vigiando a íngreme ladeira que se estendia abaixo dela. A densa vegetação que crescia nos vales e encostas do Reino Proibido tornava-se mais rala à medida que se subia e desaparecia por completo no alto das montanhas. Assim, Nádia podia ver, embora sem muita precisão, os movimentos dos homens azuis que tinham saído a procurá-la tão logo fora comprovada sua fuga. Um deles descera até o local onde estavam os cavalos, certamente para dar aviso ao restante do grupo. Pela quantidade de provisões e arreios, Nádia não tinha dúvida de que havia outros bandidos na montanha, embora lhe fosse impossível calcular quantos.

Vários azuis tinham iniciado suas buscas pelos arredores da caverna onde se achavam as meninas sequestradas sob a vigilância da mulher da cicatriz. Mas não demorou muito para que lhes ocorresse a ideia de procurá-la no lado de cima. Nádia concluiu que não podia permanecer no local onde se encontrava, pois os perseguidores logo estariam em seu rastro. Olhou para todos os lados e não pôde evitar uma exclamação de angústia: havia muitos lugares nos quais poderia ocultar-se, mas onde também seria fácil se perder.

Por fim, escolheu um barranco profundo. Era uma espécie de talho aberto na montanha, a oeste de onde se encontrava. Parecia perfeito. Poderia esconder-se nas irregularidades do terreno, embora não tivesse certeza de que mais tarde teria como sair dali.

Se os homens azuis não a encontrassem, Jaguar também não seria capaz de descobri-la. Fez votos para que ele não viesse desacompanhado, pois sozinho jamais poderia enfrentar os guerreiros do Escorpião. Como sabia do caráter independente do amigo e que ele se impacientava com a forma indecisa como os habitantes do Reino Proibido falavam e se comportavam, temeu que ele saísse da cidade sem pedir ajuda.

Ao ver que vários homens subiam a encosta, tomou uma resolução. Vista de cima, a fenda aberta na montanha que havia escolhido para se esconder parecia muito menos profunda do que era na realidade, como pôde comprovar assim que entrou nela. Não tinha experiência naquele terreno e temia a altura, mas recobrou a coragem ao lembrar-se de sua subida, atrás dos indígenas, por encostas íngremes em plena selva amazônica. Claro que naquela ocasião tinha a companhia de Alexander, ao passo que agora estava sozinha.

Tinha descido apenas dois ou três metros, agarrada como uma mosca à parede vertical da rocha, quando a raiz na qual se sustentava se partiu, no momento que procurava algum apoio com os pés. Perdeu o equilíbrio, tentou agarrar-se em alguma coisa, mas só havia montes de gelo. Resvalou e rolou irremediavelmente até o fundo do abismo. Durante alguns minutos foi presa do pânico, certa de que morreria; mas a grande surpresa foi aterrissar em cima de algumas moitas cujos galhos e folhas amorteceram milagrosamente a violência da queda.

Machucada, cheia de cortes e arranhões, tentou mover-se, mas a dor, aguda, arrancou-lhe um grito. Viu, com horror, que seu braço esquerdo pendia em um ângulo anormal. Havia deslocado o ombro.

Nada sentiu nos primeiros minutos. Seu corpo estava insensível. Mas logo a dor veio com tanta intensidade que esteve a ponto de desmaiar. Doía mais quando se mexia. Ela fez um esforço mental a fim de permanecer alerta e ter lucidez para avaliar a situação. Concluiu que não podia se permitir o luxo de se desesperar.

Tão logo conseguiu se acalmar um pouco, olhou para cima e viu-se rodeada de rochas verticalmente cortadas; lá no alto, porém, havia uma paz infinita, proporcionada por um céu límpido, tão azul que parecia pintado. Pediu a ajuda de seu animal totêmico e, mediante um grande esforço interior, conseguiu transformar-se na poderosa águia, voar acima das montanhas, afastar-se do estreito desfiladeiro onde se encontrava presa. O ar sustentava-lhe as grandes asas e ela movia-se em silêncio pelas alturas, observando de cima a paisagem de picos nevados e, lá muito mais embaixo, o verde intenso daquele belo país.

Nas horas seguintes, Nádia voltou a invocar a águia cada vez que se sentia vencida pelo desespero. E em todas as ocasiões a grande ave trouxe alívio a seu espírito.

Aos poucos Nádia conseguiu se locomover; segurando com a outra mão o braço deslocado, pôde finalmente abrigar-se embaixo das moitas sobre as quais havia caído. Fez bem, porque pouco depois os guerreiros azuis chegaram ao local onde ela estivera antes da queda e se puseram a examinar as proximidades. Um deles tentou descer o barranco, mas, ao constatar que era demasiadamente escarpado, pensou que, se ele não podia descê-lo, muito menos poderia a fugitiva.

De seu esconderijo Nádia ouvia os bandidos falarem uns com os outros em uma língua que nem mesmo tentou compreender. Quando eles finalmente se foram, reinou o mais completo silêncio nas alturas e ela pôde avaliar sua imensa solidão.

Apesar da *parka*, Nádia estava gelada. O frio atenuava a dor no ombro machucado e aos poucos ela mergulhou em um sono irresistível. Não comia desde a noite anterior, mas nem assim tinha fome; sentia, porém, uma sede terrível. Arrancava pedaços do gelo sujo que formava minúsculos lagos entre as pedras e chupava-os com ansiedade; contudo, ao dissolver-se, deixavam um gosto de barro em sua boca. Percebeu que a noite se aproximava; quando chegasse, a temperatura desceria abaixo de zero. Seus olhos cerraram-se. Durante alguns momentos lutou contra a fadiga, mas logo concluiu que, se dormisse, o tempo encurtaria.

— Talvez eu não veja outro amanhecer — murmurou, entregando-se ao sono.

Tensing e Dil Bahadur retiraram-se para a caverna na montanha. As horas seguintes deviam ser dedicadas ao estudo, mas nenhum dos dois fez menção de retirar os pergaminhos do baú, no qual eram guardados, pois tinham em mente outra coisa. Acenderam um pequeno braseiro e fizeram chá. Antes de mergulharem na meditação, salmodiaram *Om mani padme hum* durante cerca de quinze minutos e em seguida rezaram, pedindo clareza mental para entender o estranho sinal visto por ambos no céu. Entraram em transe, seus espíritos abandonaram os corpos e saíram em viagem.

Faltavam aproximadamente três horas para o pôr do sol quando o mestre e seu discípulo abriram os olhos. Durante alguns instantes permaneceram imóveis, dando tempo às almas, que haviam ido longe, de instalar-se novamente na realidade da caverna. No transe, tiveram as mesmas visões, portanto nenhuma explicação era necessária.

— Suponho, mestre, que sairemos a fim de ajudar a pessoa que enviou a águia branca — disse o príncipe, certo de que essa também seria a decisão de Tensing, pois aquele era o caminho indicado por Buda: o da compaixão.

— Talvez — replicou o lama por puro hábito, já que sua determinação era tão firme quanto a do discípulo.

— Como a encontraremos?

— Talvez a águia nos guie.

Vestiram suas túnicas de lã, puseram peles de iaque sobre os ombros, calçaram as botas de couro que costumavam usar nas difíceis caminhadas feitas durante os mais rigorosos invernos, apanharam seus longos cajados e muniram-se de uma lâmpada de azeite. Na cintura, levavam a bolsa com farinha para a *tsampa* e manteiga, base de sua alimentação. Em outra bolsa, Tensing conduzia um frasco com aguardente de arroz, a caixinha de madeira com as agulhas de acupuntura e uma seleção de medicamentos. Dil Bahadur pendurou no ombro um de seus arcos mais curtos e, nas costas, uma aljava com várias flechas.

Silenciosos, puseram-se a caminho, seguindo a direção que a grande águia branca tomara ao se afastar.

Nádia dos Santos deixou de resistir à morte. Já não a atormentavam a dor, o frio, a fome ou a sede. Flutuava em um estado de semivigília, sonhando com a águia. Às vezes despertava por uns breves momentos, durante os quais tinha lampejos de consciência: sabia, então, onde e como se encontrava, compreendia que a esperança era escassa. Mas, quando a noite a envolveu, seu espírito já estava livre de qualquer temor.

As horas anteriores tinham sido de muita angústia. Depois que os homens azuis foram embora e ela não mais ouviu suas vozes, tratou de arrastar-se, mas imediatamente percebeu que seria impossível subir aquela escarpa contando com apenas um braço e sem ajuda de ninguém. Não tentou tirar a *parka* a fim de examinar o ombro, pois cada movimento era um suplício, mas comprovou que a mão estava muito inchada. A dor a deixava aturdida, mas seria pior se lhe desse constante atenção; procurava, então, outras coisas para entreter o pensamento.

Sofreu, durante o dia, várias crises de desespero. Chorou ao pensar no pai que não voltaria mais a ver; chamou Jaguar com o pensamento. Onde estaria o amigo? Borobá o teria encontrado? Por que não vinha? Duas vezes gritou até perder a voz, sem se preocupar em ser ouvida pelos guerreiros da Seita do Escorpião, pois preferia enfrentá-los a ficar ali sozinha, mas ninguém apareceu. Mais tarde ouviu passos, e seu coração disparou de alegria até constatar que se tratava apenas de um par de cabras selvagens. Chamou-as, usando a língua das cabras, mas não conseguiu que se aproximassem.

Sua vida havia transcorrido no clima quente e úmido da Amazônia. Não sabia o que era frio. Em Tunkhala, onde as pessoas se vestiam de algodão e seda, ela não conseguira sequer tirar o casaco. Jamais tinha visto neve e não soubera o que era gelo até o dia em que o viu numa pista artificial de patinação em Nova York. Agora tiritava. A pequena cova a protegia do vento, e as moitas ao redor ajudavam a elevar um pouquinho a temperatura, que, apesar disso, continuava insuportável para ela.

Permaneceu encolhida durante várias horas, até que seu corpo entorpecido se tornou insensível. Por fim, quando o céu começou a escurecer, sentiu com toda clareza a presença da morte. Reconheceu-a, pois já a avistara antes. Na Amazônia tinha visto muitas pessoas e bichos nascerem e morrerem, sabia que todo ser vivo cumpre o mesmo ciclo. Tudo se renova na natureza.

Abriu os olhos, procurou as estrelas, mas nada viu. Estava mergulhada em uma escuridão absoluta, pois o fulgor tênue da lua, que vagamente iluminava os cumes do Himalaia, não chegava até a pequena caverna. Fechou novamente os olhos e imaginou que o pai estava ali, socorrendo-a. Passou-lhe pela mente a imagem da mulher do bruxo Walimai, aquele translúcido espírito que sempre o acompanhava, e perguntou a si mesma se apenas as almas dos indígenas podiam transitar à vontade entre o céu e a terra. Pensou que ela também poderia ir e vir, e decidiu que, sendo assim, gostaria de voltar, sob a forma de espírito, a fim de levar consolo a Jaguar e ao pai; mas cada pensamento custava-lhe um imenso esforço, e dormir era tudo que queria.

Nádia soltou as amarras que a mantinham ligada ao mundo e se afastou suavemente, sem nenhum esforço nem dor, com a mesma graça que mostrava quando se transformava em águia e suas asas poderosas a sustentavam acima das nuvens e a levavam mais e mais para o alto, aproximando-a da lua.

Borobá levou Alexander até o local onde havia deixado Nádia. Completamente esgotado pelo esforço de fazer aquele caminho três vezes sem descanso, perdeu-se em várias ocasiões, mas foi sempre capaz de voltar à trilha correta. Por volta das seis da tarde, chegaram ao desfiladeiro que conduzia à caverna dos homens azuis.

Àquela altura, cansados de procurar Nádia, os bandidos tinham voltado a suas ocupações. O tipo repugnante que parecia ser o chefe resolveu não perder mais tempo com a menina que escapara de suas garras; o que deviam fazer era dar continuidade ao plano e reunir-se com o restante do grupo, conforme as instruções recebidas pelo americano que os havia contratado.

Alex comprovou que o terreno estava pisoteado e havia bosta de cavalo por toda parte. Embora não visse ninguém nas proximidades, era evidente que os bandidos tinham estado naquele local. Concluiu que não podia continuar a cavalo. Parecia-lhe que os passos do animal soavam como badaladas de um sino, e se houvesse alguém montando guarda seria impossível que não os ouvisse. Para não revelar sua presença, desmontou e deixou que o animal se fosse. Embora tivesse certeza de que não poderia voltar por aquele caminho e recuperá-lo.

Começou a subir a encosta da montanha, escondendo-se entre as pedras, seguindo a mãozinha temerosa de Borobá. Passou arrastando-se a uns setenta metros da entrada da caverna, guardada por três homens armados com rifles. Não vendo ninguém mais nas imediações, concluiu que os outros estariam lá dentro ou então distantes dali. Nádia talvez estivesse no interior da caverna, juntamente com Pema e as outras meninas desaparecidas, mas sozinho e desarmado não teria condições de enfrentar os guerreiros do Escorpião. Hesitou, sem ter noção do que fazer, até que os insistentes sinais de Borobá o levaram a duvidar de que sua amiga ainda estivesse na caverna.

Puxando a manga do casaco de Alex, o macaco apontava para o alto da montanha. Com um simples olhar, o garoto calculou que levaria horas para alcançar aquele cume. Poderia ir mais rápido sem a mochila nas costas, mas não quis abandonar o equipamento de montanhismo.

Hesitava entre regressar a Tunkhala e pedir ajuda, o que levaria muito tempo, ou continuar a busca por Nádia. A primeira escolha poderia levar à salvação das meninas cativas, mas seria fatal para Nádia, se ela estivesse em apuros, como Borobá parecia indicar-lhe. A segunda poderia ajudar Nádia, mas traria perigo para as outras meninas. Concluiu que não era do interesse dos homens azuis matar as adolescentes. Se tinham se empenhado tanto em sequestrá-las, era porque necessitavam delas.

Continuou a subir e chegou ao alto da montanha quando já era noite. Como um olho de prata, a lua imensa brilhava no céu. Borobá olhava confuso ao redor. Saltou de seu abrigo sob a *parka* e se pôs freneticamente a procurar, soltando guinchos de angústia. Alex percebeu que o macaco esperava encontrar ali sinais de sua ama. Louco de esperança, começou a chamar Nádia com cautela, porque temia que o eco de sua voz descesse a encosta e, naquele silêncio absoluto, chegasse claramente aos ouvidos dos azuis. Não demorou a compreender a inutilidade de prosseguir a busca naquelas escarpas, iluminado apenas pela luz da lua, e concluiu que era melhor esperar o amanhecer.

Acomodou-se entre os rochedos e, usando a mochila como almofada, dividiu sua refeição com Borobá. Em seguida aquietou-se, na esperança de que, se "escutasse com o coração", Nádia poderia dizer-lhe onde estava, mas nenhuma voz interior iluminou sua mente.

— Tenho que dormir um pouco para recuperar as forças — murmurou extenuado, mas não conseguiu cerrar os olhos.

Perto da meia-noite, Tensing e Dil Bahadur encontraram Nádia. Tinham seguido a águia branca durante horas. A ave poderosa voava silenciosamente sobre suas cabeças, e a tão baixa altitude que, mesmo à noite, a percebiam. Nenhum dos dois tinha certeza de que poderiam vê-la de fato, porém sua presença era tão forte que não necessitavam consultar um ao outro para saber o que deviam fazer. Quando se desviavam ou paravam, a ave punha-se a voar em círculos, indicando-lhes o caminho correto. Assim, ela os conduziu diretamente ao local onde estava Nádia e, feito isso, desapareceu.

Um rugido de arrepiar deteve o lama e seu discípulo. Estavam a poucos metros do precipício pelo qual Nádia havia rolado, mas não podiam avançar, porque seus passos eram barrados por um animal que jamais tinham visto, um grande felino, negro como a noite. O animal estava pronto para saltar, com o lombo eriçado e as garras à vista. Sua bocarra aberta deixava ver as presas afiadas, e as ardentes pupilas amarelas brilhavam ferozes à fraca claridade da lamparina.

O primeiro impulso de Tensing e Dil Bahadur foi no sentido de defender-se, e ambos tiveram de controlar-se para não recorrer à arte do *tao chu*, na qual confiavam mais do que nas flechas de Dil Bahadur. Com grande força de vontade os dois se imobilizaram. Respirando calmamente para impedir que o pânico os invadisse e o animal sentisse o cheiro inconfundível do medo, concentraram-se no envio de energia positiva, tal como haviam feito em outras ocasiões com um tigre branco e com os ferozes *yetis*. Sabiam que os piores inimigos, bem como os amigos mais dispostos a ajudar, são os próprios pensamentos.

Durante um brevíssimo instante, que, no entanto, lhes pareceu eterno, a fera e os dois homens se encararam, até que, murmurando, Tensing recitou serenamente o mantra essencial. Então a chama da lâmpada de azeite vacilou, como se fosse se apagar e, diante dos olhos do lama e de seu discípulo, o felino sumiu, dando lugar a um adolescente de aspecto muito estranho. Jamais tinham visto alguém de pele tão pálida, nem vestido daquela maneira.

Por sua vez, Alexandre tinha visto uma luz tênue, que inicialmente lhe pareceu ilusória, mas pouco a pouco foi se tornando real. Atrás da fraca claridade, percebeu a aproximação de duas silhuetas humanas. Pensando que eram homens da Seita do Escorpião, pôs-se em alerta, disposto a morrer lutando. Sentiu que o espírito do jaguar negro vinha em sua ajuda, abriu a boca e um rugido de arrepiar sacudiu o silêncio da noite. Somente quando os desconhecidos chegaram a dois metros de distância e ele pôde distinguir melhor suas fisionomias, Alex concluiu que não eram os sinistros e barbudos bandidos.

Olharam-se com igual curiosidade: de um lado, os dois monges budistas, cobertos com peles de iaque; do outro, um adolescente americano usando calças e botas de vaqueiro, com um macaquinho pendurado no pescoço. Quando conseguiram reagir, os três juntaram as mãos e se inclinaram, em uníssono, para a tradicional saudação do Reino Proibido.

— *Tampo kachi*, seja feliz — disse Tensing.

— *Hi* — replicou Alexander.

Borobá soltou um guincho e tapou os olhos com as mãos, como fazia sempre que se assustava ou se sentia confuso.

Diante de tão estranha situação, os três sorriram. Alex procurou desesperadamente lembrar-se de alguma palavra da língua falada no Reino Proibido, mas nenhuma lhe ocorreu. No entanto, teve a sensação de que sua mente era um livro aberto para os dois homens. Embora não lhes ouvisse dizer uma palavra, as imagens que se formavam em seu cérebro revelavam as intenções de ambos, e logo teve consciência de que todos estavam ali pelo mesmo motivo.

Tensing e Dil Bahadur descobriram telepaticamente que o adolescente estrangeiro procurava uma garota chamada Águia. Deduziram, naturalmente, tratar-se da mesma pessoa que lhes havia mandado a grande ave branca. Não lhes pareceu surpreendente que a garota fosse capaz de se transformar em ave, assim como não lhes surpreendeu ver o garoto apresentar-se diante de seus olhos sob a aparência de um grande felino preto.

Eles acreditavam que nada era impossível. Em seus transes e viagens pelo mundo astral, eles próprios haviam tomado a forma de diversos animais ou de seres de outros universos. Também leram na mente de Alexander as suspeitas sobre os bandidos da Seita do Escorpião, da qual Tensing ouvira falar em suas viagens pelo norte da Índia e do Nepal.

Naquele instante, um grito no céu interrompeu a corrente de ideias que fluía entre os três homens. Levantaram os olhos e ali, sobre suas cabeças, estava novamente a grande ave. Viram-na traçar um breve círculo e em seguida descer na direção de um escuro precipício que se abria um pouco mais adiante.

— Águia! Nádia! — exclamou Alexander, possuído inicialmente por uma louca alegria e em seguida por uma terrível apreensão.

A situação era desesperadora, porque descer, à noite, ao fundo daquele barranco era quase in.possível. Mas tentar era o que devia fazer, pois o fato de Nádia não ter respondido a seus insistentes chamados e aos guinchos de Borobá significava que algo muito grave se passava com ela. Estava viva, decerto, o que era indicado pela projeção mental da águia, mas podia ter se ferido com gravidade. Não havia tempo a perder.

— Vou descer — disse Alexander em inglês.

Tensing e Dil Bahadur nem necessitaram traduzir o que dissera o garoto para compreender a sua decisão, e logo se dispuseram a ajudá-lo.

Alex felicitou-se por ter levado a lanterna e o equipamento de montanhismo; também se sentiu feliz pela experiência adquirida com o pai, nas ocasiões em que, juntos, haviam escalado montanhas e praticado o rapel. Depois de se equipar com o arnês, cravou um grampo de aço entre as rochas, comprovou-lhe a firmeza, amarrou nele a extremidade de sua corda e, diante dos olhos atônitos de Tensing e Dil Bahadur, que nunca tinham visto nada parecido, apesar de todos aqueles anos no alto das montanhas, desceu feito uma aranha pelo precipício.

A MEDICINA DA MENTE

Ao voltar a si, o que Nádia primeiro sentiu foi o cheiro rançoso da pesada pele de iaque na qual estava envolvida. Entreabriu os olhos, mas nada pôde ver. Quis mover-se, mas estava imobilizada. Tentou falar, mas a voz ficou na garganta. De repente seu ombro foi assaltado por uma dor insuportável que, em poucos segundos, espalhou-se pelo restante do corpo. Moveu-se novamente no escuro, com a sensação de que caía em um vazio infinito, no qual se perdia por completo. Em tal estado flutuava tranquila, mas bastava recuperar um pouquinho de consciência para que as dores voltassem a trespassá-la como flechas. E gemia, mesmo desmaiada.

Por fim, começou a despertar, mas durante algum tempo seu cérebro pareceu envolto em uma certa matéria branca e leve como flocos de algodão, da qual não conseguia se livrar. Ao abrir os olhos, viu o rosto do Jaguar inclinado sobre ela, e isso a levou a pensar que estava morta. Contudo, a voz dele continuava a chamá-la. Ao conseguir focar a vista e sentir a pontada de dor queimando seu ombro, convenceu-se de que ainda estava viva.

— Águia, sou eu — disse Alexander, tão assustado e como-vido que mal podia conter as lágrimas.

— Onde estamos? — murmurou ela.

Um rosto cor de bronze, de olhos amendoados e expressão serena enquadrou-se em sua visão.

— Tampo kachi, menina valente — saudou-a Tensing. O monge tinha uma xícara de madeira na mão e, com um gesto, pediu-lhe que bebesse o que havia dentro dela.

Nádia bebeu com dificuldade. Era um líquido morno e amar-go, que lhe caiu como uma pedra no estômago vazio. Sentiu náuseas, mas a mão do lama pressionou-lhe o peito com firme-za e, no mesmo instante, o mal-estar desapareceu. Bebeu um pouco mais; logo Jaguar e Tensing desapareceram de sua vista e ela mergulhou em um sono profundo e tranquilo.

Com o auxílio da corda e da lanterna, Alexander havia desci-do ao barranco em poucos instantes e lá encontrara Nádia enco-lhida entre as moitas, gelada e imóvel como se estivesse morta. Soltou um grito de alívio ao comprovar que ainda respirava. Quando tentou movê-la, viu o braço solto e logo pensou que ela houvesse quebrado algum osso, mas não parou para averiguar. O fundamental era retirá-la daquele buraco, embora pensasse que não seria fácil subir com ela desmaiada.

Tirou seu equipamento e o transferiu para Nádia. Em segui-da, usou seu cinto para imobilizar-lhe o braço contra o peito. Dil Bahadur e Tensing içaram a menina com muito cuidado para evitar que se chocasse com as pedras. Em seguida, lançaram a corda para que Alexander pudesse subir.

Tensing examinou Nádia e disse que, antes de mais nada, era necessário elevar-lhe a temperatura. Mais tarde se ocupa-ria do braço dela. Deu-lhe um pouco de aguardente de arroz, mas, inconsciente, ela não engolia a bebida. Os três esfregaram--lhe o corpo durante longos minutos, até conseguirem ativar a circulação. Logo seu rosto readquiriu alguma cor, e então eles a envolveram em uma das peles, como se fosse um pacote. Até o rosto dela eles cobriram.

Com seus compridos cajados, a corda de Alexander e a outra pele de iaque, improvisaram uma padiola, na qual transportaram a garota até um pequeno refúgio próximo, uma das muitas fendas e cavernas naturais da montanha. Tendo de transportar Nádia, a viagem de volta até a caverna onde viviam Tensing e Dil Bahadur seria complicada e mais longa do que o normal. Considerando que ali estariam a salvo dos bandidos, o lama resolveu que poderiam ficar e descansar o resto da noite.

Dil Bahadur encontrou raízes secas, com as quais improvisou uma pequena fogueira, que lhes forneceu luz e calor. Tiraram cuidadosamente a *parka* que envolvia Nádia, e Alexander não pôde conter uma exclamação de susto quando viu o braço de sua amiga pendente, com o dobro do tamanho normal de tão inchado, o osso do ombro fora do lugar. Tensing, ao contrário, não mostrou nenhuma surpresa.

O lama abriu sua caixinha de madeira e se pôs a aplicar agulhas em certos pontos da cabeça de Nádia para livrá-la da dor. Em seguida, tirou da bolsa medicamentos vegetais, moeu-os com duas pedras, enquanto Dil Bahadur derretia manteiga em sua tigela. O lama misturou as folhas pulverizadas com a manteiga, formando uma pasta escura e aromática. Suas mãos hábeis puseram o braço de Nádia no lugar e, em seguida, cobriram toda a área inchada com a pasta, sem que a menina, acalmada pelas agulhas, fizesse o menor movimento.

Por meio de telepatia e sinais, Tensing explicou a Alexander que a dor produz tensão e resistência, o que bloqueia a mente e reduz a capacidade natural de cura. Além de anestesiar, a acupuntura ativava o sistema imunológico do corpo. Nádia não estava mais sofrendo, assegurou.

Dil Bahadur cortou um pedaço da extremidade de sua túnica para fazer ataduras, aqueceu água com um pouco de cinza da fogueira e nesse líquido mergulhou as tiras de pano, que o lama usou para envolver o ombro ferido. Em seguida, Tensing imobilizou o braço com uma estola, retirou as agulhas de acupuntura e indicou a Alexander que refrescasse a testa de Nádia com orvalho e flocos de neve acumulados entre as rochas, para baixar a febre.

Nas horas seguintes, Tensing e Dil Bahadur concentraram-se na tarefa de curar Nádia com energia mental. Era a primeira vez que o príncipe realizava essa proeza com um ser humano. Seu mestre o havia treinado anos e anos nesse modo de curar, mas até o momento praticara-a somente com animais feridos.

Alexander entendeu que seus novos amigos tentavam atrair energias cósmicas e canalizá-las para Nádia, a fim de fortalecê-la. Dil Bahadur informou-lhe mentalmente que seu mestre era médico, além de poderoso *tulku*, que contava com a imensa sabedoria adquirida em outras encarnações.

Embora não tivesse certeza de haver compreendido perfeitamente todas as mensagens telepáticas, Alexander teve sensibilidade bastante para não os interromper nem fazer perguntas. Permaneceu ao lado de Nádia, refrescando-a com neve e dando-lhe água para beber nos momentos em que ela despertava. Manteve o fogo aceso, até terminarem as raízes que o alimentavam.

Logo as primeiras luzes da aurora rasgaram o manto da noite. Sentados na posição de lótus, com os olhos fechados e a mão direita sobre o corpo da amiga, os monges murmuravam mantras.

Tempos depois, quando pôde analisar o que experimentara naquela estranha noite, *magia* foi a única palavra que veio à mente de Alexander para definir o que haviam feito os dois homens misteriosos. Não havia outra explicação para a maneira como curaram Nádia. Pensou que o pó com o qual haviam feito a pomada era um remédio poderoso e desconhecido no resto do mundo, mas estava certo de que o milagre fora produzido sobretudo pela força mental de Tensing e Dil Bahadur.

Durante as horas em que o lama e o príncipe aplicavam seus poderes para curar Nádia, Alexander pensava em sua mãe, muito distante, na Califórnia. Imaginava o câncer como um terrorista escondido em seu organismo, pronto para atacá-la impunemente a qualquer momento. Sua família havia festejado a recuperação de Lisa Cold, mas todos sabiam que o perigo não havia passado. A combinação de quimioterapia com a água da saúde — colhida na Cidade das Feras — e as ervas do bruxo Walimari tinham vencido o primeiro *round*, mas a luta ainda não estava terminada. Vendo Nádia recuperar-se naquela noite com uma rapidez espantosa, enquanto os monges rezavam em silêncio, Alexander prometeu a si mesmo que traria sua mãe ao Reino do Dragão de Ouro ou estudaria ele mesmo aquele maravilhoso método com o qual poderia curá-la.

Ao amanhecer, Nádia despertou sem febre, com o rosto corado e uma fome voraz. Borobá, encolhido a seu lado, foi o primeiro a saudá-la. Tensing preparou o *tsampa* e ela o devorou como se fosse uma delícia, quando na verdade era apenas uma papa cinzenta com gosto de aveia enfumaçada. Também bebeu com rapidez a poção medicinal que lhe foi dada pelo lama.

Nádia contou-lhes em inglês sua aventura com os guerreiros azuis, o sequestro de Pema e das outras adolescentes. E disse onde a caverna se localizava. Percebeu que o homem idoso e o jovem que a haviam salvado captavam as imagens formadas em sua mente. De vez em quando, Tensing a interrompia para esclarecer algum detalhe e, se ela "escutasse com o coração", conseguia entendê-lo.

Quem tinha mais problemas para comunicar-se com eles era Alexander, embora os monges adivinhassem também seus pensamentos. Estava cansadíssimo, o sono pesava em seus olhos e não entendia por que o lama e o discípulo se mantinham tão alertas, depois de terem passado uma parte da noite ocupados com o resgate de Nádia e as horas restantes em oração.

— É necessário salvar aquelas adolescentes, antes que lhes aconteça uma desgraça irreparável — disse o príncipe, depois de ouvir o relato de Nádia.

Mas Tensing não manifestou a mesma pressa do discípulo. Pediu a Nádia que lhe dissesse exatamente o que ouvira na caverna, e ela repetiu as poucas palavras que Pema entendera e lhe sussurrara. Tensing perguntou se estava certa de terem mencionado o Dragão de Ouro e o rei.

— Meu pai pode estar em perigo! — exclamou o príncipe.

— Seu pai? — perguntou Alexander, confuso.

— O rei é meu pai — revelou Dil Bahadur.— Estive pensando em tudo isso e tenho certeza de que os criminosos não entraram no Reino Proibido apenas para sequestrar algumas meninas. Para eles, era muito mais fácil fazer isso na Índia... — observou Alexander.

— Você acha que estão aqui por outro motivo? — perguntou Nádia.

— Penso que sequestraram as meninas para desviar a atenção, mas suas verdadeiras intenções têm a ver com o rei e o Dragão de Ouro.

— Roubar a estátua, por exemplo? — insinuou Nádia.

— Sei que é muito valiosa — disse Alex. — Não entendo por que mencionaram o rei, mas não deve ser para nada de bom.

Habitualmente impassíveis, Tensing e Dil Bahadur não puderam conter uma exclamação. Durante alguns minutos discutiram em sua língua e em seguida o lama anunciou que deviam descansar durante três ou quatro horas antes de começarem a agir.

Pela altura do sol, eram aproximadamente nove da manhã, hora em que os amigos despertaram. Alexander olhou ao redor e só viu montanhas e mais montanhas. Era como se estivessem no fim do mundo, pensou; mas logo compreendeu que não se achavam longe da civilização e sim muito bem escondidos. O lugar escolhido pelo lama e seu discípulo estava protegido por grandes rochas e era difícil chegar ali, a menos que se conhecesse sua localização. Era evidente que os dois haviam estado ali antes, o que era denunciado pelos restos das velas que tinham acendido.

Tensing explicou que, embora não estivessem longe do vale, para descer até ele seria necessário dar uma volta comprida, pois tinham pela frente um alto precipício, e os guerreiros azuis bloqueavam a única estrada transitável que levava diretamente à capital.

Nádia não sentia mais dor, o braço estava desinchado e a temperatura, em nível normal. Mais uma vez morta de fome, comeu tudo que lhe ofereceram, inclusive o queijo esverdeado de cheiro nada convidativo que Tensing trazia na bolsa. O lama renovou a pomada que cobria o ombro da adolescente, envolveu-o com as mesmas ataduras, pois não dispunha de outras, e em seguida a ajudou a dar alguns passos.

— Olha, Jaguar, estou cem por cento bem! Poderei guiá-los à caverna onde estão Pema e as outras meninas — disse Nádia, dando uns pulinhos a fim de provar o que afirmava.

Mas Tensing ordenou-lhe que voltasse para a cama improvisada, porque ainda não se recuperara inteiramente e necessitava de descanso. Seu corpo era o templo do espírito e devia tratá-lo com respeito e cuidado, observou o monge. Deu-lhe como tarefa visualizar os próprios ossos, o ombro desinflamado e sua pele já livre dos arranhões e hematomas sofridos nos últimos dias.

— Somos aquilo que pensamos — disse o monge, telepaticamente. — Tudo que somos nasce de nossos pensamentos. Nossos pensamentos constroem o mundo.

Nádia captou a ideia em linhas gerais: com a mente podia curar-se. Fora isso que, durante a noite, Tensing e Dil Bahadur tinham feito por ela.

— Pema e as outras meninas correm sério perigo — explicou Nádia a Alexander. — Pode ser que ainda estejam na caverna de onde fugi, mas também pode ser que eles já as tenham levado.

— Você me disse que a caverna é um acampamento, com armas, arreios e provisões. Não creio que seja fácil mudar tudo isso de um lugar para outro em poucas horas — opinou Alex.

— Seja como for, temos de nos apressar, Jaguar.

Tensing disse-lhe que ficasse em repouso enquanto ele e os rapazes saíam para resgatar as prisioneiras. Não estavam longe e Borobá poderia guiá-los. Nádia explicou que enfrentariam os ferozes guerreiros da Seita do Escorpião, mas pareceu-lhe que o lama já os conhecia bem, pois tudo que lhe deu por resposta foi um sorriso plácido.

Tensing e Dil Bahadur não dispunham de armas, exceto o arco e a aljava de flechas do príncipe e os dois compridos cajados de madeira que sempre conduziam; tinham deixado na caverna o restante de seus pertences. Como único escudo, o príncipe levava pendente sobre o peito um mágico pedaço petrificado de excremento de dragão que havia encontrado no Vale dos Yetis.

Quando competiam de verdade, como às vezes faziam nos mosteiros onde o príncipe recebia instruções, usavam uma variedade de armas. Tratava-se de competições amistosas e raramente alguém saía machucado, porque os monges guerreiros tinham experiência e eram muito cuidadosos.

Nessas ocasiões, o gentil Tensing usava uma resistente armadura de couro, bem acolchoada, com a qual protegia o peito e as costas; também levava protetores metálicos nos antebraços e pernas. Sua estatura, já enorme, parecia duplicar, dando-lhe a aparência de um verdadeiro gigante. No alto daquela pesada massa humana, sua cabeça se mostrava demasiado pequena, assim como a doçura de sua expressão parecia completamente fora de lugar.

Suas armas preferidas eram discos metálicos com pontas afiadas como navalhas, que lançava com incrível precisão e velocidade, e a pesada e afiadíssima espada, que qualquer outro homem só manejaria usando as duas mãos; ele, porém, não fazia o menor esforço para brandi-la. Era capaz de desarmar outro guerreiro com um só movimento dos braços, partir uma couraça com um único golpe de espada ou lançar discos que roçavam a face dos adversários, sem contudo feri-los.

Dil Bahadur não tinha a força e a destreza do mestre, mas era ágil como um gato. Não usava armadura nem outros elementos protetores, porque lhe retardavam os movimentos, e tinha na velocidade sua melhor defesa. Quando competia, era capaz de desviar-se de facas, flechas e lanças, esquivando-se como se fosse uma doninha.

Vê-lo em ação era um espetáculo maravilhoso; nessas ocasiões ele parecia um dançarino. Sua arma predileta era o arco, e tinha uma pontaria impecável: onde punha o olho, punha a flecha. Seu mestre ensinara-lhe que o arco é parte do corpo e a flecha uma extensão do braço; devia disparar por instinto, apontar com o terceiro olho. Tensing tinha feito o possível para transformá-lo no arqueiro perfeito, o que exigia um coração limpo. Segundo ele, só um coração puro pode permitir o completo domínio do arco. O príncipe, que jamais errara um disparo, costumava contradizê-lo, de brincadeira, argumentando que seu braço nada sabia das impurezas do coração.

Como todos que conheciam a fundo o *tao chu*, ambos usavam suas habilidades físicas como uma forma de exercício destinado a temperar o caráter e a alma, jamais para causar dano a um vivente. O respeito por toda forma de vida, fundamento do budismo, era o lema de ambos. Acreditavam que qualquer criatura podia ter sido sua mãe em uma vida anterior, e por isso todas deviam ser tratadas com bondade.

Seja como for, o lama costumava dizer, não importa aquilo em que alguém creia ou não creia, mas aquilo que faz. Se não podiam caçar uma ave para comer, também não podiam matar um homem, mesmo que fosse em defesa própria. Deviam encarar o inimigo como um mestre, que lhes dava oportunidade para controlar as paixões e aprender algo sobre si mesmos. Jamais tinham deparado com a perspectiva de agredir.

— Como poderei disparar contra outros homens se tenho o coração puro, mestre?

— Só será permitido atirar quando não houver alternativa, Dil Bahadur. E quando tivermos certeza de que a causa é justa.

— No caso presente, mestre, parece que essa certeza existe.

— Que todos os seres viventes sejam felizes, que nenhum conheça o sofrimento — recitaram mestre e discípulo juntos, desejando ardentemente não se verem obrigados a usar nenhum de seus mortíferos conhecimentos marciais.

Alexander, por sua vez, era de temperamento conciliador. Em seus dezesseis anos de vida, jamais fora obrigado a lutar, e o fato era que nem ao menos saberia como fazê-lo. Além disso, não dispunha de nada com que pudesse atacar ou defender-se, exceto um canivete que sua avó lhe dera de presente a fim de substituir o que dera ao bruxo Walimai na Amazônia. Era uma boa ferramenta, mas ridícula como arma.

Nádia deu um suspiro. Não entendia de armas, mas conhecia os membros da Seita do Escorpião, famosos pela brutalidade e pela perícia no manejo dos punhais. Aqueles homens criavam-se na violência, viviam para o crime, para a guerra e eram treinados para matar. Que podiam fazer contra um tal bando de criminosos dois pacíficos monges budistas e um jovem turista americano? Angustiada, despediu-se deles e os viu afastar-se.

Seu amigo Jaguar ia na dianteira, com Borobá escanchado em seu pescoço, agarrando-lhe firmemente as orelhas; o príncipe o seguia e o gigantesco lama fechava a coluna.

— Espero ainda vê-los todos com vida — murmurou Nádia quando os três desapareceram atrás das altas rochas que ocultavam a pequena gruta onde ela estava abrigada.

Quando alcançaram a trilha que levava à caverna dos guerreiros azuis, os três puderam aumentar a rapidez da descida. Quase corriam. O sol brilhava, mas fazia frio. Com a claridade do ar, suas vistas podiam alcançar os vales distantes, e do alto daquelas montanhas a paisagem era de uma beleza surpreendente. Estavam cercados de picos altíssimos, cobertos de neve, e lá embaixo se estendiam montes coroados de vegetação cerrada, enquanto as plantações de arroz cresciam nas encostas cortadas em terraços.

Espalhados por toda parte, mesmo a distância, divisavam-se mosteiros com suas brancas stupas, pequenas aldeias formadas por casas de barro, madeira, pedra e palha, telhados à maneira dos pagodes, ruas tortuosas, tudo integrado à natureza, como se fosse uma continuação do terreno. Ali o tempo se media pelas estações, e o ritmo da vida era lento, imutável.

Se levassem binóculos, dali poderiam ver as bandeiras de oração desfraldadas por toda parte, as grandes imagens de Buda pintadas nas rochas, as filas de monges dirigindo-se aos templos, os búfalos arrastando arados, as mulheres a caminho do mercado, exibindo seus colares de turquesa e prata, os meninos brincando com bolas de pano. Era quase impossível pensar que aquela pequena nação, tão amável, tão bela, preservada ao longo de tantos séculos, estivesse agora à mercê de um bando de assassinos.

Alexander e Dil Bahadur apertaram o passo, pensando nas adolescentes a serem resgatadas antes que fossem marcadas a ferro na testa ou algo ainda pior lhes acontecesse. Não sabiam que perigos aquela proeza lhes reservava, mas estavam convencidos de que não seriam poucos. Tensing, ao contrário, não se deixava atormentar por tais dúvidas. As prisioneiras eram apenas a primeira parte de sua missão. A segunda o preocupava muito mais: salvar o rei.

Nesse meio tempo, espalhara-se em Tunkhala a notícia de que o rei havia desaparecido. Esperaram-no na tevê, pois alguns diziam que ia dirigir-se à nação, mas isso não aconteceu. Ninguém sabia onde ele se encontrava, embora o general Myar Kunglung tentasse por todos os meios manter seu desaparecimento em segredo. Era a primeira vez na história do país que algo de tamanha gravidade acontecia.

O filho mais velho do rei, vencedor dos torneios de arco e flecha durante o festival, assumiu temporariamente o lugar do pai. Se o monarca não aparecesse nos próximos dias, o general e os lamas superiores iriam buscar Dil Bahadur, a fim de que cumprisse a tarefa para a qual estava sendo preparado fazia mais de doze anos. Mas todos esperavam que isso não fosse necessário.

Corriam rumores de que o rei estava em um mosteiro nas montanhas, para onde se retirara a fim de meditar; que tinha viajado para a Europa em companhia da estrangeira Judit Kinski; que estava no Nepal com o Dalai-Lama — e mais outras mil suposições. Mas nada disso correspondia ao caráter sereno e pragmático do monarca.

Tampouco era possível que tivesse viajado incógnito e, de qualquer forma, o avião semanal não saía antes da sexta-feira. O monarca jamais abandonaria suas responsabilidades, menos ainda com o país em crise por causa do sequestro das adolescentes. A conclusão do general e do restante dos habitantes do

Reino Proibido era a de que algo muito grave tinha acontecido ao soberano.

Myar Kunglung abandonou a busca das adolescentes e voltou para a capital. Kate Cold não se desgrudou dele, e por isso se inteirou pessoalmente de alguns detalhes confidenciais. Na porta do palácio encontrou Wandgi, o guia, de cócoras junto a uma das colunas da entrada, esperando notícias da filha Pema. Abraçou-se a ela, chorando. Parecia outra pessoa; era como se em dois dias tivesse envelhecido uns vinte anos.

Kate afastou-o de modo brusco, pois não lhe agradavam as manifestações sentimentais. Para consolar o homem, ofereceu-lhe um trago do chá com vodca que guardava em seu inseparável cantil. Wandgi levou-o educadamente à boca, mas no mesmo instante cuspiu longe aquela beberagem asquerosa. Kate o pegou pelo braço e o obrigou a seguir o general, porque necessitava dele como tradutor. O inglês de Myar Kunglung parecia com o do Tarzan.

Foram então informados de que o rei havia passado a tarde e parte da noite na sala do Grande Buda, no centro do palácio, acompanhado apenas de Tschewang, seu leopardo. Somente uma vez interrompera sua meditação para dar uns passos pelo jardim e beber uma xícara de chá de jasmim, levada por um monge, que informou ao general que Sua Majestade devia permanecer em oração durante a noite, antes de consultar o Dragão de Ouro. À meia-noite, levara-lhe outra xícara de chá. A maioria das velas já havia se apagado, mas o monge pudera ver que o Rei não estava mais ali.

— Não procurou descobrir onde ele se encontrava? — indagou Kate por intermédio de Wandgi.

— Imaginei que tivesse ido consultar o Dragão de Ouro — respondeu o monge.

— E o leopardo?

— Estava lá, acorrentado. Sua Majestade não pode levá-lo ao lugar onde está guardado o Dragão de Ouro. Às vezes o deixa na sala do Buda, em outras o entrega aos guardas que cuidam da Última Porta.

— Onde é isso? — quis saber Kate, mas a única resposta que recebeu foram olhares escandalizados do monge e do general. Era evidente que tal informação não estava disponível, mas Kate não era de se dar facilmente por vencida.

O general explicou que pouquíssimos sabiam da localização da Última Porta. Os guardas que cuidavam dela eram conduzidos ao posto com os olhos vendados, por uma das velhas monjas que serviam no palácio e estavam a par do segredo. Aquela porta era o limite que conduzia à parte sagrada do palácio e que ninguém podia cruzar, exceto o monarca. Passado o umbral, começavam os obstáculos e as armadilhas mortais que protegiam o Recinto Sagrado. Quem não soubesse onde pôr os pés teria uma morte horrível.

— Poderíamos falar com Judit Kinski, a europeia que está hospedada no palácio? — insistiu Kate Cold.

Foram procurá-la e descobriram que a estrangeira também havia desaparecido. Sua cama parecia ter sido usada, sua roupa e seus objetos pessoais estavam no quarto, menos a bolsa de couro que pendia sempre de seu ombro. Pela mente de Kate passou fugazmente a ideia de que o rei e a especialista em tulipas houvessem escapado para um encontro amoroso, mas logo a descartou, por parecer-lhe absurda. Algo desse tipo, concluiu, não combinava com o caráter de nenhum dos dois. Além do mais, que necessidade tinham de se esconder?

— Precisamos procurar o rei — disse Kate.

— É possível que essa ideia já nos tenha ocorrido, vovó — respondeu o general Kunglung entre dentes.

O general mandou chamar uma das monjas para que os guiasse à área inferior do palácio e teve de aceitar que Kate e Wandgi o acompanhassem, pois a escritora agarrou-se ao seu braço como uma sanguessuga e não mais o soltou. Definitivamente, pensou o militar, aquela mulher era de uma descortesia nunca vista.

Seguiram a monja por dois andares abaixo do térreo, passando por uma centena de aposentos ligados entre si e chegando por fim à sala onde se encontrava a Última Porta. Não tiveram tempo de admirá-la, pois seus olhos foram atraídos para o horrível espetáculo de dois guardas, com o uniforme da casa real, caídos de bruços em grandes poças de sangue. Um estava morto; o outro pôde adverti-los, usando suas últimas forças, de que alguns homens azuis, comandados por um branco, haviam penetrado no Recinto Sagrado. Não apenas tinham conseguido sobreviver e sair do palácio, mas também haviam sequestrado o rei e roubado o Dragão de Ouro.

Em seus quarenta anos como integrante das Forças Armadas, Myar Kunglung jamais enfrentara uma situação com a gravidade daquela. Seus soldados entretinham-se com desfiles, brincavam de guerra, mas até aquele momento a violência era desconhecida em seu país. Nunca houvera necessidade de usar armas e nenhum de seus soldados conhecia o verdadeiro perigo. Era-lhe inconcebível a ideia de que o soberano fora sequestrado em seu próprio palácio. Mais do que o espanto e a ira, naquela ocasião o sentimento mais forte experimentado pelo general foi o de vergonha: tinha falhado em seu dever, não havia sido capaz de proteger seu amado rei.

Kate não tinha mais nada a fazer no palácio. Despediu-se do desconsolado general e voltou a passos largos para o hotel, com Wandgi em seu calcanhar. Tinha de planejar o que fazer para encontrar seu neto.

— É possível que o jovem americano tenha alugado um cavalo e saído. Parece que ainda não voltou — disse o dono do hotel, com grandes sorrisos e reverências.

— Quando foi isso? — perguntou ela, inquieta. — Saiu sozinho?

— Talvez tenha sido ontem e talvez levasse um macaco — disse o homem, procurando ser o mais amável possível com aquela estranha avó.

— Borobá! — exclamou Kate, adivinhando imediatamente que Alexander havia partido em busca de Nádia. E acrescentou, em meio a um dos seus ataques de tosse: — Eu não devia ter trazido aqueles meninos a este país!

Arrasada, Kate desabou em uma poltrona. Sem dizer palavra alguma, o dono do hotel pôs em suas mãos um copo de vodca.

13

O DRAGÃO DE OURO

Naquela noite, o rei meditou horas seguidas diante do Grande Buda, como sempre fazia antes de descer ao Recinto Sagrado. A capacidade para compreender a informação que receberia da estátua iria depender do seu estado de espírito. Devia ter o coração puro, limpo de desejos, temores, expectativas, lembranças e intenções negativas, aberto como a flor de lótus. Orou com fervor, pois sabia que sua mente e seu coração eram vulneráveis. Sentia que não segurava com firmeza os fios de seu reino, tampouco os de seu próprio espírito.

O rei subira ao trono muito jovem, após a morte prematura do pai, sem ter terminado sua formação com os lamas. Faltavam-lhe muitos conhecimentos e não havia desenvolvido, como devia, suas habilidades paranormais. Não podia ver a aura das pessoas nem ler seus pensamentos, não fazia viagens astrais, não sabia curar com o poder de sua mente, embora fosse capaz de fazer outras coisas, como parar a respiração e assim morrer quando quisesse.

Havia compensado as falhas de seu treinamento e suas carências psíquicas com um grande bom senso e uma contínua prática espiritual. Era um homem bondoso e sem ambição pessoal, inteiramente dedicado ao bem-estar do reino. Cercava-se de colaboradores fiéis, que o ajudavam a tomar decisões acertadas, e mantinha uma eficiente rede de informações para saber o que ocorria no país e no mundo. Reinava com humildade, pois não se sentia capacitado para o papel de rei.

Esperava retirar-se para um mosteiro quando seu filho Dil Bahadur subisse ao trono, mas depois de conhecer Judit Kinski passara a duvidar de sua própria vocação religiosa. Aquela estrangeira era a única mulher que conseguira perturbá-lo desde a morte da esposa. Sentia-se muito confuso, e em suas orações limitava-se a pedir que seu destino se cumprisse, fosse ele qual fosse, sem acarretar nenhum mal aos demais.

O rei conhecia o código de decifração das mensagens do Dragão de Ouro, que lhe fora ensinado na juventude. Faltava-lhe, contudo, a intuição do terceiro olho, que também era necessária. Só podia interpretar uma parte daquilo que a imagem transmitia. Cada vez que se apresentava diante dela, queixava-se de suas limitações. Consolava-lhe a certeza de que seu filho Dil Bahadur estaria mais bem preparado para governar a nação.

— Este é o meu carma nesta encarnação: ser rei sem merecimento — costumava murmurar com tristeza.

Naquela noite, depois de várias horas de intensa meditação, sentiu a mente limpa e o coração aberto. Inclinou-se profundamente diante do Grande Buda, até tocar o chão com a testa, pediu inspiração e levantou-se. Depois de tanta imobilidade, doíam-lhe as costas e os joelhos. Prendeu a corrente de Tschewang em uma argola fixa na parede, bebeu o último gole do seu chá de jasmim, já frio, apanhou uma vela e deixou a sala. Seus pés descalços deslizavam silenciosamente no chão de pedra polida. Pelo caminho cruzou com vários serventes que, sem falar, faziam a limpeza do palácio.

Por ordem do general Myar Kunglung, a maioria dos guardas saíra, a fim de reforçar os pequenos contingentes militares e policiais que procuravam as adolescentes desaparecidas. Como o palácio era muito seguro, o rei mal notou a ausência deles. Durante o dia, os guardas cumpriam uma função meramente decorativa e ao anoitecer, apenas alguns continuavam a vigiar o palácio, já que de fato não eram necessários. Nunca a segurança da família real fora ameaçada.

As mil salas e quartos do palácio comunicavam-se entre si por uma profusão de portas. Alguns cômodos tinham até quatro saídas; outros, de formato hexagonal, tinham seis. Por ser muito fácil se perderem, os arquitetos do antigo edifício haviam entalhado sinais nas portas dos pisos superiores para servirem de guias; mas nos andares inferiores, aos quais só tinham acesso monges, monjas, guardas escolhidos e membros da família real, esses sinais não existiam. Também não havia janelas — pois estavam a dez metros de profundidade — e nem um único ponto de referência.

Os cômodos do subterrâneo, que recebiam ventilação mediante um engenhoso sistema de tubulações, haviam se impregnado, ao longo dos séculos, com um cheiro peculiar de umidade, do azeite queimado nas lamparinas e de diversos tipos de incenso a que os monges recorriam com o fim de espantar os ratos e os espíritos maléficos.

Alguns ambientes eram usados para guardar pergaminhos, documentos da administração pública, móveis e estátuas; em outros armazenavam-se víveres, remédios, armas antiquadas e sem qualquer serventia, mas, em sua maioria, estavam simplesmente vazios. Nas paredes havia pinturas de cenas religiosas, imagens de dragões e demônios, longos textos em sânscrito, descrições dos horríveis castigos que são infligidos às almas dos malvados no além. Os tetos também tinham sido decorados com pinturas, mas a fumaça dos incensos os enegrecera.

À medida que se internava nas entranhas do palácio, o rei acendia as lâmpadas com a chama de sua vela. Pensava que já era tempo de instalar uma rede de energia elétrica em todo o edifício, o que no momento só existia em uma ala do piso superior, aquela na qual habitava a família real. O monarca abria portas e avançava sem vacilar, pois conhecia de cor o caminho.

Logo chegou a uma sala retangular, maior e mais alta que as demais, iluminada por uma dupla fileira de lâmpadas de ouro, terminando em uma imponente porta de bronze e prata, com incrustações de jade. Dois jovens guardas vestindo o antigo uniforme dos arautos reais, com penachos nos gorros de seda azul e lanças adornadas com fitas coloridas, vigiavam ambos os lados da porta. Dava para ver que estavam fatigados, após um turno de várias horas na solidão e no silêncio sepulcral daquela dependência. Ao verem o rei, ajoelharam-se, tocaram o chão com a testa e assim permaneceram até que ele lhes desse a bênção e indicasse que se pusessem de pé. Em seguida, voltaram-se contra a parede, como exigia o protocolo, para não ver de que modo o soberano abria a porta.

O rei girou várias das muitas peças de jade que adornavam a porta, empurrou-a e a viu mover-se pesadamente nas dobradiças. Cruzou o umbral, e a porta voltou a fechar-se. A partir desse momento era automaticamente ativado o sistema de segurança que havia mil e oitocentos anos protegia o Dragão de Ouro.

Oculto entre as grandes e frondosas samambaias do pátio, Tex Tatu seguia cada passo do rei nos subterrâneos do palácio, como se estivesse logo atrás de seus calcanhares. Graças à tecnologia moderna, podia vê-lo perfeitamente na pequena tela que levava nas mãos. O monarca não podia suspeitar que no peito conduzia uma câmera minúscula, mediante a qual o americano o viu vencer cada um dos obstáculos e desarmar os mecanismos de segurança que protegiam o Dragão de Ouro.

Ao mesmo tempo, seu percurso era gravado em um aparelho de grande exatidão, um GPS, que mais tarde permitiria segui-lo. Tex não pôde evitar um sorriso ao pensar na genialidade do Especialista, que não deixava nada ao acaso. Aquele aparelho, muito mais sensível, preciso e de longo alcance que os de uso corrente, acabava de ser desenvolvido nos Estados Unidos para fins militares e não estava ao alcance do público. Mas o Especialista podia obter qualquer coisa, pois contava com inúmeros contatos e dispunha de muito dinheiro.

Comandados por Tex Tatu, doze dos melhores guerreiros azuis escondiam-se atrás das esculturas e plantas do jardim. Responsáveis pelo restante do plano, os outros estavam nas montanhas, onde mantinham as meninas sequestradas e preparavam a fuga com a estátua, assim que ela caísse em seu poder. Essa distração também era produto da mente maquiavélica do Especialista. Com a polícia e os militares empenhados na busca das adolescentes, eles podiam penetrar no palácio sem topar com qualquer resistência.

Embora se sentissem seguros, os malfeitores movimentavam-se com cautela, pois as instruções do Especialista eram muito precisas: não deviam chamar a atenção. Necessitavam de várias horas de vantagem para pôr a estátua a salvo e obter do rei o seu código de uso. Sabiam o número exato dos guardas que protegiam o Dragão e onde se encontravam.

Já haviam despachado os quatro guardas encarregados do jardim e esperavam que seus cadáveres não fossem descobertos até a manhã seguinte. Como sempre, cada um deles conduzia uma verdadeira coleção de punhais, que lhes pareciam mais confiáveis do que as armas de fogo. O americano levava uma pistola Magnum com silenciador, mas, se tudo saísse como esperava, não teria de usá-la.

197

Tex Tatu não gostava particularmente da violência, embora em seu trabalho ela fosse inevitável. Considerava que a violência era para matadores, e ele via a si mesmo como um intelectual, um homem de ideias. Cultivava secretamente a ambição de substituir o Especialista ou formar sua própria organização. Não lhe agradava a companhia dos homens azuis; eram uns mercenários brutais e traiçoeiros. Tinha dificuldade para se comunicar com eles e não estava certo de que, caso houvesse necessidade, fosse capaz de controlá-los.

Havia assegurado ao Especialista que precisava apenas de dois homens, os melhores, para cumprir sua missão, mas a resposta fora a de que se limitasse a seguir o plano. Tex Tatu sabia que a menor indisciplina ou desvio no curso da ação poderia custar-lhe a vida. O Especialista era a única pessoa que Tex temia neste mundo.

As instruções recebidas eram claras: devia vigiar cada movimento do rei, valendo-se da câmera oculta, esperar que ele chegasse à sala do Dragão de Ouro e ativasse a estátua, para assegurar-se de que funcionava, então penetrar no palácio e, usando o GPS, ir até a Última Porta. Tinha de levar seis homens na operação: dois para protegê-lo, dois para carregar o tesouro e dois para sequestrar o rei. Ao penetrar no Recinto Sagrado, devia ter cuidado com as armadilhas e, para evitá-las, teria de observar as imagens de vídeo em sua pequena tela.

A ideia de sequestrar um chefe de Estado e roubar o objeto mais precioso de um patrimônio nacional teria sido absurda em qualquer lugar, menos no Reino Proibido, onde quase se desconhecia o crime e, portanto, não havia como se defender dele. Para Tex Tatu, era quase uma brincadeira de criança atacar um país cujos habitantes ainda iluminavam suas noites com velas e acreditavam que o telefone era um artefato mágico.

Mas o desprezo sumiu de seu rosto quando viu na tela os meios engenhosos que eles usavam para preservar o Dragão de Ouro. A missão não seria tão fácil quanto imaginara. As mentes que, dezoito séculos antes, tinham inventado aquelas armadilhas não eram nada primitivas. A vantagem dele, Tex Tatu, estava apenas na superioridade da mente do Especialista.

Quando comprovou que o rei se encontrava na última sala, acenou a seis dos guerreiros sob seu comando, ordenando-lhes que protegessem a retirada, como estava previsto, enquanto ele se dirigia para o palácio à frente dos outros azuis. Usaram uma entrada de serviço do primeiro andar e imediatamente encontraram-se em uma sala com quatro portas. Guiando-se pelo mapa do GPS, o americano e seus sequazes foram passando, quase sem vacilar, de uma dependência para outra, até chegar ao coração do edifício.

Na sala da Última Porta encontraram o primeiro obstáculo: dois soldados montavam guarda. Ao verem os intrusos, ergueram suas lanças, mas, antes que pudessem dar um passo, certeiros punhais, atirados de vários metros de distância, cravaram-se em seus corações. Ambos caíram de bruços.

Seguindo cada detalhe revelado na tela, Tex Tatu fez com as peças de jade o mesmo que o rei tinha feito pouco antes: girou-as. A porta se abriu, lenta e pesada, e, depois de passarem por ela, os bandidos encontraram-se em uma sala circular com nove portas estreitas, todas idênticas. Acesas pelo monarca, as lâmpadas projetavam luzes vacilantes sobre as pedras preciosas que decoravam as portas.

Ali, o rei tinha ficado de pé sobre um olho pintado no piso, abrira os braços em cruz e logo depois girara o corpo quarenta e cinco graus, de modo que seu braço direito apontasse para a porta que devia abrir. Tex o imitou. E foi adiante, seguido por seus supersticiosos guerreiros, que levavam punhais nas mãos e também entre os dentes.

O americano achava que a tela não registrava todos os riscos a serem enfrentados: alguns deviam ser puramente psicológicos ou truques de ilusionismo. Tinha visto o rei passar, sem vacilações, por algumas salas que pareciam vazias, mas a aparência podia não corresponder à realidade. Era com muita cautela que deviam segui-lo.

— Não toquem em nada — advertiu a seus comandados.

— Ouvimos dizer que neste lugar há demônios, bruxos, monstros — murmurou um deles em seu inglês rudimentar.

— Essas coisas não existem — replicou Tex.

— Também dizem que um terrível malefício acabará com aquele que puser as mãos no Dragão de Ouro

— Bobagens — respondeu Tex. — Tudo isso não passa de superstição, de pura ignorância.

O homem se ofendeu com a resposta do americano; e, quando traduziu o comentário para seu idioma, os outros estiveram a ponto de amotinar-se.

— Eu pensava que vocês fossem guerreiros, mas vejo que não passam de fedelhos assustados! Covardes! — disparou Tex Tatu, com infinito desprezo.

Indignado, o primeiro bandido chegou a erguer o punhal, mas a essa altura Tex já empunhava a pistola e em seus olhos pálidos acendera-se um brilho assassino. Os homens azuis estavam arrependidos de ter aceitado participar daquela aventura. Estavam habituados a ganhar a vida cometendo delitos mais simples, e agora pisavam em terreno desconhecido.

O acerto era para roubar uma estátua. Em troca de tal ação, receberiam um arsenal de modernas armas de fogo e um monte de dinheiro para comprar cavalos e tudo mais que quisessem. Ninguém, no entanto, advertira que o palácio estava enfeitiçado. Mas agora já era tarde para recuar; só lhes restava seguir o americano até o final da empreitada.

Depois de vencerem um a um os obstáculos que protegiam o tesouro, Tex Tatu e quatro de seus homens entraram na sala do

Dragão de Ouro. Embora dispusessem de tecnologia moderna, o que lhes permitia ver o que o rei havia feito para não cair nas armadilhas, poucos momentos mais tarde dois homens já haviam perdido a vida, ambos de maneira atroz: o primeiro caíra no fundo de um poço; o outro fora atingido por um poderoso veneno que em minutos dissolveu sua carne.

Tal como o americano havia previsto, não tiveram de enfrentar apenas ciladas mortais, mas também alguns ardis de natureza psicológica. Para ele foi como descer a um inferno psicodélico; conseguiu, porém, manter a calma, repetindo para si mesmo que grande parte daquelas horríveis imagens existia apenas em seu cérebro. Afinal de contas, ele era um profissional capaz de exercer inteiro controle sobre o corpo e a mente.

Já para os primitivos guerreiros azuis, a viagem até o esconderijo do Dragão parecia muito mais difícil, pois não sabiam distinguir o real do imaginário. Estavam acostumados a enfrentar toda sorte de riscos, sem retroceder, mas qualquer coisa inexplicável deixava-os aterrorizados. Por causa daquele misterioso palácio, tinham agora os nervos à flor da pele.

Ao entrarem na sala do Dragão de Ouro, não sabiam o que os aguardava, pois as imagens da tela não eram claras. Foram cegados pelo brilho das paredes, recobertas de ouro, os reflexos das muitas lamparinas e das grossas velas de cera de abelha. O cheiro que vinha das lamparinas, o odor do incenso e da mirra queimando em pequenos recipientes, impregnava todo o ar.

Detiveram-se no umbral, ensurdecidos por um som rouco, gutural, impossível de descrever, algo que, no primeiro momento, era como se uma baleia soprasse em um grande tubo metálico. Passado um minuto, no entanto, o ruído adquiriu certa coerência e logo ficou evidente que aquilo era uma espécie de linguagem. Sentado na posição de lótus diante da estátua, o rei se achava de costas para os invasores e não ouviu seus passos, até porque estava completamente imerso naquela massa de sons, concentrado na tarefa que lhe cabia.

O monarca salmodiava os versos de um cântico, modulando estranhas palavras que, sem demora, recebiam respostas da boca de uma estátua; suas palavras retumbavam na sala. Produzia-se, assim, uma reverberação intensa o bastante para ser sentida na pele, no cérebro e em todo o sistema nervoso. Era como estar dentro de um grande sino cujo bronze vibrava.

Diante dos olhos de Tex Tatu e dos guerreiros azuis, o Dragão de Ouro apresentava-se em todo o seu esplendor: corpo de leão, patas com grandes garras, cauda reptiliana enroscada, asas emplumadas, cabeça de aspecto feroz, da qual se projetavam quatro chifres, olhos protuberantes e boca escancarada, deixando à mostra duas fileiras de dentes afiados e uma língua bífida de serpente.

Feita de ouro puro, a estátua tinha mais de um metro de comprimento e outro tanto de altura. O trabalho de ourivesaria era delicado e perfeito: em cada escama do corpo e da cauda brilhava uma pedra preciosa, as penas das asas terminavam em diamantes, a cauda tinha um intricado desenho de pérolas e esmeraldas, os dentes eram de marfim e os olhos de rubis estrela perfeitos, cada um do tamanho do ovo de uma pomba. O mitológico animal assentava-se em uma pedra preta do centro da qual assomava um pedaço de quartzo amarelado.

Durante alguns minutos os bandidos sentiram-se paralisados pela surpresa; tentavam recuperar-se do efeito das luzes, do ar rarefeito e do ruído ensurdecedor. Nenhum deles esperava que a estátua fosse tão extraordinária; até o mais ignorante do grupo foi capaz de perceber que estava diante de algo de valor incalculável. Todos os olhos brilhavam de cobiça, e cada um deles imaginou quanto uma só daquelas pedras poderia alterar sua vida.

Tex também se rendeu à mágica fascinação da estátua, embora não se considerasse um homem particularmente ambicioso e se dedicasse àquele trabalho pelo simples fato de gostar da aventura. Orgulhava-se de levar uma vida simples, inteiramente livre, sem laços sentimentais ou de outra natureza. Acariciava a ideia de aposentar-se na velhice e passar os últimos anos de vida em sua fazenda, no oeste americano, onde criava cavalos de corrida.

Em algumas de suas missões tivera grandes fortunas nas mãos, sem jamais experimentar a tentação de apoderar-se delas; sentia-se satisfeito com sua comissão, que era sempre muito alta. Mas, ao ver a estátua, passou-lhe pela cabeça a ideia de trair o Especialista. Com ela em seu poder, nada poderia detê-lo, seria imensamente rico, estaria em condições de realizar todos seus sonhos, ter sua própria organização, muito mais poderosa que a do Especialista.

Durante alguns instantes abandonou-se ao prazer dessa ideia, como quem se regozija com um devaneio. Mas logo voltou à realidade. "Esta deve ser a maldição da estátua: provocar uma cobiça irresistível", pensou. Teve de despender um grande esforço para concentrar-se na realização do restante do plano. Acenou silenciosamente para os homens azuis, e estes, com seus punhais nas mãos, aproximaram-se do rei.

A CAVERNA DOS BANDIDOS

Para Alexander e seus amigos não foi difícil chegar às proximidades da caverna dos guerreiros do Escorpião, pois Nádia havia indicado o rumo e Borobá se encarregara do restante. O macaquinho ia montado nos ombros de Alexander, com a cauda enrolada em seu pescoço, as mãos agarrando-lhe os cabelos. Não gostava de subir montanhas e muito menos de descê-las. De vez em quando o garoto tinha de chamar a atenção de Borobá com uma palmadinha, pois a cauda o enforcava e as mãozinhas ansiosas arrancavam tufos dos seus cabelos.

Quando tiveram certeza de estar perto da caverna, trataram de se aproximar com grande precaução, protegendo-se atrás dos arbustos e das irregularidades do terreno. Não havia indício de atividade nas imediações, tudo que ouviam era o sopro do vento na encosta e, vez por outra, o grito de uma ave. Naquele silêncio, os sons de seus passos e até o de sua respiração pareciam estrondosos.

Tensing selecionou algumas pedras, que guardou na dobra da cintura de sua túnica, e em seguida ordenou telepaticamente a Borobá que fosse dar uma espiada na caverna. Alexander respirou aliviado quando o macaco finalmente o soltou.

Borobá saiu correndo em direção à caverna e voltou dez minutos mais tarde. Não podia contar a eles o que tinha visto, mas Tensing viu em sua mente as imagens de várias pessoas, e assim soube que, como temiam, a caverna continuava ocupada. Aparentemente, as cativas ainda estavam lá, vigiadas por alguns guerreiros azuis; mas a maioria deles já havia partido.

Embora isso facilitasse a execução da tarefa imediata, Tensing considerou que não era de todo uma boa notícia, pois a ausência dos outros significava, decerto, que estavam em Tunkhala. Não havia dúvida de que, conforme a opinião do jovem americano, o propósito dos criminosos ao atacar o Reino Proibido não era sequestrar meia dúzia de garotas, mas roubar o Dragão de Ouro.

Rastejaram até bem perto da entrada da caverna, onde um homem armado com rifle montava guarda de cócoras. A luz batia em seu rosto, e daquela distância ele era um alvo fácil para Dil Bahadur, mas usar o arco exigia que se pusesse de pé.

Tensing fez-lhe sinal para que se mantivesse colado no chão e tomou uma das pedras que havia reunido. Pediu perdão mentalmente pela agressão que ia cometer e em seguida lançou o projétil, sem vacilar e usando toda a força de seu braço. Aos olhos de Alex pareceu que o lama não fizera nenhuma pontaria; surpreendeu-se, portanto, quando o guarda caiu para a frente sem um gemido, abatido pela pedra que o atingira entre os olhos. Tensing fez outro gesto, dessa vez para que o seguissem.

Alexander recolheu a arma do guarda, embora jamais tivesse usado nada parecido e sequer soubesse se estava carregada. O peso do fuzil deu-lhe confiança e despertou nele uma agressividade desconhecida. Sentiu por dentro uma tremenda energia; em um segundo suas dúvidas haviam desaparecido e ele se sentia disposto a lutar como uma fera.

Os três entraram juntos na caverna. Tensing e Dil Bahadur soltavam gritos assustadores, e, sem pensar, Alexander se pôs a imitá-los. Normalmente, o garoto era tímido e nunca tinha gritado daquela maneira. Toda a sua raiva, todo o seu medo e a sua força se concentraram naqueles gritos que, juntamente com a descarga de adrenalina nas veias, faziam com que ele se sentisse invencível, como o jaguar.

Dentro da caverna estavam mais quatro bandidos, a mulher da cicatriz e as adolescentes cativas; amarradas pelos tornozelos, elas ocupavam um lugar no fundo da gruta. Tomados de surpresa pelo trio de atacantes que rugiam como loucos, os guerreiros azuis vacilaram por um instante, mas logo levaram as mãos aos seus punhais; bastou, porém, aquele instante para que a primeira flecha de Dil Bahadur acertasse o alvo, atravessando o braço direito de um deles.

A flecha não deteve o bandido. Gritando de dor, ele atirou o punhal com a mão esquerda e imediatamente sacou outro da cintura. O punhal voou, com um silvo, diretamente para o coração do príncipe. Dil Bahadur não se esquivou. A arma passou roçando-lhe a axila, sem o ferir, enquanto ele erguia o braço para disparar a segunda flecha e avançava com calma, certo de que era protegido por seu escudo mágico: o pedacinho de excremento de dragão.

Ao contrário de Bahadur, o lama desviava-se, com incrível perícia, dos punhais que voavam ao redor. Uma vida inteira adestrando-se na arte do *tao chu* ensinara-lhe a adivinhar a trajetória e a velocidade da arma. Não necessitava pensar, seu corpo reagia por instinto. Com um rápido salto no ar e um pontapé direto na mandíbula, pôs um dos homens fora de combate e, com um golpe lateral do braço, desarmou outro, que apontava um fuzil, sem lhe dar tempo para disparar. Em seguida enfrentou suas facas.

Alexander não teve tempo de apontar. Apertou o gatilho, e um tiro retumbou no ar, lançando-o contra a parede de pedra. Um empurrão de Dil Bahadur fez o garoto cambalear, mas isso o salvou, por um fio de cabelo, de ser varado pela lâmina de um punhal.

Quando viu que os bandidos sobreviventes apanhavam os fuzis, tomou o seu pelo cano ainda quente e correu gritando a plenos pulmões. Sem saber o que fazia, deu um golpe de culatra no ombro do guerreiro mais próximo. Não conseguiu derrubá-lo, mas o deixou confuso e isso deu tempo a Tensing para atacá-lo com as mãos. A pressão de seus dedos em um ponto chave do pescoço deixou o homem inteiramente paralisado. A vítima do lama sentiu uma descarga elétrica da nuca até os calcanhares, suas pernas se dobraram e o homem tombou como um boneco de pano, os olhos esbugalhados, um grito preso na garganta, sem conseguir mover nem sequer os dedos.

Em poucos instantes os quatro homens azuis jaziam no chão. A sentinela recuperou-se um pouco da pedrada na cabeça, mas não teve tempo de pôr a mão em seus punhais. Alexander encostou o cano do fuzil em sua fronte e ordenou que se juntasse aos outros. Falou em inglês, mas o tom foi tão peremptório que o homem obedeceu sem hesitar. Enquanto Alexander vigiava os guerreiros, empunhando a arma que não sabia usar, mas procurando parecer cruel e o mais decidido possível, Tensing os atava com cordas que encontrara na caverna.

Dil Bahadur avançou para o fundo da cova onde estavam as adolescentes. Cerca de dez metros o separavam delas; no meio do percurso havia um buraco cheio de brasas sobre as quais duas panelas aqueciam algum tipo de comida. Um grito seco deteve o príncipe. Com uma das mãos a mulher da cicatriz empunhava seu chicote e com a outra agitava sobre a cabeça das prisioneiras uma cesta sem tampa.

— Mais um passo — rugiu a carcereira — e eu solto os escorpiões em cima delas.

O príncipe não se atreveu a usar o arco. De onde se achava, podia eliminar a mulher sem a menor dificuldade, mas não evitar que os mortais aracnídeos caíssem sobre as garotas. Como os homens azuis, aquela mulher também devia ser imune à peçonha do escorpião, mas todos os outros corriam perigo de morte.

Os três se imobilizaram. Alexander manteve os olhos fixos e o fuzil apontado para seus prisioneiros, dois dos quais não tinham sido amarrados por Tensing e aguardavam uma oportunidade para atacar. O lama não se atreveu a intervir. Do lugar em que se encontrava, só podia usar contra a mulher seus extraordinários poderes parapsicológicos. Havia demasiada confusão e distância entre eles, o que o impedia de hipnotizá-la. Tentou, então, projetar com a mente uma imagem capaz de deixá-la transtornada. Ao distinguir vagamente a aura da mulher, Tensing percebeu que se tratava de uma criatura primitiva, cruel e assustada, certamente controlada pela força dos guerreiros da seita.

A pausa durou uns breves segundos, suficientes, no entanto, para romper o equilíbrio de forças. Mais um instante e Alexander seria obrigado a atirar nos homens, que se preparavam para saltar sobre Tensing. De repente, algo inesperado aconteceu. Uma das meninas lançou-se contra a mulher da cicatriz e as duas se desequilibraram, enquanto a cesta era lançada para o alto, caindo em seguida no chão. Numerosos escorpiões pretos, cerca de uma centena deles, espalharam-se pelo fundo da caverna.

A menina que se atirara contra a carcereira era Pema. Apesar de sua constituição delgada, quase etérea, e de estar amarrada pelos tornozelos, enfrentou a mulher com uma decisão suicida, ignorando os golpes do chicote, que eram distribuídos às cegas, e o perigo iminente dos escorpiões. Pema a golpeava com os punhos, mordia e arrancava-lhe os cabelos, lutando corpo a corpo, em clara desvantagem, pois a outra, além de ser muito mais forte, acabou por abandonar o chicote para empunhar a faca de cozinha que levava na cinta.

A ação de Pema deu tempo a Dil Bahadur para soltar o arco, apoderar-se de uma lata de querosene que os bandidos usavam para alimentar suas lâmpadas, regar o solo com o combustível e atear fogo nele com um tição retirado da fogueira. Imediatamente elevou-se uma cortina de chamas e espessa fumaça, que chamuscou suas pestanas.

Desafiando o fogo, o príncipe chegou até Pema, que estava de costas no chão, com a mulher em cima dela, segurando com as mãos o braço que cada vez mais se aproximava do seu rosto. A ponta da faca ia dar início ao primeiro talho no rosto de Pema quando o príncipe agarrou a mulher pelo pescoço e a puxou para trás, aplicando-lhe um golpe seco com o dorso da mão na têmpora e deixando-a atordoada.

Pema havia se levantado e batia desesperadamente nas chamas que haviam alcançado sua saia, mas a seda ardia como se fosse mecha de pano queimado em um velho bacamarte. Dil Bahadur afastou-a do local com um puxão e em seguida tratou de ajudar as outras meninas, que, coladas à parede, gritavam de terror.

Usando a faca da carcereira, Pema cortou as cordas que a imobilizavam e correu para ajudar o príncipe a libertar suas companheiras e levá-las, passando pela cortina de fogo na qual os escorpiões se contorciam queimados, até a entrada da caverna que rapidamente se enchia de fumaça.

Tensing, o príncipe e Alexander arrastaram seus prisioneiros para o ar livre e os deixaram firmemente amarrados aos pares, costas contra costas. Borobá aproveitou a imobilidade dos bandidos para zombar deles, atirando-lhes punhados de terra e mostrando-lhes a língua, até que Alexander o chamou. O macaco saltou em seus ombros, enroscou a cauda em seu pescoço e agarrou-se firmemente em suas orelhas. O garoto suspirou, resignado.

Dil Bahadur apoderou-se da roupa de um dos bandidos e entregou seu hábito de monge a Pema, que estava seminua. Como o hábito era enorme, a menina teve de repuxá-lo e dobrá-lo na cintura para poder vesti-lo. Com repugnância, o príncipe envergou os trapos pretos e hediondos do guerreiro do Escorpião. Embora preferisse mil vezes usar apenas uma tanga, sabia que após o pôr do sol a temperatura baixaria e seria indispensável abrigar-se.

De tão impressionado que estava com a coragem e a serenidade de Pema, o príncipe considerou insignificante o sacrifício de passar a noite sem sua túnica. Não podia tirar os olhos dela. A jovem agradeceu seu gesto com um sorriso tímido e vestiu o rústico hábito vermelho escuro que caracteriza os monges de seu país, sem suspeitar que vestia a roupa do príncipe herdeiro.

Tensing interrompeu os emotivos olhares entre Pema e Dil Bahadur, a fim de interrogar a adolescente acerca do que ouvira na caverna. Pema confirmou o que ele suspeitava: o resto do bando planejava roubar o Dragão de Ouro e sequestrar o rei.

— Compreendo que queiram o Dragão, pois se trata de uma estátua muito valiosa, mas não entendo o sequestro. Para que querem o rei? — perguntou o príncipe.

— Não sei — respondeu ela.

Tensing estudou rapidamente a aura de seus prisioneiros. E, tendo escolhido o mais vulnerável, pôs-se de pé à sua frente e fixou na vista dele seu olhar penetrante. A doce expressão de seus olhos mudou de repente: as pupilas estreitaram-se como riscas e o homem teve a sensação de se achar diante de uma víbora. O lama recitou com voz monótona algumas palavras do sânscrito, que só Dil Bahadur compreendia, e em menos de um minuto o assustado bandido estava à mercê do lama, mergulhado em profundo sono hipnótico.

O interrogatório esclareceu alguns aspectos do plano da Seita do Escorpião e confirmou que já era tarde para impedir que o bando penetrasse no palácio. O homem não acreditava que houvessem causado algum mal ao rei: as instruções do americano eram no sentido de capturá-lo com vida, a fim de obrigá-lo a confessar algo. O homem nada mais sabia. A informação mais importante que obtiveram foi a de que o soberano e a estátua seriam levados para o mosteiro abandonado de Chenthan Dzong.

— Como pensam sair de lá? — perguntou o príncipe, estranhando o detalhe. — Aquele lugar é inacessível.

— Voando — disse o bandido.

— Devem ter um helicóptero — sugeriu Alexander, que, embora não soubesse o idioma deles, captava as grandes linhas da conversa graças às imagens que a telepatia formava em sua mente.

Assim fora a maior parte de sua comunicação com o lama e o príncipe, até que Pema pôde ajudar com os detalhes.

— Referem-se a Tex Tatu? — perguntou Alexander.

Não lhe foi possível saber ao certo, porque Pema não o tinha visto e os bandidos só o conheciam como "o norte-americano".

Tensing acordou o homem do transe hipnótico e em seguida anunciou que deixaria os bandidos ali, depois de assegurar-se de que não poderiam desatar as cordas. Não lhes faria mal passar uma ou duas noites sob o frio e a neve, até serem encontrados pelos soldados reais ou, se tivessem sorte, pelos próprios companheiros.

Juntando as mãos diante do rosto e inclinando-se levemente, o lama pediu perdão aos malfeitores pelo duro tratamento que lhes dava. Dil Bahadur fez o mesmo.

— Rezarei para que vocês sejam resgatados antes que cheguem os ursos negros, os tigres ou os leopardos da neve — disse Tensing, visivelmente compenetrado.

Alexander sentiu-se bastante intrigado com aquelas manifestações de cortesia. Se a situação fosse inversa, se fossem eles os vencidos, aqueles homens os matariam sem nenhuma consideração.

— Talvez devamos ir ao mosteiro — propôs Dil Bahadur.

— E com elas, o que acontecerá? — perguntou Alexander, apontando para Pema e as outras adolescentes.

— Talvez eu possa levá-las até o vale e avisar as tropas do rei para que também se dirijam ao mosteiro — ofereceu-se Pema.

— Não creio que seja possível usar a rota dos bandidos, pois na certa haverá alguns deles vigiando as montanhas — respondeu Tensing. — Terão de tomar um atalho.

— Meu mestre não está pensando naquela grande escarpa — murmurou o príncipe.

— Talvez não seja uma ideia inteiramente ruim, Dil Bahadur — respondeu o lama com um sorriso.

— Está brincando, mestre?

A resposta do lama foi um sorriso ainda maior, que lhe iluminou o rosto, e um gesto indicando a todos que o seguissem.

Puseram-se a andar. Era o mesmo caminho que Alex havia percorrido à procura de Nádia. Tensing ia na dianteira, de vez em quando ajudando as garotas, que o seguiam com dificuldade, pois estavam calçadas apenas com sandálias e vestidas somente com sarongues, sem esquecer que não tinham experiência em terreno tão difícil. No entanto, nenhuma se queixava. Sentiam-se muito felizes por terem escapado dos homens azuis e tinham absoluta confiança naquele monge com estatura de gigante.

Alexander, que fechava a fila atrás de Pema e do príncipe, deu uma última olhadela para os patéticos bandidos deixados para trás. Parecia-lhe incrível que houvesse tomado parte em uma luta com aqueles assassinos profissionais; era o tipo de coisa que só se costuma ver em filmes de ação.

Acabava de sobreviver a algo quase tão violento quanto o que vivera na Amazônia, quando soldados e indígenas haviam se enfrentado em um combate com vários mortos, ou quando vira um par de corpos destroçados pelas garras das Feras.

Não pôde esconder um sorriso. Definitivamente, fazer turismo com sua avó Kate não era para os fracos.

Nádia viu seus amigos chegando em fila indiana pelo desfiladeiro que dava acesso ao esconderijo. Saiu para recebê-los, emocionada. Mas se deteve, de repente, ao ver no grupo um dos homens azuis. Quando, no entanto, o olhou com mais atenção, constatou que se tratava de Dil Bahadur.

Eles haviam demorado menos do que o esperado, mas, para Nádia, aquelas poucas horas tinham parecido uma eternidade. Enquanto esperava, várias vezes chamara seu animal totêmico, desejando que ele pudesse, lá do alto, descobrir e vigiar os amigos; mas a águia branca não se apresentara e ela tivera de resignar-se a esperar com um nó na garganta.

Percebera que não podia se transformar na grande ave quando bem quisesse; a conversão só ocorria em momentos de grande perigo ou de extraordinária expansão mental. Era algo parecido com o transe. A águia representava seu espírito, sua essência, seu caráter. Quando tivera a primeira experiência com ela, na Amazônia, surpreendera-a o fato de seu totem ser justamente uma ave, já que sofria de vertigens e a altura a deixava paralisada de medo. Nunca havia pensado em voar, como outras crianças e adolescentes que conhecia.

Se antes lhe houvessem perguntado quem poderia ser seu espírito totêmico, teria respondido, com certeza, o boto, pois se identificava com aquele golfinho de água-doce, inteligente e brincalhão. Mas a águia, que voava graciosamente acima dos picos mais altos, muito lhe havia ajudado a superar a fobia, embora às vezes ainda sentisse um pouco de medo das alturas. Naquele exato momento, ao olhar para o fundo abismo que se abria a seus pés, começou a tremer.

— Jaguar! — gritou, correndo para o amigo, sem nem olhar para os demais integrantes do grupo.

O primeiro impulso de Alexander foi abraçá-la. Conteve-se a tempo: os outros não deviam pensar que Nádia era sua namorada ou algo parecido.

— O que aconteceu? — perguntou ela.

— Nada de importante... — replicou ele com fingida indiferença.

— Como libertaram as meninas?

— Foi muito fácil. Desarmamos os bandidos, demos uma surra neles, queimamos os escorpiões, enchemos a caverna de fumaça, torturamos um para obter informações e os deixamos amarrados, sem água e sem comida, para morrerem aos poucos.

Nádia ficou paralisada, boquiaberta, até que Pema a abraçou. As duas apressaram-se em narrar as respectivas peripécias, o que haviam sofrido desde a fuga de Nádia.

— Sabe alguma coisa sobre esse monge? — sussurrou Pema ao ouvido de Nádia, apontando para Dil Bahadur.

— Quase nada.

— Como se chama?

— Dil Bahadur.

— Isso quer dizer "coração valente". Um nome apropriado. Talvez eu me case com ele.

— Mas você mal acaba de conhecê-lo! — murmurou Nádia, rindo. — Ele já fez o pedido de casamento?

— Não. Geralmente os monges não se casam. Mas talvez eu peça a mão dele, quando a ocasião se apresentar — replicou Pema com naturalidade.

O PENHASCO

Tensing achou melhor que comessem e descansassem um pouco antes de planejar a descida das adolescentes ao vale. Dil Bahadur disse que a farinha e a manteiga disponíveis não davam para todos, mas ofereceu suas escassas provisões a Pema e às outras adolescentes, que havia muitas horas não se alimentavam.

O mestre mandou que acendesse um fogo para ferver a água do chá e derreter a gordura de iaque. Assim que as chamas brilharam, o monge meteu as mãos entre as pregas de sua túnica, onde habitualmente guardava sua bolsa de mendicância e, para surpresa de todos, começou a tirar de dentro dela, como um mágico, punhados de cereal, cabeças de alho, vegetais secos e outros ingredientes destinados à ceia.

— Parece aquela passagem do Novo Testamento, a da multiplicação dos pães e dos peixes por Jesus Cristo — comentou Alexander, maravilhado.

— Meu mestre é um grande santo. Não é esta a primeira vez que o vejo fazer milagres — disse o príncipe, inclinando-se com profundo respeito diante do lama.

— Talvez a santidade do seu mestre não seja tanta quanto a rapidez de suas mãos. Na caverna dos bandidos havia provisões de sobra e achei que elas não deviam se perder — respondeu o lama, fazendo também uma reverência.

— Meu mestre roubou a comida! — exclamou o discípulo, incrédulo.

— Digamos que seu mestre talvez as tenha apanhado como um empréstimo — replicou Tensing.

Os jovens trocaram olhares de perplexidade e em seguida puseram-se a rir. Aquela explosão de alegria foi como abrir uma válvula pela qual escaparam a tremenda ansiedade e o grande medo vivido nos últimos dias. O riso espalhou-se e logo todos estavam deitados de costas, sacudidos por incontroláveis gargalhadas, enquanto o monge mexia a *tampsa* na panela e gentilmente servia o chá, sem que sequer se alterasse a serenidade de seu rosto.

Por fim, os jovens acalmaram-se um pouco, mas, assim que o mestre lhes serviu a ceia austera, voltaram a dobrar-se de rir.

— Quando recuperarem o juízo — disse Tensing, sem perder a paciência —, talvez queiram escutar o meu plano

O plano tirou-lhes imediatamente a vontade de rir. O lama sugeria nada menos que descer as meninas pelo despenhadeiro. Foram até a borda do precipício e de lá voltaram sem fôlego: eram mais ou menos oitenta metros de queda vertical.

— Mestre — observou Dil Bahadur —, ninguém jamais desceu por ali.

— Talvez tenha chegado o momento de alguém ser o primeiro — replicou Tensing.

As meninas começaram a chorar, menos Pema — que desde o início tinha dado às outras um grande exemplo de coragem — e Nádia, que ali mesmo fez sua escolha: preferia morrer congelada em uma geleira da montanha onde se encontravam ou ser eliminada pelos bandidos a descer aquele precipício.

Tensing explicou que, se usassem o atalho, poderiam chegar a uma aldeia do vale e pedir socorro antes que a noite caísse. Do contrário, continuariam presas ali em cima, correndo o risco de serem descobertas pelo resto do bando do Escorpião. Tinham de levar as meninas de volta às suas casas e dizer ao general Myar Kunglung que fosse resgatar o rei no mosteiro fortificado, antes que o matassem. Ele e Dil Bahadur se adiantariam e tentariam alcançar Chentham Dzong o mais cedo possível.

Alexander não tomou parte na discussão, mas analisava o assunto com seriedade. Que faria seu pai em uma situação como aquela? John Cold encontraria, com certeza, não apenas um meio de descer, mas também de subir. Seu pai havia escalado montes mais escarpados do que aquele, em pleno inverno, algumas vezes por puro espírito esportivo, outras para ajudar pessoas acidentadas ou presas nas alturas. John Cold era um homem prudente e metódico, mas não recuava diante de nenhum perigo quando se tratava de salvar uma vida.

— Com meu equipamento de rapel, creio que posso descer — disse Alexander.

— Quantos metros de altura tem o precipício? — perguntou Nádia, sem olhar para baixo.

— Muitos. Minhas cordas não dão para ele todo, mas há algumas saliências, que são como terraços. Podemos escalonar a descida.

— Talvez seja possível — disse Tensing, que idealizara aquele plano audacioso depois de tê-lo visto resgatar Nádia do precipício para o qual ela havia rolado.

— É muito arriscado, mas, se a sorte ajudar, talvez eu possa vencer a encosta. E essas meninas — perguntou Alexander—, como poderão descer, se não têm nenhuma experiência de montanhismo?

— Certamente descobriremos a maneira de descê-las — respondeu o lama, e em seguida pediu licença para orar, pois havia muitas horas que não praticava suas orações.

Enquanto Tensing meditava, sentado em uma pedra com o rosto voltado para o céu infinito, Alexander media sua corda, contava seus grampos, experimentava o arnês, calculava suas possibilidades e discutia com o príncipe a melhor forma de realizar sua arriscada manobra.

— Se pelo menos tivéssemos uma daquelas grandes pipas! — suspirou Dil Bahadur.

Contou, então, aos amigos estrangeiros que no Reino do Dragão de Ouro havia uma antiga arte de construir pipas de seda em forma de pássaro, com asas duplas. Algumas eram tão grandes e firmes que podiam sustentar um homem de pé entre as asas. Tensing sabia de tudo sobre aquele esporte e havia ensinado ao discípulo como praticá-lo. O príncipe lembrava-se de seu primeiro voo, dois anos antes, quando, ao visitar um mosteiro, tinha voado de uma para outra montanha, valendo-se das correntes de ar, que lhe permitiam dirigir seu frágil veículo, enquanto seis monges seguravam a longa corda do volante.

— Desse modo, muitos devem ter se matado... — comentou Nádia.

— Não é tão difícil quanto parece — assegurou o príncipe.

— Deve ser como os planadores — disse Alex.

— Um avião com asas de seda. Acho que não gostaria de experimentar isso — disse Nádia, grata por não disporem de uma pipa.

Tensing rezava para que o vento não soprasse, o que impediria a tentativa de descida. Também rezava para que o garoto americano tivesse a experiência e a coragem necessárias, e para que não faltasse disposição às meninas.

— Daqui é difícil calcular a altura, mestre Tensing. Mas, se as minhas cordas alcançarem aquela estreita saliência que vejo ali embaixo, poderei descer — garantiu Alex.

— E as meninas?

— Descerei uma por uma.

— Menos eu! — interrompeu Nádia com firmeza.

— Nádia e eu queremos ir com o senhor e Dil Bahadur ao mosteiro — disse Alexander.

— E quem levará as meninas ao vale? — perguntou o lama.

— Talvez o honorável mestre me permita fazer isso — disse Pema.

— Cinco meninas sozinhas? — interrompeu Dil Bahadur.

— Por que não?

— A decisão é sua, Pema. Sua e de mais ninguém — afirmou Tensing, enquanto se comprazia em observar a aura dourada da garota.

— Possivelmente qualquer um de vocês pode cumprir essa tarefa melhor do que eu — disse Pema. — Mas, se o mestre me autorizar e me ajudar com suas orações, talvez eu possa fazer minha parte honrosamente.

Dil Bahadur estava pálido. Havia decidido, com a cega certeza do primeiro amor, que, neste mundo, Pema era a única mulher para ele. O fato de não conhecer outras e de sua experiência ser equivalente a zero não entrava nos cálculos do príncipe. Temia que ela se estatelasse no fundo do abismo ou, caso chegasse lá embaixo sã e salva, acabasse perdida e tivesse de enfrentar outros riscos. Naquela região havia tigres; e não podia esquecer a Seita do Escorpião.

— É muito perigoso — disse.

— Talvez meu discípulo tenha decidido acompanhar as jovens — insinuou Tensing.

— Não, mestre. Meu dever é acompanhá-lo no resgate do rei — o príncipe murmurou, baixando a vista, envergonhado.

O lama levou Bahadur para um local onde os outros não pudessem ouvi-los.

— Confie nela. Pema tem um coração muito valente, tanto quanto o seu, Dil Bahadur. Se seu carma for juntar-se com ela, nada impedirá que isso aconteça. Se não for, nada que você fizer poderá mudar o curso de sua vida.

— Não disse que quero juntar-me com ela, mestre.

— Talvez não seja necessário dizer. — Tensing sorriu.

Aproveitando as horas de luz que ainda restavam, Alexander tratou de completar os preparativos para a jornada do dia seguinte. Antes de tudo, queria ter certeza de que poderia descer com suas cordas de cinquenta metros cada uma. Passou meia hora explicando aos outros os princípios básicos do rapel: desde a colocação do arnês, no qual se descia sentado, até os movimentos para esticar ou afrouxar a corda. A segunda corda era usada para garantir a segurança. Ele, Alexander, não necessitava dela, mas seria indispensável às meninas em sua descida.

— Agora vou descer ao terraço e de lá medirei a altura até o fundo do precipício — anunciou, depois de ter atado a corda e fixado o equipamento ao corpo.

Todos observavam suas manobras com grande interesse; menos Nádia, que não se atrevia a se aproximar do abismo. Para Tensing, que tinha passado a vida a escalar como um cabrito as montanhas do Himalaia, a técnica usada por Alexander parecia fascinante.

Examinou, com assombro, a corda leve e resistente, os ganchos metálicos, as cintas de segurança. Maravilhado, viu o garoto fazer com a mão um gesto de despedida e lançar-se no vazio, sentado no arnês. Com os pés, afastava-se da parede vertical da rocha, deslizando em quedas de três a cinco metros, sem esforço aparente. Em menos de cinco minutos chegava à saliência do penhasco.

Visto de cima, o garoto americano parecia pequenino. Permaneceu ali meia hora, medindo, com a segunda corda, que levava enrolada no corpo, a altura do batente até o fundo do precipício. Em seguida subiu, esforçando-se mais do que fizera para descer, mas sem deparar com maiores dificuldades. Sua chegada foi recebida com aplausos e gritos de alegria.

— Dá para descer, mestre — disse Alex ao lama. — O terraço é bastante largo e muito firme para suportar o meu peso e o das cinco meninas. A corda chega até lá embaixo e creio que posso ensinar a elas como usar o arnês. Mas há um problema.

— Qual?

— No terraço necessitarei de duas cordas, pois elas não poderão descer sem uma corda de segurança. A primeira é usada para pendurar o assento; a segunda é fixada na rocha com um aparelho especial que já deixei pronto para ser usado. Com ele poderei descer as meninas pouco a pouco. É uma medida de segurança indispensável no caso de perderem o controle da primeira corda ou de alguma falha do sistema. Como elas não têm experiência, não poderão descer sem essa segunda corda.

— Entendo. Mas temos duas cordas. Qual é o problema?

— Usaremos as duas para chegar ao terraço. Em seguida, vocês as soltarão, para que eu possa fixá-las ali e descer as meninas até o sopé do precipício. Como poderei subir quando as duas cordas estiverem no terraço? Sem contar com elas, não poderei escalar a parede vertical. Um montanhista especializado levaria horas para fazer isso. Não creio que eu seja capaz. Em resumo, necessitamos de uma terceira corda — explicou Alexander.

— Ou de um cordão que nos permita içar até aqui uma das duas cordas — sugeriu Dil Bahadur.

— Isso mesmo.

Mas não dispunham de cinquenta metros de cordão. A primeira ideia, é claro, foi cortar suas roupas em tiras bem finas, mas logo concluíram que não podiam ficar seminus naquelas alturas; morreriam de frio. Nenhuma das meninas vestia mais do que um casaquinho e um fino sarongue de seda. Tensing pensou nos rolos de cordel de pelo de iaque guardados em sua caverna, mas ficava muito distante dali e não tinham tempo para ir até lá.

Àquela altura o sol já havia se ocultado atrás dos picos e o céu começava a se tornar-se azul anil.

— É muito tarde — disse o lama. — Talvez seja hora de nos prepararmos para passar a noite em relativo conforto. Até amanhã nos aparecerá alguma solução.

— Esse cordão de que necessitamos tem de ser muito forte? — perguntou Pema.

— Não — respondeu Alex. — Mas deve ser comprido. Iremos usá-lo apenas para içar uma das cordas.

— Talvez possamos fazê-lo — sugeriu Pema.

— Como? Com quê?

— Todas nós temos cabelos compridos. Podemos cortá-los e trançá-los.

Uma expressão de completo assombro apareceu em todos os rostos. As meninas levaram as mãos à cabeça e acariciaram seus longos cabelos, que chegavam até a cintura. Jamais uma tesoura tocara a cabeleira de qualquer mulher do Reino Proibido, pois lá o cabelo era considerado o maior atributo de beleza e feminilidade. As solteiras deixavam os cabelos soltos, perfumados com jasmim e almíscar; as casadas costumavam untá-los com óleo de amêndoas e reuni-los em longas tranças, com as quais elaboravam complexos penteados que enfeitavam com longos palitos de prata, nos quais eram incrustados pedaços de âmbar, corais ou turquesas. Só as monjas renunciavam às suas cabeleiras e passavam a vida de cabeça raspada.

— Com os cabelos de cada uma, talvez possamos fazer umas vinte tranças bem finas. Multiplicadas por cinco, serão nada menos que uma centena de tranças. Se cada uma tiver cinquenta centímetros, teremos cinquenta metros de cabelo. Talvez só eu possa retirar umas vinte e quatro; se isso for possível, então já começaremos a ter tranças de sobra — explicou Perna.

— Eu também tenho cabelo — disse Nádia.

— Mas é muito curto, não creio que sirva — observou Pema.

Uma das meninas se pôs a chorar de aflição. Cortar o cabelo era um sacrifício exagerado, não podiam pedir-lhe tal coisa, disse ela. Pema sentou-se ao seu lado e procurou convencê-la, calmamente, de que o cabelo era menos importante que a vida de todos eles e a segurança do rei. Além de tudo, ele voltaria a crescer.

— E enquanto não cresce, como vou me apresentar às pessoas? — perguntou a menina, entre soluços.

— Com imenso orgulho, pois você terá contribuído para salvar nosso país da Seita do Escorpião — replicou Pema.

Enquanto o príncipe e Alexander procuravam raízes e bosta seca de animais para fazer uma pequena fogueira capaz de mantê-los aquecidos durante a noite, Tensing examinou Nádia, a fim de reajustar seus curativos. Sentiu-se muito satisfeito: o ombro da jovem ainda estava roxo, mas completamente sarado, e Nádia não sentia mais nenhuma dor.

Para cortar o cabelo, Pema usou uma das várias lâminas do canivete suíço de Alexander. Dil Bahadur mal conseguia olhar para ela, de tal modo sentia-se perturbado; parecia-lhe algo além do aceitável, um ato quase doloroso. À medida que os sedosos cabelos caíam, deixando à vista o pescoço comprido e a nuca delicada da jovem, sua beleza se transformava; ao término da operação, Pema parecia mais um rapazinho.

— Agora posso mendigar como uma monja — disse ela, rindo, enquanto apontava a túnica do príncipe, com a qual se vestia, e umas poucas e pequenas mechas que haviam sobrado em sua cabeça pelada.

As outras adolescentes tomaram o canivete e trataram de cortar os cabelos umas das outras. Terminado o corte, sentaram-se em círculo, a fim de trançar uma corda bem fina, negra e brilhante, com cheiro de jasmim e almíscar.

Descansaram o melhor que as circunstâncias permitiam naquele estreito refúgio de pedras. No Reino do Dragão de Ouro eram limitados os contatos físicos entre pessoas de sexo oposto, exceto quando se tratava de crianças; mas naquela noite sentiram necessidade de colar-se uns aos outros, pois fazia muito frio e tinham para abrigar-se apenas as roupas e duas peles de iaque.

Tensing e Dil Bahadur viviam no alto daquelas montanhas e por isso resistiam melhor ao clima do que todos os demais. Também estavam habituados a passar privações, e isso lhes permitiu ceder às meninas não apenas as peles, mas também a maior parte da comida. Embora suas tripas gritassem de fome, Alexander imitou o lama e o príncipe, pois não queria se sentir inferior aos dois. E ainda repartiu, em pedacinhos minúsculos, a barra de chocolate que encontrou amassada no fundo de sua mochila.

Como dispusessem de pouco combustível, mantiveram o fogo o mais baixo possível; mesmo assim, as débeis chamas lhes davam certa segurança. Pelo menos afastariam os tigres e os leopardos da neve que habitavam aquelas montanhas. Aqueceram um pouco de água e fizeram chá com manteiga e sal, o que lhes ajudou a suportar os rigores da noite.

Dormiram amontoados como filhotes, aquecendo-se uns aos outros, protegidos do vento pela pequena gruta que ocupavam. Dil Bahadur não se atreveu a ficar perto de Pema, como desejava, por temer o olhar zombeteiro de seu mestre. Percebeu que evitara informá-la de sua condição de filho do rei e que ele não era propriamente um monge. Pareceu-lhe que a hora não era para isso, mas, de outra parte, sentia que se omitir era tão grave quanto a trair.

Alexander, Nádia e Borobá se acomodaram em um abraço apertado e dormiram profundamente até o primeiro raio de sol se insinuar no horizonte.

Tensing dirigiu a primeira oração da manhã, e várias vezes recitaram em coro o *Om mani padme hum*. Não se tratava de adoração a uma divindade, pois Buda era apenas um ser humano que havia alcançado a "iluminação", ou seja, a compreensão suprema; o que faziam, na verdade, era dirigir suas orações, como se fossem raios de energia positiva, ao espaço infinito e ao espírito presente em tudo que existe.

Crescido em uma família de agnósticos, que não praticava nenhuma religião, Alexander sentia-se maravilhado pelo fato de que no Reino Proibido até as ações mais cotidianas estavam impregnadas de um sentido divino. Naquele país, a religião era uma forma de vida; cada pessoa cuidava do Buda que levava dentro de si. Surpreendeu-se ao recitar com entusiasmo o mantra sagrado.

O lama benzeu os alimentos e os repartiu, enquanto Nádia distribuía as tigelas com chá quente.

— Talvez tenhamos um dia bonito, ensolarado e sem vento — anunciou Tensing, examinando o céu.

— Se o honorável mestre ordenasse — sugeriu Pema —, poderíamos começar o mais cedo possível, pois será longo o caminho até o vale.

— Acredito que, com um pouco de sorte — disse Alexander, apanhando seu equipamento —, em menos de uma hora vocês estarão lá embaixo.

Pouco depois começou a descida. Alexander equipou-se e, como um inseto, em questão de minutos chegava ao ponto saliente que se projetava no meio da parede vertical do abismo.

Pema declarou querer ser a primeira a segui-lo. Dil Bahadur recolheu a corda e pôs Pema no assento, explicando-lhe mais uma vez como os ganchos eram usados.

— Você deve soltá-los aos poucos — disse o príncipe. — Se houver um problema, nada de susto, eu seguro você com a segunda corda até que consiga recuperar o ritmo. Entendeu?

— Talvez seja melhor que você não olhe para baixo. Nós a sustentaremos com o pensamento — acrescentou Tensing, afastando-se dois passos a fim de se concentrar em enviar energia mental à garota.

Dil Bahadur passou pela cintura de Pema a corda, que estava fixada em uma pequena greta da rocha por meio de um instrumento metálico. Com um aceno, o príncipe disse à jovem que já podia partir. Ela se aproximou do abismo e sorriu a fim de dissimular o pânico que acabara de assaltá-la.

— Espero que voltemos a nos ver — sussurrou Dil Bahadur, sem se atrever a dizer nenhuma outra palavra, com medo de pôr a descoberto o amor que o afogava desde o primeiro encontro de seus olhos.

— Eu também. Rezarei e farei oferendas para que vocês possam salvar o rei... Cuide-se! — respondeu ela, comovida.

Pema cerrou momentaneamente os olhos, encomendou sua alma ao céu e se lançou no vazio, caindo como uma pedra durante vários metros, antes de conseguir o controle do gancho que esticava a corda. Tendo aprendido a usar o mecanismo, adquiriu ritmo e pôde continuar a descida com segurança cada vez maior.

Com as pernas, afastava-se das rochas e tomava impulso. Sua túnica flutuava no ar, e, vista do alto, ela parecia um morcego. Antes do que esperava, ouviu a voz de Alexander dizendo-lhe que faltava pouquíssimo.

— Perfeito! — exclamou ele, quando a recebeu nos braços.

— É só isso? Acabou-se justamente quando eu começava a gostar — replicou Pema.

O ponto saliente era muito estreito e muito exposto; uma lufada de vento poderia desequilibrá-los, mas, como Tensing havia anunciado, naquele dia o tempo os favorecia.

De cima içaram o arnês e puseram nele uma segunda garota, que estava aterrada, não tendo a coragem de Pema. O lama, porém, fixou nela seus olhos hipnóticos e conseguiu acalmá-la. As quatro desceram, uma a uma, sem maiores problemas, pois, cada vez que se embaraçavam ou se soltavam, Dil Bahadur as sustentava com a corda de segurança. Quando o ponto saliente foi ocupado por todas elas, aí, sim, correram grande perigo, pois o terraço era estreito, não conseguiam se movimentar e podiam rolar no abismo. Prevendo essa dificuldade, no dia anterior Alexander havia cravado vários ganchos no paredão, para que elas pudessem se segurar. Agora estavam todas prontas para iniciar a segunda etapa da descida.

Dil Bahadur soltou as duas cordas, que Alexander usou para repetir a operação, agora do terraço para a base do precipício. Dessa vez Pema não tinha ninguém para recebê-la, mas havia adquirido confiança, e assim se lançou sem vacilar. Pouco depois, foi seguida pelas companheiras.

Alexander despediu-se delas com um aceno, desejando de todo coração que aquelas quatro garotas de aparência tão frágil, em trajes de festa, sandálias douradas nos pés, guiadas por outra vestida de monja, fossem capazes de encontrar o caminho da primeira aldeia. Ele as observou descendo a encosta, tomando o caminho do vale, até se transformarem em pontos minúsculos e desaparecerem. O Reino do Dragão de Ouro contava com pouquíssimas estradas para veículos e várias ficavam intransitáveis durante as chuvas fortes ou as tempestades de neve, mas naquele dia não havia problema. Se encontrassem uma via, certamente alguém as recolheria.

Alexander mandou um sinal e Dil Bahadur soltou o comprido cordão de cabelo negro, com uma pedra atada na extremidade. Depois de manobrar um pouco para dirigi-lo, o cordão caiu no terraço, onde foi recolhido por Alexander. Ele enrolou uma corda na cintura, atou a segunda no cordão e sinalizou para que a içassem. Dil Bahadur puxou cuidadosamente a trança até receber lá no alto a ponta da corda. Atou-a então a um gancho e Alexander começou a subir.

16
OS GUERREIROS *YETIS*

Quando se certificaram de que Pema e as outras meninas estavam a caminho do vale, o lama, o príncipe, Alexander, Nádia e Borobá empreenderam sua caminhada montanha acima. À medida que subiam, o frio aumentava. Em duas ocasiões tiveram de usar os compridos cajados de Tensing e Dil Bahadur para atravessar estreitos precipícios. Aquelas pontes improvisadas mostraram-se mais seguras e firmes do que à primeira vista pareciam.

Acostumado a equilibrar-se em grandes alturas quando fazia montanhismo com o pai, Alexander não tinha dificuldade para dar um passo sobre os cajados e saltar para o outro lado, onde o aguardava a mão firme de Tensing, que ia na frente; Nádia, porém, não se atreveria a fazê-lo mesmo que estivesse com a saúde perfeita, e muito menos com o ombro ainda inchado. Então, Dil Bahadur e Alexander seguraram uma corda bem esticada, um de cada lado do abismo, enquanto o lama realizava a proeza de cruzar com Nádia embaixo do braço, como se fosse um embrulho.

A ideia era a de que a corda pudesse lhe dar alguma segurança, caso escorregasse, mas, como o monge era muito experiente,
os dois jovens não sentiram nenhum puxão: a mão do lama apenas roçou na corda. Por um instante Tensing balançou-se sobre
os bastões, como se flutuasse, e antes que Nádia sucumbisse ao
pânico, já estavam do outro lado.

— Talvez eu esteja errado, honorável mestre, mas me parece
que não estamos na direção de Chenthan Dzong — insinuou o
príncipe, horas mais tarde, quando faziam uma breve parada a
fim de descansar e preparar um chá.

— Se fôssemos pelo caminho normal, talvez demorássemos
vários dias e os bandidos estariam em vantagem sobre nós —
replicou Tensing. — Assim, é possível que tomar um atalho não
seja má ideia.

— O túnel dos *yetis*! — exclamou Dil Bahadur.

— Creio que necessitaremos de um pouco de ajuda para enfrentar a Seita do Escorpião.

— Meu honorável mestre pensa em pedir essa ajuda aos *yetis*?

— Talvez…

— Com todo o respeito, mestre… creio que eles não têm mais
cérebro do que este macaquinho — disse o príncipe.

— Se é assim, estamos bem, pois Borobá tem um cérebro do
tamanho do seu — interrompeu Nádia, ofendida.

Alexander esforçava-se para acompanhar a conversa e captar as imagens que, mediante a telepatia, se formavam em sua
mente, mas não sabia com certeza do que os dois falavam.

— Será que estou entendendo bem? Referem-se ao *yeti*? Ao
abominável homem das neves? — perguntou.

Tensing fez um sinal afirmativo.

— Durante anos o professor Ludovic Leblanc procurou essa
criatura no Himalaia e chegou à conclusão de que ela não existe, de que não passa de uma lenda — disse Alexander.

— Quem é esse professor? — quis saber Dil Bahadur.

— Um inimigo de minha avó Kate.

— Talvez ele não tenha procurado no lugar certo — insinuou o lama.

Para Nádia e Alexander, a perspectiva de ver um *yeti* era tão fascinante quanto seu extraordinário encontro com as Feras da prodigiosa cidade dourada da Amazônia. Alguém havia comparado aqueles animais pré-históricos ao abominável homem das neves por causa das grandes pegadas que deixavam e por seu comportamento furtivo. Também diziam que aquelas Feras eram apenas uma lenda, mas Nádia e ele haviam comprovado sua existência.

— Minha avó terá um enfarte quando souber que vimos um *yeti* e não o fotografamos — suspirou Alexander, pensando que havia de tudo em sua mochila, menos uma câmera.

Retomaram a marcha em silêncio, pois cada palavra lhes cortava a respiração. Nádia e Alexander eram os que mais sofriam com a falta de oxigênio, pois não estavam acostumados a tamanhas altitudes. Doía-lhes a cabeça, sentiam tonteiras e no fim da tarde estavam nos limites de suas forças. De repente, o nariz de Nádia sangrou; em seguida, ela se dobrou para a frente e vomitou.

Tensing procurou um local protegido e decidiu que ali descansariam. Enquanto Dil Bahadur preparava a *tsampa* e fervia água a fim de preparar um chá medicinal, o lama aliviou, com uma sessão de acupuntura, o mal-estar que Nádia e Alexander sentiam por causa dos milhares de metros de altitude em que se achavam.

— Creio que Pema e as outras meninas já estão a salvo — disse Tensing. — Isso significa que dentro em breve o general Myar Kunglung saberá da presença do rei no mosteiro...

— Como sabe disso, honorável mestre? — perguntou Alexander.

— A mente de Pema não transmite mais tanta ansiedade. Agora, a energia dela está diferente.

— Já haviam me falado antes de telepatia, mestre, mas nunca imaginei que funcionasse como um celular.

O lama sorriu amavelmente. Não sabia o que era um celular.

Os jovens se acomodaram entre as pedras, procurando atenuar ao máximo o desconforto. Tensing descansava o corpo e a mente, mas vigiava com seu sexto sentido, pois aqueles cumes nevados eram território dos grandes tigres brancos. A noite foi muito longa e muito fria.

Finalmente os viajantes alcançaram a entrada do túnel natural que levava ao secreto Vale dos Yetis. Àquela altura, Nádia e Alexander sentiam-se exaustos, tinham a pele queimada pela reverberação do sol contra a neve, havia crostas em seus lábios ressecados e rachados. Com a estreiteza do túnel e o intenso cheiro de enxofre, Nádia pensou que acabaria por morrer sufocada. Já para Alexander, que chegara até as entranhas da Cidade da Feras, aquilo era quase um passeio. Com seus dois metros de altura, Tensing tinha dificuldade para passar por alguns lugares, mas, como antes havia feito o percurso, avançava confiante.

Foi enorme a surpresa de Nádia e Alexander quando, por fim, desembocaram no Vale dos Yetis. Não estavam preparados para encontrar, encravado nos gélidos cumes do Himalaia, um lugar banhado de vapor quente onde crescia uma vegetação inexistente no resto do mundo. Em poucos minutos o calor voltou aos seus corpos e até puderam tirar os casacos. Borobá, que viajara encolhido debaixo da roupa de Nádia, grudado em seu corpo, pôs a cabeça para fora e, ao sentir o ar morno, recuperou o habitual bom humor: encontrava-se em seu ambiente.

Claro, não estavam preparados para as altas colunas de vapor, os charcos de águas sulfurosas, a neve quente do vale, as flores carnudas e arroxeadas, os rebanhos de *chegnos* que devoravam o pasto duro e seco do vale; mas estavam menos ainda para os *yetis*, que depois de alguns momentos vieram ao encontro dos recém-chegados.

Uma horda de machos armados com porretes avançou para eles, gritando e saltando como se estivessem possessos. Dil Bahadur pôs o arco no ponto de tiro, pois compreendia que, vestido como estava, com a roupa do bandido, os *yetis* não podiam reconhecê-lo. Nádia e Alex, que não tinham imaginado o aspecto horrível dos *yetis*, instintivamente trataram de se proteger atrás de Tensing. Este, ao contrário do príncipe, avançou confiante, juntou as mãos diante do rosto, inclinou-se, saudou os *yetis* com sua energia mental e também com algumas das poucas palavras do limitado idioma que havia retido na memória.

Passaram-se dois ou três minutos antes que os primitivos cérebros dos *yetis* recordassem a visita do lama, vários meses antes. Não se tornaram amáveis ao reconhecê-lo, mas pelo menos deixaram de esgrimir os porretes a poucos centímetros do crânio dos visitantes.

— Onde está Grr-ympr? — perguntou Tensing.

Sem deixar de grunhir e vigiá-los de perto, os *yetis* conduziram os recém-chegados para a aldeia. Satisfeito, o lama comprovou que, ao contrário do que havia constatado antes, os guerreiros pareciam cheios de energia, e na aldeia as fêmeas e as crianças tinham aspecto saudável.

Notou que nenhum deles tinha mais a língua arroxeada; por sua vez, os pelos alvacentos que os cobriam da cabeça aos pés não estavam mais endurecidos pela sujeira. Algumas fêmeas não apenas se apresentavam mais limpas, como também pareciam ter alisado os cabelos, o que deixou o lama bastante intrigado, pois nada entendia da faceirice feminina.

A aldeia não havia mudado, continuava a ser um monte de cavernas abertas na crosta de lava petrificada que formava a maior parte do terreno. Sobre aquela crosta havia uma delgada camada de terra, que, graças ao calor e à umidade do vale, era mais ou menos fértil, capaz de prover alimento para os *yetis* e seus únicos animais domésticos, os *chegnos*. Tensing foi levado imediatamente à presença de Grr-ympr.

A feiticeira tinha envelhecido bastante. Quando a haviam conhecido, ela já era muito velha; agora, parecia ter vivido mil anos. Enquanto os outros se apresentavam mais limpos do que antes, ela estava reduzida a uma trouxa de ossos torcidos, cobertos por uma pelagem gordurenta. Pelo rosto horrível corriam secreções do nariz, dos olhos e das orelhas. Era repugnante o cheiro de sujeira e decomposição que seu corpo emanava. Nem Tensing, que recebera longo treino e já havia praticado muito a medicina, conseguia suportá-lo.

Comunicaram-se telepaticamente, valendo-se também das poucas palavras que compartilhavam.

— Vejo que seu povo está bem de saúde, honorável Grr-ympr.

— Água cor lavanda: proibida. Quem bebe: pauladas — replicou ela sumariamente.

— O remédio parece pior que a doença. — Tensing sorriu.

— Doença: não há — afirmou a anciã, impermeável ao humor do monge.

— Alegro-me bastante. Nasceram crianças?

Com os dedos ela indicou dois nascimentos e acrescentou em seu idioma que os pequenos estavam sadios. Tensing entendeu sem dificuldade as imagens que acabavam de se formar em sua mente.

— Seus companheiros, quem são? — grunhiu ela.

— Este você já conhece, é Dil Bahadur, o monge que descobriu o veneno na água cor de lavanda na fonte. Os outros também são amigos e de muito longe, do outro lado do mundo.

— Para quê?

— Com todo o respeito, honorável Grr-ympr, vimos pedir sua ajuda. Necessitamos de seus guerreiros para resgatar um rei que foi sequestrado por bandidos. Somos só três homens e uma menina, mas com seus guerreiros talvez possamos vencê-los.

A velha entendeu menos da metade do discurso, mas adivinhou que o monge vinha cobrar o favor que lhe havia feito antes. Queria usar seus guerreiros. Haveria uma batalha. Não gostou da ideia, principalmente porque há dezenas de anos vinha tentando manter sob controle a tremenda agressividade dos *yetis*.

— Guerreiros lutam: guerreiros morrem. Aldeia sem guerreiros: aldeia também morre — resumiu a velha.

— Sim, o que vos peço é um favor muito grande, honorável Grr-ympr. Talvez haja uma luta perigosa. Não posso garantir a segurança de seus guerreiros.

— Grr-ympr: morrendo — murmurou a anciã, batendo no peito.

— Sei, Grr-ympr.

— Grr-ympr morta: muitas dificuldades. Você curar Grr-ympr: você levar guerreiros — propôs ela.

— Não posso curá-la da velhice, honorável Grr-ympr. Seu tempo neste mundo está concluído; seu corpo está cansado e seu espírito deseja ir. Não há nada de errado nisso — explicou o monge.

— Então, não guerreiros — decidiu ela.

— Por que teme a morte, honorável anciã?

— Grr-ympr: necessária. Grr-ympr manda: *yetis* obedecem. Grr-ympr morta: *yetis* lutam. *Yetis* matam, *yetis* morrem: fim.

— Entendo. Não pode deixar este mundo porque teme que seu povo sofra. Não há ninguém para substituí-la?

Ela disse não meneando tristemente a cabeça. Tensing compreendeu o que a velha feiticeira temia: depois de sua morte, os *yetis*, agora saudáveis, voltariam a lutar entre si, até desaparecerem por completo da face da Terra.

Ao longo de várias gerações, aquelas criaturas meio humanas haviam dependido da vitalidade e da sabedoria da feiticeira: mãe severa, justa, experiente. Obedeciam-lhe sem discutir, pois acreditavam que ela era dotada de poderes sobrenaturais. Sem ela, a tribo ficaria à deriva.

O lama cerrou os olhos e, durante alguns minutos, os dois permaneceram com as mentes vazias. Quando reabriu as pálpebras, Tensing anunciou seu plano em voz alta, para que também Nádia e Alexander compreendessem.

— Se me emprestar alguns guerreiros, prometo que voltarei ao Vale dos Yetis e ficarei aqui durante seis anos. Humildemente me ofereço para substituí-la, honorável Grr-ympr. Assim, poderá ir em paz para o mundo dos espíritos. Cuidarei de seu povo, ensinarei os *yetis* a viverem da melhor forma possível, a não matarem uns aos outros, a usarem com cuidado os recursos do vale. Treinarei o *yeti* de maior capacidade para que depois de seis anos seja o chefe da tribo. É isto o que tenho a oferecer.

Ao ouvir a oferta, Dil Bahadur levantou-se de um salto e, pálido de horror, pôs-se diante do mestre. O lama, porém, o deteve com um gesto: não podia perder a comunicação mental com a anciã. Grr-ympr necessitou de vários minutos para assimilar a proposta do monge.

— Sim — aceitou com um longo suspiro de alívio, pois finalmente estava livre para morrer.

Assim que tiveram um momento de privacidade, Dil Bahadur, com os olhos cheios de lágrimas, pediu uma explicação a seu amado mestre. Como podia fazer semelhante oferta à feiticeira? O Reino do Dragão de Ouro necessitava muito mais dele do que os *yetis*. Ele, o príncipe, não havia terminado sua formação; o mestre não podia abandoná-lo daquela maneira, queixou-se o jovem.

— Possivelmente você será rei antes do previsto, Dil Bahadur. Seis anos passarão depressa. Durante esse tempo, talvez eu possa dar alguma ajuda aos *yetis*.

— E eu? — reclamou o príncipe, incapaz de imaginar sua vida sem o mestre.

— Talvez você seja mais forte e esteja mais bem preparado do que imagina. Dentro de seis anos, espero deixar o Vale dos Yetis, a fim de cuidar da educação de seu filho, futuro monarca do Reino do Dragão de Ouro.

— Que filho, mestre? Não tenho nenhum.

— O filho que você e Pema terão — replicou Tensing com a mais completa naturalidade, enquanto o príncipe corava até as orelhas.

Nádia e Alexander tinham dificuldade para acompanhar a discussão, mas captaram seu sentido geral; e nem um nem o outro mostrou a menor surpresa ante a profecia de Tensing acerca de Pema e Dil Bahadur, bem como a respeito de seu plano de se transformar no mentor dos *yetis*. Alexander pensou que um ano antes teria considerado aquilo tudo loucura; mas agora sabia que o mundo é repleto de mistérios.

Recorrendo à telepatia, às poucas palavras do idioma do Reino do Dragão de Ouro que havia aprendido, às que Dil Bahadur havia captado do inglês e à incrível capacidade de Nádia para aprender línguas, Alexander conseguiu comunicar aos amigos que sua avó havia feito para a *International Geographic* uma reportagem do interesse de todos que participavam daquela aventura.

A reportagem era sobre um puma que existia na Flórida e estivera a ponto de desaparecer. Confinado a uma área pequena e inacessível, o animal só se reproduzia na mesma família, e a falta de mistura com outros grupos debilitava e embrutecia as novas gerações. O seguro de vida de qualquer espécie é a diversidade. Se, por exemplo, só existisse uma variedade de milho, logo as pragas e as alterações climáticas acabariam com ela; mas como existem centenas de variedades, quando uma se extingue, outra progride. A diversidade garante a sobrevivência.

— O que aconteceu com o puma? — quis saber Nádia.

— Especialistas introduziram naquela área da Flórida alguns felinos semelhantes ao puma. Houve mistura e em menos de dez anos a raça dos pumas locais estava regenerada.

— Acha que isso também poderia acontecer no caso dos *yetis*? — perguntou Dil Bahadur.

— Sim. Faz tempo demais que vivem isolados, são pouquíssimos e só se misturam entre eles. Por isso parecem tão fracos.

Tensing se pôs a pensar no que acabava de dizer o garoto estrangeiro. Mas havia um problema. Mesmo que os *yetis* saíssem de seu misterioso vale, não teriam com quem se misturar, pois no resto do mundo certamente não havia outros *yetis*, e nenhum ser humano estaria disposto a formar uma família com eles. O fato, porém, era que mais cedo ou mais tarde deveriam se integrar ao mundo lá fora; era inevitável. Isso teria de ser feito de maneira prudente, pois o contato com as pessoas poderia ser fatal para eles. Só no Reino do Dragão de Outro, com seu ambiente protegido, essa mudança seria possível.

Nas horas seguintes os amigos comeram e, para recuperar suas esgotadas energias, entregaram-se a um breve descanso. Ao saberem que havia uma luta à espera deles, todos os *yetis* quiseram partir, mas Grr-ympr não permitiu, porque a aldeia não podia ficar sem machos.

Tensing os advertiu de que poderiam morrer, pois teriam de enfrentar uns malvados seres humanos chamados "homens azuis"; eram muito fortes, andavam com punhais e tinham armas de fogo. Os *yetis* não sabiam o que eram essas coisas. Tensing explicou-lhes, exagerando o mais que podia ao descrever o tipo de ferida que produziam, os jorros de sangue e outros detalhes que entusiasmaram os *yetis*, renovando a frustração dos que teriam de permanecer no vale: ninguém queria perder a oportunidade de se divertir lutando contra os humanos.

Todos desfilaram diante do lama. Para impressioná-lo, pulavam, soltavam gritos de arrepiar, mostravam os dentes e os músculos. Desse modo, Tensing pôde selecionar os dez de caráter mais violento e de aura mais vermelha.

O lama examinou pessoalmente as armaduras de couro dos *yetis*, que podiam mitigar os efeitos de uma facada, mas não punham o corpo a salvo de uma bala. Por mais ferozes que fossem, aquelas dez criaturas, apenas um pouco mais inteligentes do que um chimpanzé, não podiam vencer os guerreiros do Escorpião. O lama, porém, fazia seus cálculos contando com o elemento surpresa. Os homens azuis eram supersticiosos e, embora tivessem ouvido falar dos "abomináveis homens das neves", jamais tinham visto um.

Por ordem de Grr-ympr, naquela tarde os *yetis* mataram dois *chegnos*, a fim de dar as boas-vindas aos visitantes. Tomados por grande repugnância, pois não concebiam o sacrifício de nenhum ser vivo, Tensing e Dil Bahadur recolheram o sangue dos animais e com ele pintaram os pelos hirsutos dos guerreiros selecionados. Com os ossos maiores, os cornos e tiras de pele, confeccionaram uns capacetes, ensanguentados e aterradores, que os *yetis* puseram na cabeça com guinchos de prazer, enquanto as fêmeas e as crias davam saltos de admiração. O mestre e o discípulo concluíram, satisfeitos, que a aparência dos *yetis* era capaz de assustar o guerreiro mais valente.

Os homens queriam que Nádia permanecesse na aldeia, mas não conseguiram convencê-la. Tiveram de aceitar sua companhia, embora Alexander não desejasse expor a amiga aos perigos que os aguardavam.

— É possível, Águia, que nenhum de nós saia com vida — argumentou o garoto.

— Nesse caso, eu teria de passar o resto da minha vida neste vale, na companhia exclusiva dos *yetis* — replicou ela. — Não, Jaguar, obrigada. Irei com vocês.

— Não sei o que iremos encontrar nesse mosteiro abandonado, mas coisa boa não será, com certeza. Aqui você pelo menos estaria relativamente a salvo.

— Não me trate como se eu fosse uma criança. Já fiz treze anos. Sei cuidar de mim e acho que posso ser útil.

— Está bem. Mas você terá de fazer exatamente o que eu disser — decidiu Alex.

— Nem pense nisso! Farei o que me parecer adequado. Você não é nenhum profissional; de luta, entende tão pouco quanto eu — replicou Nádia, e Alex teve de admitir que ela estava com a razão.

— O melhor talvez seja sairmos daqui à noite. Assim chegaremos à outra extremidade do túnel ao amanhecer e aproveitaremos a manhã para alcançar Chenthan Dzong — propôs Dil Bahadur e Tensing concordou.

Estômagos cheios com o suculento jantar, os *yetis* deitaram-se no chão, dormiram e roncaram. Não tiraram os capacetes, que haviam adotado como símbolo de coragem. De tão famintos que estavam, Nádia e Alex devoraram porções de carne assada de *chegno,* apesar de seu sabor amargo e dos pelos chamuscados que haviam aderido à superfície tostada. Tensing e Dil Bahadur prepararam sua *tsampa* e seu chá, e em seguida sentaram-se a fim de meditar, com os rostos voltados para a imensidão do céu, cujas estrelas não podiam ver. À noite, quando a temperatura caía nas montanhas, o vapor dos esguichos termais transformava-se em uma espessa neblina que cobria o vale como uma camada de flocos de algodão. Os *yetis* nunca tinham visto as estrelas, e a lua era para eles uma inexplicável auréola de luz azul que às vezes aparecia no meio da neblina.

O MOSTEIRO FORTIFICADO

Tex Tatu preferia o plano inicial para a saída de Tunkhala com o rei e o Dragão de Ouro: um helicóptero, equipado com metralhadora, que no momento previsto desceria nos jardins do palácio. Ninguém poderia detê-los. A força aérea do país era formada por apenas quatro aviões antiquados, adquiridos vinte anos antes na Alemanha; os aparelhos só voavam nas festas do Ano-Novo, lançando pássaros de papel, para alegria da criançada. Pô-los em ação demoraria várias horas, de modo que o helicóptero teria tempo de sobra para chegar a algum lugar seguro.

O Especialista, no entanto, mudara de plano na última hora, sem dar maiores explicações. Limitara-se a dizer que não convinha chamar a atenção e muito menos metralhar os pacíficos habitantes do Reino Proibido, pois isso provocaria um escândalo internacional. Seu cliente, o Colecionador, exigia discrição.

Tex teve de aceitar o segundo plano, a seu ver muito menos eficaz e seguro do que o primeiro.

Assim que entrou no Recinto Sagrado e pôs as mãos no rei, tapou-lhe a boca com fita adesiva e aplicou nele uma injeção que em cinco minutos o deixou completamente anestesiado. As instruções eram para não lhe causar nenhum mal; o monarca devia chegar vivo e são ao convento, pois deviam extrair-lhe as informações necessárias para a decifração dos códigos da estátua.

— Cuidado, o rei sabe artes marciais, pode defender-se. Mas, advirto, se o machucarem, pagarão muito caro — dissera o Especialista.

Tex Tatu começava a perder a paciência com o chefe, mas não tinha tempo para ruminar seu descontentamento.

Os quatro bandidos estavam assustados e impacientes, mas isso não impedia que roubassem alguns candelabros e vasos de ouro destinados a guardar perfumes. Preparavam-se para arrancar com seus punhais o precioso metal das paredes, quando o americano ladrou suas ordens.

Dois deles tomaram pelos ombros e tornozelos o corpo inerte do rei, enquanto os outros retiravam a pesada estátua de ouro do pedestal de pedra preta sobre a qual se encontrava por dezoito séculos. Enquanto isso, ecoavam na sala notas de um cântico e outros estranhos sons produzidos pelo dragão.

Tex Tatu não podia se deter a fim de examinar a estátua, mas imaginou que o Dragão era também um instrumento musical. Não acreditava que a peça fosse capaz de predizer o futuro, isso era lorota para ignorantes, mas na realidade isso não importava: o valor intrínseco desse objeto era incalculável. Quanto o Especialista ganharia com aquela missão? Muitos milhões de dólares, com certeza. E ele, o que receberia? Apenas uma propina, em comparação com a remuneração do chefe.

Dois dos homens azuis passaram por baixo da estátua algumas cilhas usadas para firmar as selas dos cavalos e, assim, levantaram-na com esforço. Tex compreendeu, então, por que o Especialista ordenara que seis bandidos o acompanhassem.

Não foi menos difícil o retorno, pois, embora conhecessem o caminho e pudessem contornar vários obstáculos, levavam o rei e a estátua, cujo peso dificultava seus movimentos. Tex logo percebeu, no entanto, que ao fazerem o caminho inverso não ativavam as armadilhas. Isso o tranquilizou, mas não se apressou nem baixou a guarda, pois temia que o palácio escondesse muitas surpresas desagradáveis.

Conseguiram, porém, chegar à Última Porta sem maiores dificuldades. Ao cruzarem o umbral, viram no chão os corpos dos guardas reais apunhalados, tal como os haviam deixado. Nenhum dos bandidos percebeu que um dos jovens soldados ainda respirava.

Valendo-se do GPS, os fugitivos percorreram o labirinto de aposentos com várias portas e finalmente encontraram a saída que levava ao jardim do palácio, onde eram aguardados pelo resto do bando. Judit Kinski era prisioneira deles. Conforme as ordens, ela não devia ser anestesiada, como o rei, e também não podia ser maltratada. Os bandidos, que jamais tinham visto aquela mulher, não entendiam por que deviam levá-la. E Tex não lhes deu nenhuma explicação sobre isso.

Na rua, ao lado das montarias dos bandidos, esperava-os uma caminhonete roubada do palácio. Tex Tatu evitou olhar de frente para Judit Kinski, que, para as circunstâncias, parecia bastante tranquila, e fez sinal aos homens para que a pusessem no veículo, ao lado do rei e da estátua, cobertos por uma lona.

Sentou-se ele próprio ao volante, pois ninguém mais ali sabia dirigir. Faziam-lhe companhia o chefe dos guerreiros azuis e um dos bandidos. Enquanto a caminhonete dirigia--se para o estreito caminho das montanhas, os outros se dispersaram. Deveriam reunir-se, mais tarde, no Bosque dos

Tigres, como havia ordenado o Especialista. De lá seguiriam para Chenthan Dzong.

Conforme tinham previsto, os ocupantes da caminhonete foram detidos na saída de Tunkhala, para onde o general Myar Kunglung destacara uma patrulha com o objetivo de controlar a estrada. Para Tex Tatu e os bandidos azuis foi uma brincadeira de criança pôr fora de combate os três homens que montavam guarda e em seguida vestirem seus uniformes. A caminhonete estava pintada com os emblemas da casa real, de modo que até chegarem ao Bosque do Tigre puderam passar pelos controles sem serem molestados.

O imenso bosque tinha sido, em suas origens, reserva de caça dos reis, mas fazia vários séculos que ninguém se dedicava a esse esporte cruel. O parque fora transformado em uma reserva natural, onde proliferavam as mais raras espécies vegetais e animais do Reino Proibido. Na primavera, as tigresas procuravam o local para dar à luz suas crias. O clima único do país, que conforme as estações oscilava entre a umidade temperada do trópico e o frio invernal das alturas montanhosas, dava origem a uma flora e uma fauna extraordinárias, um verdadeiro paraíso para os ecologistas.

Mas toda a beleza daquele lugar, com suas árvores milenares, seus arroios cristalinos, suas orquídeas, azaleias e aves de plumagens multicolores, não causou a menor impressão a Tex Tatu e aos bandidos do Escorpião. Sua única preocupação consistia em não atrair os tigres e sair dali o mais rápido possível.

Tex soltou as cordas que atavam Judit Kinski.

— O que está fazendo? — perguntou o chefe dos bandidos com um gesto ameaçador.

— Ela não pode fugir — disse o americano a título de explicação. — Para onde iria?

Em silêncio, a mulher massageou os pulsos e os tornozelos, nos quais as cordas haviam deixado marcas avermelhadas. Seus olhos estudavam o local, seguiam cada movimento dos seques-tradores e voltavam sempre a Tex Tatu, que insistia em afastar a vista, como se não resistisse ao olhar dela. Sem pedir permissão, Judit aproximou-se do rei e, delicadamente, para não ferir seus lábios, foi retirando aos poucos a fita adesiva que o amordaça-va. Inclinou-se sobre ele, pôs o ouvido em seu peito.

— Logo passará o efeito da injeção — informou o americano.

— Não aplique mais anestésico nele, o coração poderá falhar — disse ela, não em tom de súplica, mas como uma ordem, seus olhos castanhos cravando-se nos de Tex Tatu.

— Não será necessário. Além do mais, ele terá de montar um cavalo, e para isso é melhor que esteja acordado — replicou Tex, dando as costas à mulher.

Dourada como um mel espesso, a luz dos primeiros raios de sol filtrou-se pelas ramagens, despertando macacos e pássaros, que deram início a um alegre coro. Ao evaporar-se do solo, o orvalho noturno envolvia a paisagem numa espécie de bruma amarela que esfumava os contornos das árvores gigantescas. Um casal de pandas balançava-se em um galho sobre a cabeça do rei e de seus captores.

Amanhecia quando todo o bando do Escorpião finalmente se reuniu. Assim que houve luz suficiente, Tex Tatu tratou de fotografar a estátua com uma câmera e em seguida ordenou que ela fosse envolvida na mesma lona que haviam usado na caminhonete e amarrada com cordas.

Deviam abandonar o veículo e continuar montanha acima a cavalo, por veredas quase intransitáveis que ninguém usava desde quando um terremoto mudara a topografia do lugar e Chenthan Dzong, assim como outros mosteiros da região, fora abandonado.

Os guerreiros azuis, que passavam a vida montados em seus cavalos e estavam habituados a todo tipo de terreno, eram decerto os únicos em condições de chegar lá. Conheciam bem as montanhas e sabiam que, uma vez obtida sua recompensa em armas e dinheiro, poderiam chegar ao norte da Índia em três ou quatro dias. Tex, por sua vez, contava com o helicóptero que devia recolhê-lo no mosteiro juntamente com o produto de seu roubo.

O rei havia despertado, mas o efeito da droga persistia; ele estava confuso, sentia vertigens e não sabia o que lhe havia acontecido. Judit Kinski ajudou-o a sentar-se, explicou-lhe que tinham sido sequestrados e que os bandidos haviam roubado o Dragão de Ouro. Tirou do bolso um pequeno cantil que milagrosamente não se perdera na aventura e deu-lhe de beber um gole de uísque. A bebida o reanimou e ele tomou consciência do que se passava.

— O que significa isso? — indagou o rei, em um tom de autoridade que ninguém jamais ouvira dele.

Ao ver que acomodavam a estátua em uma plataforma metálica com rodas, compreendeu o tamanho da desgraça.

— Isso é um sacrilégio! O Dragão de Ouro é o símbolo do nosso país. Há uma antiga maldição para quem quer que profane a estátua — advertiu o rei.

O chefe dos bandidos ergueu o braço para bater nele, mas o norte-americano o afastou com um empurrão.

— Se não quer mais problemas, cale-se e obedeça — ordenou ao monarca.

— Soltem a Srta. Kinski. Ela é uma estrangeira e não tem nada a ver com este assunto — replicou com firmeza o soberano.

— Eu já disse: cale-se ou as consequências cairão sobre ela, entendeu? — advertiu Tex Tatu.

Judit Kinski tomou o rei pelo braço e sussurrou-lhe que se tranquilizasse, nada podiam fazer naquele momento, mas valia a pena esperar que se apresentasse uma ocasião para agir.

— Vamos, não podemos perder mais tempo — ordenou o chefe aos bandidos.

— O rei ainda não pode montar — disse Judit Kinski ao vê-lo vacilar como um bêbado.

— Montará com um dos meus homens até que se recupere — decidiu o norte-americano.

Tex levou a caminhonete até uma ravina, onde ela ficou meio enterrada. Depois de a cobrirem com ramos, começaram, em fila indiana, a marcha para a montanha.

O dia estava claro, mas os cumes do Himalaia perdiam-se entre blocos de nuvens. Tinham de subir continuamente, passando primeiro por uma área de floresta semitropical, onde cresciam bananeiras, azaleias, magnólias, hibiscos e muitas outras espécies vegetais. À medida que subiam a paisagem mudava abruptamente, a floresta desaparecia e começavam os perigosos desfiladeiros, frequentemente bloqueados por pedras que rolavam do alto ou por pequenas cachoeiras que transformavam o solo em um lodaçal escorregadio.

A subida era arriscada, mas o americano confiava na perícia dos homens azuis e na força extraordinária de seus cavalos. Uma vez que chegassem às montanhas, não poderiam ser alcançados: primeiro, porque ninguém fazia ideia do local onde estavam; segundo, porque já haviam obtido uma grande vantagem sobre os que viessem atrás.

Tex Tatu não suspeitava de que, enquanto levava a cabo o roubo da estátua no palácio, a caverna dos bandidos havia sido desmantelada e agora seus ocupantes, amarrados dois a dois, estavam famintos, sedentos e apavorados com a possibilidade de que aparecesse um tigre e os tirasse definitivamente de cena. Mas tiveram sorte, pois antes que chegassem as feras, tão abundantes na região, tinha aparecido um destacamento de soldados reais. Pema lhes havia indicado o local onde acampavam os guerreiros da Seita do Escorpião.

A menina conseguira alcançar com suas companheiras uma estrada rural, onde foram encontradas, exaustas, por um camponês que levava suas verduras para o mercado em uma carroça puxada por cavalos. Primeiro ele achou que elas eram monjas, por causa das cabeças raspadas, mas logo atentou para o fato de que todas, menos uma, vestiam roupas de festa.

O homem não lia jornal nem via televisão, mas, como todos os habitantes do país, soubera pelo rádio que seis adolescentes tinham sido sequestradas. Como não tinha visto suas fotos, não podia reconhecê-las; mas bastou uma olhada para concluir que as meninas estavam em dificuldades. Pema se plantou de braços abertos no meio do caminho, obrigou-o a parar e em poucas palavras contou o que acontecera a elas.

— O rei está em perigo. Tenho de conseguir ajuda imediatamente — disse para o lavrador.

O homem da carroça deu meia-volta e as levou até a aldeia de onde vinha. Ali conseguiram um telefone, e enquanto Pema procurava se comunicar com as autoridades, suas companheiras eram tratadas pelas mulheres do lugarejo. As meninas, que naqueles dias terríveis tinham se mostrado muito corajosas, amoleceram ao se verem a salvo; choravam e pediam que lhes devolvessem às suas famílias o mais cedo possível. Pema, no entanto, não pensava nisso, mas em Dil Bahadur e no rei.

Assim que foi avisado, o general Myar Kunglung tomou o telefone e se pôs a falar diretamente com Pema. Ela repetiu o que sabia, mas absteve-se de mencionar o Dragão de Ouro: primeiro, porque não estava certa de que os bandidos o houvessem roubado; segundo, por ter percebido que, se o roubo houvesse ocorrido, não era bom que o povo soubesse. A estátua encarnava a alma da nação. Não devia propagar uma notícia que podia ser falsa, concluiu.

Myar Kunglung ordenou aos guardas do posto mais próximo que fossem apanhar as meninas na aldeia e as conduzissem à capital. E foi ele mesmo sustentá-las no meio do caminho, levando consigo Wandgi e Kate Cold. Ao ver o pai, Pema saltou do jipe e correu para abraçá-lo. O pobre homem soluçava como uma criança.

— O que fizeram com você? — perguntava Wandgi, andando ao redor da filha para examiná-la.

— Nada, pai. Não me fizeram nada, garanto. Mas isso agora não importa, temos de resgatar o rei, que corre perigo de morte.

— Isso é com o exército, não com você. Agora você vai voltar comigo para casa!

— Não posso, pai. Meu dever é ir a Chenthan Dzong!

— Por quê?

— Porque prometi a Dil Bahadur — replicou ela, enrubescendo.

Myar Kunglung voltou para a menina seu olhar de raposa e deve ter decifrado algo no tremor dos lábios e no rubor das bochechas dela, pois se inclinou profundamente perante o guia, as mãos postas diante do rosto.

— Talvez o honorável Wandgi permita que sua valente filha acompanhe este humilde general — pediu. — Creio que ela será bem cuidada por meus soldados.

Wandgi percebeu que, apesar da reverência e do tom, o general não aceitaria uma resposta negativa. Teve de permitir que Pema partisse e se pôs a rogar ao céu que a trouxesse de volta sã e salva.

O país foi sacudido pela boa nova de que as adolescentes haviam escapado das garras de seus sequestradores. No Reino Proibido, as notícias corriam de boca em boca com extraordinária rapidez. Assim, quando quatro das meninas, cabeças cobertas com panos de seda, apareceram na televisão a fim de contar suas peripécias, todo mundo já sabia o que lhes acontecera.

A população saiu às ruas para festejar, muitas pessoas levaram magnólias para as famílias das meninas e se aglomeraram nos templos para fazer oferendas. As rodas e bandeiras de oração testemunhavam a incontida alegria do povo.

A única pessoa que não tinha nada a celebrar era Kate Cold, que estava à beira de um colapso nervoso, pois Nádia e Alexander ainda andavam por lugares desconhecidos. Naquele momento, ela cavalgava para Chenthan Dzong, ao lado de Pema e do general Kunglung, à frente de um destacamento, por um caminho ascendente e repleto de curvas. Pema havia contado, a ela e ao general, aquilo que escutara da boca dos bandidos acerca do Dragão de Ouro. O general confirmara as suas suspeitas.

— Um dos guardas que cuidava da Última Porta sobreviveu à punhalada e viu quando levaram nosso amado rei e, com ele, o Dragão de Ouro. Isso deve permanecer em segredo, Pema. Você acertou quando deixou de mencionar, em seu telefonema, o roubo do Dragão. A estátua vale uma fortuna, mas não consigo entender por que levaram o rei.

— O mestre Tensing, seu discípulo e dois jovens estrangeiros seguiram para o mosteiro. Eles têm muitas horas de vantagem sobre nós. Provavelmente chegarão antes — informou Pema.

— Isso pode ser uma grande imprudência, Pema. Se alguma coisa acontecer ao príncipe Dil Bahadur, quem ocupará o trono...? — suspirou o general.

— Príncipe? Que príncipe? — interrompeu Pema.

— Dil Bahadur é o príncipe herdeiro. Você não sabia?

— Ninguém me disse. De qualquer maneira, nada acontecerá ao príncipe — afirmou ela, mas em seguida percebeu que havia cometido uma descortesia e se corrigiu: — Quero dizer, possivelmente o carma do honorável príncipe seja resgatar nosso amado soberano e sobreviver ileso.

— Possivelmente... — assentiu o general, com ar preocupado.

— Não pode mandar aviões ao mosteiro? — interveio Kate, impaciente com aquela guerra conduzida em lombo de cavalo, como se houvesse retrocedido vários séculos no tempo.

— Não teriam onde aterrissar. Um helicóptero talvez possa ir até lá, mas seria necessário contar com um piloto muito experiente, pois ele teria de descer em um funil cheio de correntes de ar.

— Possivelmente o honorável general concorde comigo que é necessário tentar — disse Pema, com lágrimas brilhando nos olhos.

— Só há um piloto capaz de descer lá, mas ele vive no Nepal. É um herói. Foi ele que anos atrás levou um helicóptero ao Everest, a fim de salvar alguns montanhistas.

— Lembro-me do caso — disse Kate. — O homem é muito famoso. A *International Geographic* fez uma entrevista com ele.

— Talvez seja possível nos comunicarmos com ele e trazê-lo nas próximas horas — disse o general.

Myar Kunglung não suspeitava que o tal piloto fora contratado, com muita antecedência, pelo Especialista, e que naquele mesmo dia voava do Nepal para as montanhas do Reino Proibido.

A coluna composta por Tensing, Dil Bahadur, Alexander, Nádia com Borobá no ombro e os dez guerreiros *yetis* se aproximava do penhasco onde se erguiam as antigas ruínas de pedra de Chenthan Dzong. Muito excitados, os *yetis* grunhiam, empurravam-se e mordiam-se mutuamente, preparando-se para o prazer da batalha. Havia muito esperavam uma ocasião de se divertir para valer como a que então se apresentava. De vez em quando Tensing tinha de acalmá-los.

— Mestre, creio que finalmente me lembrei de onde escutei, antes, a língua dos *yetis*. Foi nos quatro mosteiros em que me ensinaram os códigos do Dragão de Ouro — sussurrou Dil Bahadur para o lama.

— Talvez meu discípulo também se lembre de que em nossa visita ao Vale dos Yetis havia uma razão importante pela qual estávamos lá — replicou Tensing no mesmo tom.

— Tem a ver com a língua dos *yetis*?

— Possivelmente... — O lama sorriu.

O espetáculo era de tirar o fôlego. Estavam rodeados por um cenário de beleza impressionante: cumes nevados, rochas enormes, quedas-d'água, precipícios cortados a pique nos montes, corredores de gelo. Ao apreciar aquela paisagem, Alexander Cold compreendeu por que os habitantes do Reino Proibido acreditavam que o pico mais alto de seu país, a sete mil metros acima do nível do mar, era o mundo dos deuses. O garoto americano sentiu-se interiormente invadido pela luz e o ar puro; sentiu também que algo se abria em sua mente, que a cada minuto mudava, amadurecia e crescia. Pensou que seria triste deixar aquele país e voltar à mal denominada civilização.

Tensing interrompeu seus pensamentos, a fim de explicar que os *dzongs*, mosteiros fortificados que só existiam no Butão e no Reino do Dragão de Ouro, eram ao mesmo tempo casernas e conventos. Erguiam-se na confluência dos rios e nos vales, a fim de proteger os povoados mais próximos. Eram construídos sem maiores planejamentos, sempre a partir do mesmo desenho.

O palácio real de Tunkhala foi originalmente um desses *dzongs*, até que as necessidades do governo levaram à sua ampliação e modernização, transformando-o em um labirinto de mil corredores e dependências.

Chenthan era uma exceção. Erguia-se em um terraço natural, no meio de uma encosta muito escarpada; era difícil imaginar como tinham chegado lá os materiais destinados à construção daquele edifício que, durante séculos, resistira a tantas tormentas e avalanches, até ser destruído por um terremoto.

Havia um caminho estreito, rasgado na rocha, mas era pouquíssimo usado, porque os monges quase não tinham contato com o resto do mundo. Praticamente talhado na montanha, aquele caminho contava com frágeis pontes de madeira e cordas que oscilavam acima dos precipícios.

Desde o terremoto não se usava aquele caminho, de modo que as pontes estavam em mau estado, com madeiras apodrecendo e metade das cordas já partidas. Mas Tensing e seu grupo não podiam se deter a fim de avaliar o perigo, pois não havia alternativa. Além disso, os *yetis* se dispunham a usá-las com a maior confiança, pois em suas breves excursões fora dos limites do Vale, em busca de alimentos, já haviam passado por ali.

Ao verem os restos de um homem no fundo de um abismo, não tiveram mais dúvida de que Tex Tatu e seus sequazes tinham se adiantado.

— A ponte é insegura, aquele homem caiu — disse Alexander, apontando o corpo.

— Há pisadas de cavalos por aqui — observou Dil Bahadur.

— Neste ponto tiveram de desmontar e soltar os animais. Seguiram a pé, levando o dragão na padiola.

— Não consigo imaginar como os cavalos chegaram até aqui. Devem ser iguais às cabras — disse Alexander.

— Possivelmente são cavalos tibetanos — sugeriu o príncipe. — Resistentes, ágeis, treinados para subir, e por isso muito valiosos. Seus donos devem ter tido uma razão muito forte para abandoná-los.

— Temos de cruzar — interrompeu-os Nádia.

— Se os bandidos puderam cruzar levando o pesado Dragão de Ouro, nós podemos fazer o mesmo — insistiu o príncipe.

— Isso pode ter enfraquecido ainda mais a ponte — observou Tensing. — Talvez não seja má ideia a testarmos antes de passar por ela.

O abismo não era muito largo, mas tampouco era suficientemente estreito para permitir o uso dos bastões de madeira de Tensing e Dil Bahadur. Nádia sugeriu amarrar Borobá na extremidade de uma corda e o mandar passar pela ponte; mas o macaco era muito leve, sua passagem não garantia que os outros pudessem fazer o mesmo.

Dil Bahadur examinou o terreno e viu que, por sorte, do outro lado havia uma grossa raiz. Alexander atou uma flecha na extremidade de sua corda e o príncipe a disparou, com sua precisão habitual, cravando-a firmemente na raiz. Alexander amarrou a outra corda na cintura e, sustentado por Tensing, avançou lentamente pela ponte, examinando cuidadosamente cada pedaço de madeira antes de pisar nele.

Se a ponte cedesse, a primeira corda poderia sustentá-lo por alguns momentos. Não sabiam se a flecha aguentaria seu peso, mas de qualquer maneira a segunda corda poderia impedir que caísse no vazio. Se isso acontecesse, o mais importante seria não se chocar, como um inseto, nos paredões de rocha. Esperava que sua experiência de montanhista o ajudasse.

Passo a passo, Alex avançou pela ponte. Estava na metade do caminho quando se romperam duas tábuas do piso e ele escorregou. Um grito de Nádia ressoou entre os montes e foi devolvido pelo eco. Durante dois minutos, que pareceram eternos, ninguém se moveu, até que a ponte parou de balançar e Alex recuperou o equilíbrio. Retirou lentamente a perna que havia caído pelo buraco aberto entre duas tábuas. Segurando-se na primeira corda, inclinou o corpo para trás até estar novamente de pé.

Calculava se devia continuar ou retroceder quando ouviu um estranho ruído, como se a terra roncasse. A primeira suspeita foi a de que se tratasse de um tremor de terra, como tantos que ocorriam naquela região, mas em seguida viram pedras e neve rolando do alto da montanha. O grito de Nádia havia provocado uma avalanche.

Impotentes, os amigos e os *yetis* viram o mortal rio de pedras precipitar-se sobre Alexander e a delicada ponte. Não havia nada a fazer, era impossível avançar ou recuar.

Tensing e Dil Bahadur concentraram-se automaticamente, a fim de enviar energia ao garoto. Em outras circunstâncias, Tensing teria tentado fazer o máximo possível para um *tulku* como ele, reencarnação de um grande lama: alterar a vontade da natureza. Em momentos de verdadeira necessidade, alguns *tulkus* podiam deter o vento, desviar tormentas, evitar inundações em tempos de chuva e impedir nevascas, mas Tensing nunca tivera necessidade de pôr em ação tal poder. Não era algo que se pudesse praticar, como as viagens astrais. Nesse momento era tarde para alterar a direção da avalanche e salvar o garoto norte-americano. Tensing usou, então, todos os seus poderes mentais a fim de passar para Alex toda a grande força de seu próprio corpo.

Alex ouviu o rugido da avalanche e se viu envolvido pela nuvem de neve que se ergueu e, por um momento, o cegou. Teve consciência de que ia morrer, mas a descarga de adrenalina que a seguir recebeu foi como um tremendo choque elétrico, que varreu todos os pensamentos de sua mente, deixando-o na dependência exclusiva do instinto.

Uma energia sobrenatural o paralisou e, em uma fração de segundo, seu corpo se transformou no jaguar negro da Amazônia. Com um rugido terrível e um salto formidável, alcançou o outro lado do precipício, aterrissando com suas quatro patas de felino, enquanto atrás dele pedras caíam estrepitosamente.

257

Seus amigos não souberam de imediato que ele milagrosamente se salvara, porque a neve e a terra arrastada pelas pedras os impediam de ver o que ocorria na ponte. Nádia foi a exceção: ela viu o garoto antes que a avalanche terminasse. No exato momento em que ele devia morrer, quando parecia que Alex estava perdido, teve a mesma reação, a mesma descarga de poderosa energia, a mesma fantástica transformação. Borobá foi atirado ao chão, enquanto ela se elevava, transformada em uma águia branca. E lá das alturas, em seu voo elegante, ela pôde ver o jaguar negro aferrado com suas garras ao terreno firme.

Assim que passou o perigo iminente, Alexander voltou à sua aparência habitual. A única marca deixada por sua mágica experiência foram os dedos ensanguentados e a expressão de seu rosto: os lábios afastados, os dentes expostos em uma careta feroz. Também sentia o cheiro forte do jaguar grudado em sua pele, o cheiro de fera carnívora.

O desmoronamento fechou um trecho do estreito caminho e destruiu a maior parte das madeiras da ponte, mas tanto as cordas antigas quanto as de Alexander permaneceram intactas. O rapaz as fixou o mais firmemente possível de um lado, enquanto Tensing fazia o mesmo do outro, e assim puderam atravessar.

Os *yetis* tinham agilidade de macaco e estavam habituados a enfrentar aquele tipo de terreno, e assim não lhes foi difícil passar pendurando-se em uma corda. Dil Bahadur pensou: se tantas vezes ultrapassara abismos saltando de uma vara, agora poderia repetir a proeza valendo-se de uma corda, como seu mestre acabara de fazer, com a máxima elegância.

Tensing não teve necessidade de transportar Nádia, mas somente Borobá, pois a águia continuava a voar sobre suas cabeças. Alexander perguntou por que Nádia não pudera se transformar em seu animal totêmico quando deslocara o ombro e tivera de enviar uma projeção mental para pedir socorro. O lama explicou-lhe que a dor e o esgotamento haviam aprisionado a menina em sua forma física.

Foi a grande ave branca quem advertiu aos de baixo que, algumas dezenas de metros adiante, depois de uma curva brusca do caminho, erguia-se Chenthan Dzong.

Os cavalos atados do lado de fora indicavam a presença dos foragidos, mas ninguém os vigiava, sinal de que não estavam à espera de visitas.

Tensing recebeu a mensagem telepática da águia e reuniu os seus para decidir qual a melhor maneira de agir. Os *yetis* nada entendiam de estratégia, sua maneira de lutar consistia apenas em lançar-se de frente, brandindo os porretes e gritando como demônios, o que podia dar bom resultado, caso não fossem recebidos com uma saraivada de balas.

Primeiro tinham de averiguar quantos homens havia no mosteiro e como estavam distribuídos, quais eram suas armas e onde estavam o rei e o Dragão de Ouro.

De repente, Nádia apareceu entre eles, com absoluta naturalidade, como se jamais houvesse voado em forma de ave. Ninguém fez comentários.

— Se meu honorável mestre permite, tomarei a dianteira — pediu Bahadur.

— Talvez essa não seja a melhor ideia. Você é o futuro rei. Se algo acontecer a seu pai, a nação só poderá contar com você — replicou o lama.

— Se o honorável mestre permite, eu irei — ofereceu-se Alexander.

— Se o honorável mestre permite, creio que o melhor é que eu vá, pois tenho o dom da invisibilidade — interrompeu Nádia.

— De maneira nenhuma! — exclamou Alex.

— Por quê? Não confia em mim, Jaguar?

— É muito perigoso.

— É tão perigoso para mim quanto para você. Não faz diferença.

— Talvez a menina-águia tenha razão. Cada um oferece o que tem. No nosso caso, ser invisível é muito conveniente. Você, Alexander, coração de gato negro, deverá lutar ao lado de Dil Bahadur. Os *yetis* irão comigo. Temo que eu seja o único em condições de me comunicar com eles e mantê-los sob controle. Quando perceberem que estão perto dos inimigos, enlouquecerão.

— Neste momento necessitaríamos muito de tecnologia moderna. Um *walkie-talkie* viria a calhar. Como a Águia nos dirá que podemos avançar? — perguntou Alex.

— Possivelmente da mesma maneira como agora nos comunicamos... — disse Tensing.

Alex pôs-se a rir, pois acabava de se dar conta de que estavam, havia um bom tempo, trocando ideias sem trocar palavras.

— Faça o possível para não se assustar, Nádia, pois isso confunde as ideias. Não duvide do método, pois isso também dificulta a recepção das mensagens. Concentre-se em uma só imagem de cada vez — aconselhou o príncipe.

— Não se preocupe, telepatia é como falar com o coração — ela o tranquilizou.

— Talvez nossa única vantagem seja a surpresa — advertiu o lama.

— Se o honorável mestre me permite uma sugestão, creio que seria mais conveniente falar de modo direto quando se dirigir aos *yetis* — disse ironicamente Alexander, imitando a forma educada de se falar no Reino Proibido.

— Talvez o jovem estrangeiro devesse ter um pouco mais de confiança em meu mestre — interrompeu Dil Bahadur, enquanto verificava a tensão do arco e contava as flechas na aljava.

— Boa sorte — despediu-se Nádia, dando um beijo rápido no rosto de Alexander.

Ela desprendeu-se de Borobá, que correu para a nuca de Alexander, agarrando-se às orelhas do garoto, como costumava fazer na ausência de sua dona.

Naquele momento, um ruído semelhante ao do desmoronamento anterior paralisou o macaquinho. Os *yetis* compreenderam, de imediato, que se tratava de algo diferente, algo aterrador, que nunca tinham ouvido antes. Atiraram-se ao chão, escondendo a cabeça entre os braços, tremendo, os porretes esquecidos, toda a sua força substituída por ganidos de cãezinhos assustados.

— Parece que é um helicóptero — disse Alexander, fazendo sinal para que se ocultassem nas brechas e sombras da montanha, de modo a não serem vistos do alto.

— O que é aquilo? — perguntou o príncipe.

— Algo parecido com um avião. E um avião é algo como uma pipa com motor — o norte-americano respondeu, sem poder acreditar que em pleno século XXI houvesse gente vivendo como na Idade Média.

— Sei o que é um avião, vejo-os toda semana quando passam em direção a Tunkhala — disse o príncipe, sem se ofender com o tom de voz de seu novo amigo.

Do outro lado do edifício surgia no céu um aparelho metálico. Tensing procurou tranquilizar os *yetis*, mas nos cérebros daquelas criaturas não cabia a ideia de uma máquina voadora.

— É uma ave que obedece a ordens. Não devemos temê-la, nós somos mais ferozes — informou-lhes o lama, calculando que essas palavras eles poderiam compreender.

— Isso significa que há um local onde o aparelho pode aterrissar. Agora começo a compreender por que se deram ao trabalho de chegar até aqui e como pretendem fugir do país com a estátua — disse Alexander.

— Se lhe parece correto, meu honorável mestre, ataquemos antes que fujam — propôs o príncipe.

Tensing fez um sinal para que esperassem. Passou quase uma hora antes que o aparelho aterrissasse. Não podiam ver a manobra de onde se encontravam, mas imaginaram que devia ser muito complicada: haviam tentado várias vezes; desciam, voltavam a subir, davam voltas e voltas. Mas, finalmente, o motor deixou de fazer ruído.

No profundo silêncio daquelas alturas, ouviram vozes humanas vindas de pequena distância e imaginaram que deviam ser dos bandidos. Quando as vozes se calaram, Tensing decidiu que havia chegado o momento de se aproximarem.

Nádia se concentrou, a fim de se tornar transparente como o ar, e tomou o caminho do mosteiro. Alexander temia por ela; o tambor de seu coração batia com toda força e ele receava que a trezentos metros de distância os inimigos pudessem ouvi-lo.

A BATALHA

No mosteiro de Chenthan Dzong estava em execução a última parte do plano do Especialista. Quando o helicóptero pousou na pequena superfície plana coberta de neve, formada em outros tempos por uma avalanche, foi recebido com entusiasmo, pois aquela descida era uma verdadeira proeza. Seguindo as ordens do chefe, Tex Tatu havia marcado o local exato do pouso com uma cruz vermelha, formada por alguns quilos de morango em pó usado para produzir refresco, exatamente como o chefe havia indicado.

Do ar, a cruz era vista como se fosse uma pequena moeda, mas de perto a sinalização era perfeitamente clara. Porém, para o piloto, o problema não estava somente no reduzido tamanho do local de pouso, o que exigia a máxima destreza na manobra para não chocar as pás do aparelho contra a montanha; tinha, ainda, de manter a estabilidade do helicóptero em meio a correntes cruzadas de ar. As encostas dos montes formavam uma espécie de funil, no qual o vento circulava como um redemoinho.

O piloto era um herói da Força Aérea do Nepal, um homem de valor e integridade já provados, a quem haviam oferecido uma pequena fortuna para recolher "um pacote" e duas pessoas naquele lugar. Ele não sabia em que a carga consistia e não se sentia curioso a esse respeito; bastava-lhe ter certeza de que não se tratava de drogas nem de armas.

O agente que o contatara havia se apresentado como membro de uma equipe internacional de cientistas que estudavam amostras de rochas da região. O "pacote" e as duas pessoas deviam ser levadas de Chenthan Dzong para um destino desconhecido, no norte da Índia, onde o piloto receberia a segunda metade de seu pagamento.

O piloto não gostara do aspecto dos homens que o ajudaram a descer do helicóptero. Não eram os cientistas estrangeiros que esperava, mas uns nômades de pele azulada e expressão repugnante, com meia dúzia de punhais de diferentes formatos e tamanhos na cintura. Depois deles viera um norte-americano de olhos azuis, frios como uma geleira, que lhe deu as boas-vindas e o convidou a tomar uma xícara de café no mosteiro enquanto os outros levavam o "pacote" para o helicóptero.

Era um pacote pesado, cujo conteúdo estava envolto em lona e firmemente amarrado com cordas. Foram necessários vários homens para levantá-lo. O piloto supôs que se tratasse das amostras de rochas.

O norte-americano guiou o piloto através de várias salas completamente arruinadas. Os tetos mal se sustinham, a maior parte das paredes havia ruído, o piso estava levantado por efeito do terremoto e da força de raízes surgidas em anos e anos de abandono. Um capim seco e duro surgia nos espaços entre as pedras. Por toda parte havia excrementos de animais, cabritos-monteses e talvez tigres. O norte-americano explicou ao piloto que, na pressa de escaparem do desastre, os monges guerreiros que habitavam o mosteiro haviam deixado as armas, utensílios e alguns objetos de arte. O vento e outros tremores de terra tinham derrubado as estátuas religiosas, que se espalhavam em pedaços pelo chão. Era difícil avançar por entre os escombros, e, quando o piloto tentou se desviar de um destroço, o americano segurou-o com um braço e, amável porém firme, o levou em seguida até uma cozinha improvisada, onde lhe serviu café solúvel, leite condensado e biscoitos.

O piloto nepalês viu mais alguns homens de pele preto-azulada, mas não viu uma menina magra, cor de mel, que passou bem pertinho dele, deslizando como um espírito entre as ruínas do antigo mosteiro. Perguntou a si mesmo quem seriam aqueles tipos de aspecto ameaçador, com turbantes e túnicas, e que relação poderiam ter com os supostos cientistas que o haviam contratado. Não gostava do rumo que sua missão estava tomando; começava a suspeitar que a natureza daquele trabalho não fosse tão legal nem tão limpa quanto inicialmente parecera.

— Temos de partir logo — disse o piloto — porque depois das quatro da tarde o vento costuma soprar mais forte.

— Não demoraremos muito. Por favor, não saia deste lugar. O edifício está prestes a cair, seria muito perigoso se afastar — disse Tex Tatu, deixando-o com uma xícara na mão, vigiado de perto pelos homens dos punhais.

No outro extremo do mosteiro, passando por inúmeras salas repletas de escombros, estavam o rei e Judit Kinski, sem carcereiros à vista, sem ataduras nem mordaças, pois, como dissera Tex Tatu, era impossível escapar: o isolamento do mosteiro e a vigilância dos guerreiros azuis não possibilitavam uma fuga.

Nádia contava os bandidos à medida que avançava. Viu que os muros externos, de pedra, estavam em tão mau estado quanto as paredes internas. A neve acumulava-se e havia rastros recentes dos animais selvagens que iam se abrigar ali e certamente haviam fugido diante da presença daqueles humanos. "Falando com o coração", ela descreveu a Tensing o que acabava de ver. Quando chegou ao lugar onde se achavam o rei e Judit Kinski, avisou ao lama que estavam vivos. Tensing concluiu que chegara o momento de agir.

Tex Tatu dera ao rei outra droga destinada a baixar suas defesas e anular sua vontade, mas, graças ao controle sobre o corpo e a mente, o monarca fora capaz de se manter em teimoso silêncio durante o interrogatório. Tex estava furioso. Não podia dar por terminada sua tarefa antes de descobrir o código do Dragão de Ouro. Esse era o acordo que fizeram com seu cliente. Sabia que a estátua "cantava", mas de nada serviria ao Colecionador ouvir os sons do "canto" sem conhecer a fórmula para interpretá-los. Diante dos escassos resultados obtidos com a droga, as ameaças e a violência física, o norte-americano informou ao prisioneiro que Judit Kinski seria torturada até ele revelar o segredo. Se necessário, mataria a mulher, e sua morte passaria a pesar na consciência e no carma do rei. Mas, quando se preparava para cumprir a ameaça, o helicóptero chegara.

— Lamento profundamente, Judit, que você esteja nesta situação por minha culpa — murmurou o rei, debilitado pelas drogas.

— Não é culpa sua — ela o tranquilizou, mas aos olhos do rei a mulher parecia realmente assustada.

— Não posso permitir que lhe façam mal, mas também não confio nesses desalmados. Mesmo que eu lhes entregue o código, eles nos matarão.

— Não tenho medo da morte, Majestade. Mas tenho medo da tortura.

— Meu nome é Dorji. Há muitos anos ninguém me chama assim, pelo menos desde que minha esposa morreu — sussurrou ele.

— Dorji... o que esse nome quer dizer?

— Significa raio ou luz verdadeira. O raio simboliza a mente iluminada, mas estou muito longe de ter alcançado esse ponto.

— Pois eu acho que você merece esse nome, Dorji. Não conheci ninguém igual a você. Não tem nenhuma vaidade, embora seja o homem mais poderoso deste país.

— Talvez esta seja a minha única oportunidade de dizer a você, Judit, que, antes desses infelizes acontecimentos, eu considerava a possibilidade de você me acompanhar na missão de cuidar do meu povo...

— O que significa isso exatamente?

— Pensava em lhe pedir que fosse a rainha deste modesto país.

— Em outras palavras, que me casasse com você.

— Compreendo que parece absurdo falar disso agora, quando estamos diante da morte, mas essa era a minha intenção. Refleti muito sobre isso. Sinto que você e eu estamos destinados a fazer algo juntos. Não sei o quê, mas sinto que esse é o nosso carma. Não poderemos fazê-lo nesta vida, mas talvez o façamos em outra encarnação — disse o rei, sem se atrever a tocá-la.

— Outra vida? Quando?

— Cem anos, mil anos, não importa. Seja como for, a vida do espírito é uma só. Já a vida do corpo transcorre como um sonho efêmero, é pura ilusão.

Judit deu-lhe as costas e fixou os olhos na parede, de modo que o rei não pudesse ver seu rosto. O monarca supôs que, como ele, a estrangeira estivesse perturbada.

— Você não me conhece, não sabe como eu sou — murmurou ela após um silêncio.

— Não posso ler sua aura, nem sua mente, como gostaria, Judit. Mas posso apreciar sua clara inteligência, sua grande cultura, seu respeito pela natureza

— Mas não pode ver dentro de mim!

— Dentro de você só pode haver beleza e lealdade — replicou o soberano.

— A inscrição na medalha que você leva no peito sugere a possibilidade da mudança. Acredita realmente nisso, Dorji? Podemos nos transformar por completo? — perguntou, voltando-se a fim de olhá-lo nos olhos.

— Nossa única certeza neste mundo, Judit, é a de que tudo muda constantemente. A mudança é inevitável, já que tudo é temporal. Mas, apesar disso, nós, seres humanos, custamos muito a modificar nossa essência e evoluir para um estado de consciência superior. Nós, os budistas, acreditamos que podemos nos modificar por vontade própria, desde que estejamos convencidos de uma verdade. Mas ninguém pode nos obrigar a fazer qualquer mudança. Foi isso — concluiu o rei — que ocorreu com Sidarta Gautama: era um príncipe mimado, mas ao ver a miséria do mundo se transformou em Buda.

— Pois eu penso que mudar é muito difícil. Por que confia em mim?

— Tanto confio em você, Judit, que estou disposto a lhe dizer qual é o código do Dragão de Ouro. Não posso suportar a ideia de que sofra, e muito menos por minha culpa. Não devo ser eu quem decidirá quanto sofrimento você pode suportar, essa decisão será sua. Por isso, o segredo dos reis do meu país deve estar em suas mãos. Entregue-o a esses malfeitores em troca de sua vida, mas, por favor, deixe para fazer isso depois da minha morte.

— Não se atreverão a matá-lo! — exclamou ela.

— Isso não acontecerá, Judit. Eu mesmo porei fim à minha vida, pois não desejo que minha morte pese sobre a consciência dos outros. Meu tempo na Terra está terminado. Não se preocupe, será sem violência. Apenas deixarei de respirar — explicou o rei.

— Escute atentamente, Judit. Vou lhe dar o código, você deve memorizá-lo — disse o rei. — Quando a interrogarem, diga--lhes que o Dragão de Ouro emite sete sons. Cada combinação de quatro sons representa um dos oitocentos e quarenta ideogramas de uma linguagem perdida, a linguagem dos *yetis*.

— Refere-se aos abomináveis homens das neves? Essas criaturas existem mesmo? — perguntou ela, incrédula.

— Restam pouquíssimos e entraram em degeneração. Agora são como animais e se comunicam com um número pequeno de palavras. Mas, três mil anos atrás, tinham uma linguagem e certa forma de civilização.

— Essa linguagem está escrita em algum lugar?

— Está guardada na memória de quatro lamas, em quatro mosteiros diferentes. Ninguém, salvo eu e meu filho Dil Bahadur, conhece o código completo. Estava escrito em um pergaminho que os chineses roubaram quando invadiram o Tibete.

— Quer dizer, a pessoa que tiver o pergaminho poderá decifrar as profecias — disse ela.

— O texto do pergaminho está escrito em sânscrito. No entanto, se for molhado com leite de iaque, aparecerá nele, em outra cor, um dicionário, no qual cada ideograma está traduzido conforme a combinação dos quatro sons que o representam. Compreende, Judit?

— Perfeitamente! — exclamou Tex Tatu, que irrompeu na sala onde estavam com expressão de triunfo e uma pistola na mão. — Todo mundo tem seu calcanhar de aquiles, Majestade. Por isso acabamos de obter o código. Admito que estava um pouco preocupado. Pensei que Vossa Alteza levaria o segredo para a tumba, mas minha chefe se mostrou muito mais astuta do que o rei.

— O que você quer dizer? — perguntou o rei, confuso.

— Por Deus, homem! Nunca suspeitou dela? Nunca se perguntou como e por que Judit Kinski entrou em sua vida justamente agora? Não consigo entender por que não averiguou o passado da paisagista, especializada em tulipas, antes de levá-la para o seu palácio. Quanta ingenuidade! Olhe para ela. A mulher pela qual se dispunha a morrer é a minha chefe, a Especialista. Ela é o cérebro por trás desta operação — revelou o norte-americano.

— É verdade o que esse homem acaba de dizer, Judit? — perguntou o rei, incrédulo.

— Como acha que roubamos seu Dragão de Ouro? Ela descobriu o modo de entrar no Recinto Sagrado: pôs uma pequenina câmara em seu medalhão. E para fazer isso teve de ganhar sua confiança — explicou Tex Tatu.

— Você se aproveitou dos meus sentimentos — murmurou o rei, pálido como cinzas, olhos fixos em Judit Kinski, que não foi capaz de sustentar seu olhar.

— Não me diga que se apaixonou por ela! Que coisa mais ridícula! — exclamou o norte-americano, soltando uma risada seca.

— Basta, Tex! — ordenou Judit.

— Ela estava certa de que não poderíamos arrancar o segredo pela força. Por isso lhe ocorreu a ameaçarmos de tortura. E ela é tão profissional que chegou a pensar em cumprirmos a ameaça só para assustá-lo e obrigá-lo a confessar — explicou Tex Tatu.

— Está bem, Tex, o trabalho está concluído. Não é necessário fazer mal ao rei, já podemos partir — ordenou Judit Kinski.

— Não com tanta pressa, chefe. Agora é a minha vez. Não acha que vou lhe entregar a estátua, não é? Por que eu faria isso? Ela vale muito mais do que seu peso em ouro, e estou pensando em negociá-la diretamente com o cliente que encomendou esta operação.

— Enlouqueceu, Tex? — gritou a mulher, mas não pôde ir em frente, pois o bandido a interrompeu, apontando a pistola para seu rosto.

— Me dê o gravador, senhora. Ou estouro seus miolos — ameaçou Tex.

Por um instante, as pupilas sempre alertas de Judit Kinski se voltaram para sua bolsa, que estava no chão. Foi apenas um piscar de olhos, mas ela deu a pista ao americano. Ele inclinou-se para recolher a bolsa e esvaziá-la no chão, sem deixar de ameaçar Judit com a arma.

Em meio a vários objetos e artigos femininos apareceram uma pistola, fotografias e alguns aparelhos eletrônicos nunca vistos pelo rei. Também caíram várias fitas de um minúsculo gravador. O americano as chutou para longe, pois não era as que ele buscava. Interessava-lhe somente a que estava no aparelho.

— Onde está o gravador? — gritou, furioso.

Enquanto com uma das mãos ele apertava a pistola contra o peito de Judit Kinski, com a outra a revistava de alto a baixo. Por fim, ordenou-lhe que soltasse o cinto e descalçasse as botas, mas ainda assim nada foi encontrado. De repente, o norte-americano fixou o olhar na larga pulseira de osso talhado que enfeitava o braço de Judit.

— Tire! — ordenou em um tom que não admitia demora.

Relutante, ela entregou a pulseira a ele. O norte-americano recuou alguns passos a fim de examiná-la contra a luz e em seguida soltou um grito de triunfo: ali se ocultava um minúsculo gravador, que teria feito a festa do mais sofisticado espião. Em matéria de tecnologia, a Especialista estava na vanguarda.

— Você vai se arrepender, Tex Tatu, eu juro. Ninguém brinca comigo! — murmurou Judit, o rosto desfigurado pela raiva.

— Nem você nem esse velho patético viverão para se vingar! Eu cansei de obedecer às suas ordens. Você já entrou para a história, chefe. Tenho a estátua, o código e o helicóptero, não necessito de mais nada. O Colecionador ficará muito satisfeito — replicou ele.

Um segundo antes que Tex apertasse o gatilho, o rei afastou Judit com um vigoroso empurrão e a protegeu com seu próprio corpo. A bala destinada a ela penetrou no peito do rei. A segunda bala tirou fagulhas da parede de pedra, pois Nádia Santos, depois de correr rápida como um meteoro, lançou-se com todas as forças contra o norte-americano e o derrubou.

Tex pôs-se novamente de pé, saltando com a agilidade que alcançara após anos de treino em artes marciais. Afastou Nádia com um soco e, dando um novo salto, rápido como o de um felino, caiu junto à pistola que fora parar a certa distância. Judit Kinski também corria até ela, mas Tex foi mais rápido e chegou primeiro.

Tensing irrompeu com os *yetis* no outro extremo do mosteiro, onde a maioria dos homens azuis estava a postos. Enquanto isso, Alexander seguia Dil Bahadur em busca do rei, orientando-se pelas imagens que Nádia enviara mentalmente. Embora já houvesse passado pelo mosteiro, Dil Bahadur não se lembrava bem de como era dividido o espaço do edifício; além disso, não era fácil orientar-se entre os montes de escombros e outros obstáculos espalhados por toda parte. Ele ia na frente, com seu arco, enquanto Alex o seguia, precariamente armado com o bastão de madeira que o príncipe lhe havia emprestado.

Os jovens trataram de evitar os bandidos, mas de repente depararam com dois deles, que, ao vê-los, ficaram por um instante paralisados de surpresa. Essa vacilação bastou para que o príncipe tivesse tempo de lançar uma flecha dirigida à perna de um dos adversários. O homem caiu com um grito visceral, mas o outro já tinha nas mãos duas facas, que saíram voando contra Dil Bahadur.

Foi tão rápida a ação que Alexander não percebeu como as coisas haviam acontecido. Ele jamais poderia ter se esquivado daquelas lâminas voadoras, mas o príncipe fez apenas alguns pequenos movimentos, como se executasse um discreto passo de dança, de modo que os afiados punhais passaram roçando seu corpo, sem contudo o ferir. Seu inimigo não conseguiu atirar outra faca, pois, com precisão notável, uma flecha cravou-se em seu peito, abaixo da clavícula, bem perto do coração, deixando de tocar em qualquer órgão vital.

Alexander aproveitou a oportunidade para dar uma paulada na cabeça do primeiro bandido, que, embora caído e sangrando, já se preparava para atirar seus outros vários punhais. O garoto agiu sem pensar, movido pelo desespero e a urgência, mas, no instante em que o grosso porrete tocou o crânio do outro, Alex ouviu um som semelhante ao de uma noz que é partida. Com isso recuperou a razão e tomou consciência da brutalidade de seu ato. Sentiu-se invadido pela náusea. Seu corpo cobriu-se de um suor frio, a boca encheu-se de saliva e ele achou que ia vomitar. Mas Dil Bahadur já avançava, correndo e distanciando-se, e Alex teve de vencer a própria fraqueza e segui-lo.

O príncipe não temia as armas dos bandidos, porque se sentia protegido pelo mágico amuleto que Tensing lhe dera e que ele levava pendurado no pescoço: o pedacinho de excremento petrificado de dragão. Bem mais tarde, quando Alex falou dessa particularidade à avó, Kate disse que a salvação de Dil Bahadur não se devia ao amuleto, mas ao seu treinamento em *tao chu*, que lhe permitiu se esquivar dos punhais.

— Não importa — replicou o neto. — Tenha sido isto ou aquilo, funcionou.

Dil Bahadur e Alexander irromperam na sala onde estava o rei no instante mesmo em que a mão de Tex Tatu se fechava sobre a pistola, ganhando-a de Judit Kinski por um centésimo de segundo. Mas, no curtíssimo tempo que o norte-americano gastou para levar o dedo ao gatilho, o príncipe lançou uma terceira flecha, que lhe atravessou o antebraço. Um terrível grito escapou do peito de Tex, mas a arma continuou em sua mão. Era de imaginar, no entanto, que seus dedos não teriam forças para apontar e disparar.

— Não se mova! — gritou Alexander, quase histérico, sem descobrir como evitar que o outro se movesse, pois o porrete que levava nada podia contra as balas do norte-americano.

Em vez de obedecer, Tex Tatu agarrou Nádia com seu braço são e a levantou, como se fosse uma boneca, a fim de usá-la como escudo. Borobá, que seguira Bahadur e Alexander, pendurou-se na perna de sua ama, guinchando com desespero; porém, com um chute, Tex o atirou longe. Embora ainda estivesse meio aturdida, a menina tentou debilmente se defender, mas o braço de ferro do norte-americano não lhe permitia fazer o menor movimento.

O príncipe calculou suas possibilidades. Confiava na própria pontaria, mas era muito alto o risco de que o homem atirasse em Nádia. Impotente, viu Tex Tatu retroceder para a saída, arrastando a menina inerte em direção à pequena plataforma onde o helicóptero o aguardava, pousado sobre uma fina camada de neve.

Judit Kinski aproveitou a confusão para fugir, correndo na direção contrária e se perdendo nos labirintos do mosteiro.

Enquanto isso acontecia em uma extremidade do edifício, na outra também se desenrolava uma cena violenta. A maioria dos homens azuis concentrara-se nos arredores da cozinha improvisada; bebiam a aguardente que levavam em seus cantis, mastigavam *noz-de-areca* e discutiam, em voz baixa, a possibilidade de atraiçoar o americano.

Ignoravam, era claro, que as ordens partissem realmente de Judit Kinski, pensavam que, como o rei, ela não passasse de uma refém. Tex Tatu lhes pagara em dinheiro vivo; e na Índia, como complemento do contrato, armas e cavalos estariam à sua espera. Mas, depois de terem visto a estátua de ouro coberta de pedras preciosas, passaram a pensar que o norte-americano lhes devia muito mais. Não gostavam da ideia de ter o tesouro fora de seu alcance, instalado no helicóptero, embora soubessem que aquela era a única maneira de levá-lo do país.

— O melhor é sequestrarmos o piloto — propôs o chefe, falando entre dentes e olhando de esguelha para o nepalês, que, um pouco afastado, bebia sua xícara de café com leite condensado.

— Quem irá com ele? — perguntou um dos bandidos.

— Eu — decidiu o chefe.

— E quem nos garante que não vai ficar com o butim apenas para você? — indagou outro de seus homens.

Indignado, o chefe levou a mão a um dos punhais, mas não pôde completar seu gesto, pois Tensing, à frente dos *yetis*, entrou como uma tempestade na ala sul de Chentham Dzong.

O pequeno destacamento era verdadeiramente aterrador. Na frente ia o monge, armado com dois pedaços de madeira unidos por uma corrente, que encontrou entre as ruínas daquilo que antigamente fora a sala de armas dos célebres monges guerreiros que habitavam o mosteiro fortificado. Pelo modo como movia o corpo e agitava no ar a corrente com porretes, qualquer um podia adivinhar que Tensing era um profundo conhecedor de artes marciais.

Seguia o lama uma dezena de *yetis*, que normalmente já eram de aspecto aterrorizante, e naquelas circunstâncias pareciam monstros saídos de um pesadelo. Pelo alvoroço que faziam, davam a impressão de ter dobrado de número. Com suas lanças e porretes, suas armaduras de couro e seus horrendos capacetes com chifres ensanguentados, nada tinham de humanos. Gritavam e saltavam como orangotangos enlouquecidos, felizes pela oportunidade de distribuir pancadas e, claro, de também recebê-las, pois isso fazia parte do divertimento.

Tensing ordenou o ataque, resignado ao fato de que não podia mais controlá-los. Antes de irromper no mosteiro fez uma breve oração, pedindo ao céu que não houvesse mortos no confronto, pois todos cairiam sobre a sua consciência. Os *yetis* não eram responsáveis por seus atos; e, uma vez despertada sua agressividade, perdiam o pouco de razão que tinham.

Os supersticiosos homens azuis acreditaram que eram vítimas da maldição do Dragão de Ouro e que um exército de demônios viera ao mosteiro para se vingar do sacrilégio por eles cometidos. Podiam enfrentar os piores inimigos, mas os aterrorizava a ideia de terem diante deles as próprias forças do inferno.

Puseram-se a correr como cervos, seguidos de perto pelos *yetis*, para espanto do piloto, que, ainda com a xícara na mão e sem saber o que estava acontecendo, encolhia-se contra a parede a fim de deixá-los passar. Fora contratado para apanhar alguns cientistas, mas de repente se via no meio de uma tremenda confusão promovida por bárbaros pintados de azul, símios extraterrestres e um monge de grande estatura, armado como nos filmes chineses de *kung fu*.

Após a debandada de bandidos e *yetis*, o lama e o piloto viram-se repentinamente sós.

— Namastê — saldou o piloto quando recuperou a voz, pois isso foi tudo que lhe veio à mente.

— *Tachu kachi* — saudou-o Tensing em sua língua, inclinando-se brevemente, como se estivesse em uma reunião social.

— Que diabo se passa aqui? — perguntou o nepalês.

— Talvez seja um pouco difícil de explicar. Os que usam capacetes com chifres são os meus amigos *yetis*. Os outros roubaram o Dragão de Ouro e sequestraram o rei — informou o lama.

— Refere-se ao lendário Dragão de Ouro? Então foi isso que puseram no meu helicóptero! — gritou o herói nepalês, e correu em direção ao local onde havia aterrissado.

Tensing o seguiu. A situação parecia-lhe levemente cômica, pois ainda não sabia que o rei estava ferido. Por um buraco na parede viu os aterrorizados membros da Seita do Escorpião correndo montanha abaixo, perseguidos pelos *yetis*. Tentou em vão chamar os *yetis* com a força de sua mente. Entregues ao divertimento, os guerreiros de Grr-ympr não lhe deram a menor atenção. Seus aterrorizantes gritos de combate haviam se transformado em grunhidos de antecipado prazer, como se fossem meninos brincando.

Tensing orou mais uma vez para que não conseguissem alcançar nenhum dos bandidos: não desejava, com mais atos de violência, acrescentar manchas indeléveis a seu próprio carma.

O bom humor de Tensing mudou assim que ele saiu do mosteiro e viu a cena que se desenrolava lá fora. Um estrangeiro, a quem identificou como o americano no comando dos homens azuis, de acordo com o que lhe havia dito Nádia, estava junto do helicóptero. Tinha um braço atravessado por uma flecha, mas isso não o impedia de brandir uma pistola. Com o outro braço mantinha Nádia praticamente no ar, apertada contra o seu corpo, de modo que a garota lhe servia como escudo.

A uns trinta metros estava Dil Bahadur, com o arco tenso e a flecha pronta para ser lançada, acompanhado por Alexander, paralisado, sem saber o que fazer.

— Solte o arco! Recuem ou eu mato a garota! — ameaçou Tex, e ninguém duvidou de que ele seria capaz disso.

O príncipe largou sua arma e os dois jovens recuaram para as ruínas do mosteiro, enquanto o norte-americano se preparava para subir ao helicóptero arrastando Nádia, que lançou dentro do aparelho com sua força brutal.

— Espere! Não poderá sair daqui sem mim! — gritou o piloto, avançando, mas o outro já dera partida ao motor e a hélice começava a girar.

Para Tensing, era a oportunidade de exercitar seus poderes psíquicos sobrenaturais. A prova máxima, para um *tulku*, consistia em alterar a conduta da natureza. O lama devia concentrar-se e invocar o vento, para impedir que o norte-americano fugisse com o tesouro sagrado de sua nação. Isso significava, no entanto, que o helicóptero seria colhido por um redemoinho em pleno voo e Nádia também morreria. A mente do lama calculou rapidamente suas possibilidades e decidiu que não podia arriscar: uma vida humana era mais importante que todo o ouro do mundo.

Dil Bahadur tornou a pegar seu arco, mas era inútil lançar flechas contra aquela máquina de metal. Alexander compreendeu que o desalmado Tex levaria Nádia e começou a gritar o nome da garota. Ela não podia ouvi-lo, mas o rugido do motor e o vento produzido pela hélice conseguiram tirá-la de seu aturdimento. Lançada por seu captor, havia caído como um saco de arroz sobre um dos assentos do helicóptero. No momento em que o aparelho começava a elevar-se, Nádia aproveitou o fato de Tex estar ocupado com os controles — que devia manejar somente com uma das mãos, enquanto o braço ferido pendia inerte —, deslizou para a porta, a abriu e, sem olhar para baixo e sem pensar duas vezes, saltou no vazio.

Alexander correu para ela, ignorando o helicóptero que balançava sobre sua cabeça. Nádia caíra de mais de dois metros de altura, mas a neve amortecera a queda, que de outro modo poderia tê-la machucado.

— Águia! Você está bem? — gritou Alex, aterrorizado.

Ela viu o amigo se aproximar e respondeu com um gesto, mais surpresa que assustada com a própria proeza. O rugido do helicóptero no ar abafava suas vozes.

Tensing também se aproximou, mas para Dil Bahadur bastou saber que ela estava viva para então voltar correndo para a sala na qual havia deixado seu pai ferido pela bala de Tex Tatu. Quando Tensing se inclinou sobre Nádia, ela gritou que o rei estava gravemente ferido e por meio de sinais indicou onde ele se encontrava.

O monge correu para o mosteiro, seguindo os passos do príncipe, enquanto Alexander procurava ajudar a amiga; pôs seu casaco sob a cabeça dela, em meio à ventania e à poeira de neve levantada pelo helicóptero. A queda havia deixado Nádia dolorida, mas o ombro antes deslocado continuava no lugar.

— Parece que não vou morrer tão cedo — disse Nádia, reunindo coragem para se levantar. Sua boca e seu nariz estavam cheios de sangue, em consequência do soco dado por Tex.

— Não se mexa até que Tensing volte — ordenou Alexander, com voz de quem não estava para brincadeira.

De onde se encontrava, deitada de costas, Nádia viu o helicóptero subir como um grande inseto de prata em contraste com o azul profundo do céu.

O aparelho passou roçando no paredão da montanha e subiu oscilando no interior do funil formado pelos montes que se elevavam naquela área do Himalaia. Durante longos minutos continuou a afastar-se, tornando-se cada vez menor no céu azulado.

Nádia empurrou Alexander, que insistia em mantê-la deitada na neve, e com grande esforço se levantou. Pôs na boca um punhado de neve e em seguida o cuspiu, rosado de sangue. Seu rosto começava a inchar.

— Olhem! — gritou de repente o piloto, que não havia despregado os olhos do aparelho.

O helicóptero oscilava no ar, como se fosse um mosquito detido em pleno voo. O nepalês sabia exatamente o que estava acontecendo: um redemoinho o envolvera e as pás da hélice vibravam perigosamente. Começou a gesticular, desesperado, gritando instruções que Tex evidentemente não podia ouvir.

A única maneira possível de sair do redemoinho seria voar com ele, em espiral ascendente. Deve ser como no surfe, pensou Alexander: tinha de pegar a onda no momento exato e aproveitar seu impulso; de outro modo o mar engoliria o surfista.

Tex Tatu tinha muitas horas de voo, requisito indispensável no tipo de trabalho que realizava; havia dirigido vários tipos de aviões, grandes e pequenos, planadores, helicópteros e até um dirigível; pilotando aeronaves, a serviço do tráfico de drogas, de armas e de objetos roubados, havia cruzado fronteiras sem nunca ser apanhado. Achava que entendia tudo sobre voo, mas na verdade não se preparara para o que estava acontecendo naquele momento.

Finalmente o helicóptero saiu do funil e Tex começou a soltar gritos de vitória, como fazia quando acabava de domar um potro em sua longínqua fazenda no oeste americano. Mas instantes depois sentiu a tremenda vibração que começara a sacudir a máquina. Percebeu que não podia mais controlá-la. O helicóptero começava a dar voltas cada vez mais velozes, como se estivesse dentro de um liquidificador. Ao forte ruído do motor e da hélice veio somar-se o rugido do vento. Com a segurança que lhe davam seus nervos de aço e a experiência acumulada, procurou raciocinar, encontrar uma solução, mas nada do que tentou deu resultado.

Apanhado pelo redemoinho, o helicóptero continuou a girar, enlouquecido. De repente, um som estrepitoso e um golpe violento advertiram Tex Tatu de que a hélice havia se partido. O aparelho permaneceu mais alguns minutos no ar, sustentado pela força do vento, mas inesperadamente este mudou de rumo. Houve um instante de silêncio, durante o qual o norte-americano alimentou a fugaz esperança de que ainda voltaria a manobrar o aparelho, mas logo em seguida começou a queda vertical.

Mais tarde, Alexander perguntou a si mesmo se Tex tivera consciência do que acontecia, ou se a morte o alcançara como um raio, sem adverti-lo de sua chegada. Do local em que se encontrava, o garoto não podia ver onde o helicóptero caíra, mas, como todos, ouviu o som da violenta explosão, seguida por uma preta e espessa coluna de fumaça que logo subia para o céu.

Tensing encontrou o rei estendido no chão, paralisado, a cabeça nos joelhos de seu filho Dil Bahadur, que lhe acariciava o cabelo. O príncipe não via seu pai desde os seis anos, quando certa noite o arrancaram da cama para depositá-lo nos braços de Tensing, mas foi capaz de reconhecê-lo, pois durante todo aquele tempo havia guardado sua imagem na memória.

— Pai, pai... — murmurava, impotente, diante daquele homem que via sangrar.

— Majestade, sou eu, Tensing — disse o lama, inclinando-se também sobre o soberano.

O rei abriu os olhos velados pela agonia e viu um jovem elegante que se parecia muitíssimo com sua falecida esposa. Fez um gesto para que se aproximasse mais.

— Escute, filho, tenho algo para dizer… — murmurou.

Tensing afastou-se, para lhes dar um momento de privacidade.

— Vá imediatamente à sala do Dragão de Ouro no palácio — ordenou o rei com dificuldade.

— Pai, roubaram a estátua.

— Mas vá, não deixe de ir.

— Como irei, se não for comigo?

Desde os tempos mais recuados, era sempre o rei que acompanhava o herdeiro, quando este ia ao Recinto Sagrado, a fim de ensinar-lhe como escapar das mortais armadilhas ali existentes. Essa primeira visita do pai e do filho ao Dragão de Ouro era um rito de iniciação: também marcava o fim de um reinado e o começo de outro.

— Terá de ir sozinho — respondeu o rei, e então fechou os olhos.

Tensing aproximou-se do discípulo e pôs a mão em seu ombro.

— Talvez deva obedecer a seu pai, Dil Bahadur — sugeriu o lama.

Naquele momento entraram na sala Alexander, que amparava Nádia com um braço, pois os joelhos dela fraquejavam, e o piloto nepalês, que ainda não se refizera da perda de seu helicóptero e das muitas surpresas que já havia experimentado naquela missão. Nádia e o piloto mantiveram-se a uma prudente distância, sem se atrever a interferir no drama que se desenrolava diante de seus olhos, entre o rei e o filho, enquanto Alexander se agachava para examinar o conteúdo da bolsa de Judit Kinski, ainda largada no chão.

— Precisa ir ao Recinto do Dragão de Ouro, filho — repetiu o rei.

— Meu honorável mestre Tensing poderá ir comigo? O que até agora aprendi sobre o Recinto é apenas teórico. Não conheço o palácio nem as armadilhas. Do outro lado da Última Porta me espera a morte — alegou o príncipe.

— Minha companhia será inútil, Dil Bahadur, pois eu também não conheço o caminho. Agora meu lugar é aqui, ao lado do rei — respondeu o lama tristemente.

— Poderá salvar meu pai, honorável mestre? — suplicou Dil Bahadur.

— Farei tudo que for possível.

Alexander se aproximou do príncipe e entregou-lhe um pequeno artefato, cuja finalidade Bahadur nem podia imaginar.

— Isto pode ajudá-lo a encontrar o caminho dentro do Recinto Sagrado. É um GPS.

— Um quê? — perguntou o príncipe, desconcertado.

— Digamos que é um mapa eletrônico para se orientar dentro do palácio. Assim poderá chegar ao Dragão de Ouro, como fizeram Tex e seus homens, a fim de roubar a estátua — explicou Alexander.

— Mas como é possível? — perguntou o príncipe.

— Imagino que alguém filmou o percurso — sugeriu Alexander.

— Isso é impossível, só meu pai tem acesso àquela parte do palácio. Pessoa nenhuma, além dele, pode abrir a Última Porta nem escapar das armadilhas.

— Pois Tex conseguiu, usando este aparelho. Ele e Judit Kinski eram cúmplices. Talvez seu pai tenha mostrado a ela o caminho... — insistiu Alexander.

— O medalhão! Tex Tatu disse algo sobre uma câmera oculta no medalhão do rei! — exclamou Nádia, que havia presenciado a cena entre a Especialista e o norte-americano antes que seus amigos irrompessem na sala.

Nádia pediu desculpas pelo que ia fazer e, com todo cuidado, pôs-se a apalpar o corpo do monarca prostrado, até encontrar, embaixo do casaco, o medalhão que se soltara do pescoço real. Pediu ao príncipe que a ajudasse a retirá-lo. Ele hesitou, pois aquele gesto tinha um profundo significado: o medalhão representava o poder real, e em nenhuma circunstância ele se atreveria a tirá-lo de seu pai. Mas a urgência na voz de sua amiga Nádia o obrigou a agir.

Alexander levou a joia para a luz e a examinou brevemente. Logo descobriu a minicâmera, dissimulada entre os adornos de coral. Então ele a mostrou a Dil Bahadur e aos demais.

— Foi Judit Kinski, certamente, quem a instalou aqui. Este aparelho, do tamanho de uma ervilha, filmou a trajetória do rei dentro do Recinto Sagrado. Foi assim que Tex Tatu e os guerreiros azuis puderam segui-lo. Todos os seus passos estão gravados no GPS.

— Por que essa mulher fez isso? — perguntou o príncipe, horrorizado, pois em sua mente não cabia o conceito de traição nem o de cobiça.

— Suponho que a estátua deva ser muito valiosa — disse Alexander.

— Ouviram a explosão? — perguntou o piloto. — O helicóptero caiu e a estátua foi destruída.

— Talvez tenha sido melhor assim… — suspirou o rei, sem abrir os olhos.

— Com a maior humildade, permito-me sugerir que os dois jovens estrangeiros acompanhem o príncipe ao palácio — disse Tensing. — Alexander-Jaguar e Nádia-Águia têm corações puros, como o do príncipe Dil Bahadur, e talvez possam ajudá-lo em sua missão, Majestade. O jovem Alexander sabe usar esse aparelho moderno e a menina Nádia sabe ver e escutar com o coração.

— Só o rei e seu herdeiro podem entrar lá — murmurou o soberano.

— Com todo o respeito, Majestade, devo contradizê-lo. Talvez haja momentos em que se torne necessário romper a tradição... — insistiu o lama.

Às palavras de Tensing seguiu-se um longo silêncio. Parecia que as forças do ferido tinham chegado ao limite, mas de repente sua voz tornou a ser ouvida.

— Bem, vão os três então — aceitou, por fim, o soberano.

— Talvez não seja de todo inútil, Majestade, que eu dê uma olhada em seu ferimento — sugeriu o lama.

— Para quê, Tensing? Já temos outro rei. Meu tempo terminou.

— Possivelmente não teremos outro rei até que o príncipe prove ser capaz de assumir o trono — replicou o lama, erguendo o ferido em seus poderosos braços.

O piloto nepalês encontrou um saco de dormir, largado por Tex Tatu, e com ele improvisou um leito, no qual Tensing deitou o rei. O lama abriu o casaco ensanguentado e lavou o peito do soberano para examiná-lo. A bala o atravessara, deixando uma enorme perfuração, com saída nas costas. Pelo aspecto e localização do ferimento, bem como pela cor do sangue, Tensing compreendeu que os pulmões estavam comprometidos; não havia nada que ele pudesse fazer; toda sua capacidade de sarar e seus poderes mentais pouco serviam em um caso como aquele. O moribundo também sabia, mas necessitava de um pouco mais de tempo para tomar suas últimas decisões.

O lama interrompeu a hemorragia, atou firmemente o torso e pediu ao piloto que fervesse água na cozinha improvisada para que pudesse fazer um chá medicinal. Uma hora mais tarde, o monarca havia recuperado a consciência e a lucidez, embora ainda estivesse muito fraco.

— Filho, você deverá ser um rei melhor do que eu — disse a Dil Bahadur, indicando-lhe que pendurasse o medalhão no pescoço.

— Pai, isso é impossível.

— Escute, pois não tenho muito tempo. Eis as minhas instruções. Primeiro: case com uma jovem tão forte quanto você. Ela será a mãe do nosso povo, e você, o pai. Segundo: preserve a natureza e as tradições do nosso reino; desconfie do que vier de fora. Terceiro: não castigue Judit Kinski, a europeia. Não desejo que passe o resto da vida na prisão. Ela cometeu faltas muito graves, mas não é nosso o dever de limpar seu carma. Terá de voltar em outra reencarnação a fim de aprender o que não aprendeu nesta.

Só então se lembraram da mulher responsável pela tragédia ocorrida. Calcularam que não poderia ir muito longe, pois não conhecia a região, estava desarmada, sem provisões, sem roupa de frio e provavelmente descalça, pois o norte-americano a obrigara a tirar as botas. Mas, se fora capaz de roubar o dragão de maneira tão espetacular, também seria capaz de escapar até do inferno, pensou Alexander.

— Não me sinto preparado para governar, pai — disse o príncipe, com a cabeça baixa.

— Você não tem escolha, filho. Foi bem treinado, é valente e tem o coração puro. Peça conselho ao Dragão de Ouro.

— Mas foi destruído!

— Aproxime-se. Tenho um segredo para lhe contar.

Os outros afastaram-se vários passos, a fim de deixá-los a sós, enquanto Dil Bahadur punha o ouvido junto aos lábios do rei. O príncipe ouviu atentamente o segredo mais bem guardado do reino, o segredo que, depois de dezoito séculos, continuava a ser conhecido apenas pelos portadores da coroa.

— Talvez seja hora de você se despedir, Dil Bahadur — sugeriu Tensing.

— Posso ficar com meu pai até o final...?

— Não, filho, você deve partir agora mesmo... — murmurou o soberano.

Dil Bahadur beijou a testa do pai e se afastou. Tensing deu um forte abraço em seu discípulo. Despediam-se por um tempo que seria longo, talvez para sempre. O príncipe tinha de enfrentar as provas de sua iniciação e era possível até que delas não saísse com vida. De sua parte, o lama devia cumprir a promessa feita a Grr-ympr e partir a fim de substituí-la durante seis anos no Vale dos Yetis.

Pela primeira vez em sua vida, Tensing sentiu que a emoção o vencia: amava Dil Bahadur como a um filho, mais que a si mesmo; separar-se dele doía como uma queimadura. O lama buscou distanciar-se e acalmar o coração ansioso. Observou o processo de sua própria mente, respirou fundo, tomando nota de seus sentimentos, que naquele momento haviam perdido o freio, e do fato de que ainda lhe faltava percorrer um longo caminho para alcançar o absoluto desprendimento das coisas terrenas, inclusive os afetos.

Sabia que no plano espiritual não existe a separação. Lembrou-se de ter, ele mesmo, ensinado ao príncipe que cada ser faz parte de uma só unidade, que tudo está ligado. Dil Bahadur e ele estariam eternamente entrelaçados. Por que, então, sentia tanta angústia?

— Serei capaz de chegar até o Recinto Sagrado, honorável mestre? — perguntou o jovem, interrompendo seus pensamentos.

— Lembre-se de que deve ser como o tigre do Himalaia: escute a voz da intuição e do instinto. Confie nas virtudes de seu coração — replicou o monge.

O príncipe, Nádia e Alexander iniciaram a viagem de volta à capital. Como já conheciam o caminho, iam preparados para todos os obstáculos. Usaram o atalho que passava pelo Vale dos Yetis, e assim não se encontraram com os soldados do general Myar Kunglung, que naquele momento galgavam a escarpada montanha, tendo em sua companhia Kate Cold e a jovem Pema.

Já os homens azuis não tinham conseguido evitar o encontro com Kunglung. Haviam descido o monte em desabalada carreira, com a maior velocidade que o terreno abrupto permitia, escapando dos horripilantes demônios que os perseguiam. Os *yetis* só não os tinham agarrado por não se atreverem a descer além de seus limites habituais. Aquelas criaturas tinham gravada na memória uma lei fundamental: manter-se no isolamento. Raramente abandonavam seu vale secreto e, quando o faziam, era apenas para buscar alimentos nos cumes mais inacessíveis aos seres humanos.

Isso havia salvado a vida dos membros da Seita do Escorpião, pois o instinto de preservação dos *yetis* falara mais alto que o desejo de capturar seus inimigos; chegou um momento em que se detiveram. Não o fizeram com satisfação, pois lhes parecia um enorme sacrifício renunciar a uma saborosa peleja, talvez a única oportunidade que teriam em muitos anos. Durante um longo tempo ficaram parados, uivando de frustração; para se consolarem, trocaram alguns socos entre eles, e em seguida, cabisbaixos, empreenderam o regresso ao seu vale.

Os guerreiros do Escorpião não conseguiram entender por que os demônios de capacetes ensanguentados haviam abandonado a perseguição, mas deram graças à deusa Kali por isso. Estavam tão assustados que nem lhes passava mais pela mente a ideia de voltar a fim de se apoderar da estátua, como haviam planejado. Continuaram a descer pelo único caminho possível e, desse modo, para o inevitável encontro com os soldados do Reino Proibido.

— São eles, os homens azuis! — gritou Pema assim que os vislumbrou, ainda de longe.

O general Myar Kunglung não teve dificuldade para aprisioná-los, pois não tinham como escapar. Entregaram-se sem opor a menor resistência. Um oficial se encarregou de conduzi-los para a capital, vigiados pela maioria dos soldados, enquanto Pema, Kate, o general e vários de seus melhores homens prosseguiam a caminho de Chenthan Dzong.

— O que farão com aqueles bandidos? — perguntou Kate ao general.

— Talvez seu caso seja estudado pelos lamas e examinado pelos juízes. Em seguida, o rei decidirá que castigo receberão. Pelo menos foi assim que se fez em outros casos, mas realmente nunca tivemos muita prática em matéria de castigar criminosos.

— Nos Estados Unidos, certamente passariam o resto da vida na prisão.

— E lá conseguiriam alcançar a sabedoria? — perguntou o general.

Kate riu tanto que por pouco não caiu do cavalo.

— Duvido, general — respondeu, secando as lágrimas, quando finalmente recuperou o equilíbrio.

Myar Kunglung não conseguiu entender o que a velha escritora havia achado tão engraçado. Concluiu que os estrangeiros eram pessoas um tanto esquisitas, cujas maneiras lhe pareciam incompreensíveis, e que seria melhor não gastar energia tentando analisá-los. Bastava aceitá-los.

A noite começava a cair e foi necessário parar e armar um pequeno acampamento, aproveitando um dos terraços cortados na montanha. Estavam impacientes para chegar ao mosteiro, mas compreenderam que seria uma loucura escalar aquele monte com a iluminação apenas das lanternas.

Kate estava exausta. Ao esforço da viagem somavam-se a altitude, estranha a seus hábitos, e a tosse, que não a deixava em paz. O que a sustentava era a sua vontade férrea e a sua esperança de, lá no alto, encontrar Alexander e Nádia.

— O melhor talvez seja não se preocupar, avozinha. Nádia e seu neto estão em segurança, porque ao lado do príncipe e de Tensing nada de mal poderá lhes acontecer — tranquilizou-a Pema.

— Algo de muito ruim deve ter acontecido lá em cima para que os bandidos fugissem daquele jeito — disse Kate.

— Aqueles homens falaram alguma coisa sobre a maldição do Dragão de Ouro e o fato de serem perseguidos por uns demônios. Acredita que nestas montanhas haja demônios, avozinha?

— Não creio em nenhuma dessas tolices, garota — replicou a escritora, que já se resignara a ser tratada de avozinha por todo mundo naquele país.

A noite foi longa e ninguém conseguiu dormir por muito tempo. Os soldados prepararam um desjejum simples, composto de chá salgado com manteiga, arroz e vegetais secos com aspecto e sabor de sola de sapato. Em seguida, retomaram a marcha.

Apesar dos seus sessenta anos e dos pulmões enfraquecidos pelo tabaco, Kate não ficava atrás dos outros. O general Myar Kunglung não dizia nada nem olhava para ela, mas em seu coração de guerreiro começava a surgir uma inevitável admiração por aquela mulher. No início ele a detestava e contava as horas para se ver livre dela. Mas, com o correr dos dias, deixara de considerá-la uma velha impertinente e passara a respeitá-la.

Não houve surpresas no restante da subida. Quando, por fim, puderam ver o mosteiro fortificado, pensaram que lá não havia ninguém. Um silêncio absoluto reinava sobre as velhas ruínas. Alertas, de armas prontas para serem usadas, o general e os soldados avançaram, seguidos de perto pelas duas mulheres.

Assim percorreram uma a uma as vastas salas do edifício, até que chegaram à última, em cuja entrada foram interceptados por um monge de aparência gigantesca, armado com dois pedaços de madeira unidos por uma corrente de metal. Com um complicado passo de dança, o lama agitou sua arma no ar e, antes que o grupo esboçasse qualquer reação, havia enrolado a cadeia no pescoço do general. Surpresos, os soldados se imobilizaram, enquanto seu chefe, preso entre os braços monumentais do monge, sacudia as pernas no ar.

— Honorável mestre Tensing! — exclamou Pema, encantada por revê-lo.

— Pema? — disse ele.

— Eu mesma, honorável mestre! — E, apontando o militar humilhado, acrescentou: — Talvez seja prudente soltar o honorável general Myar Kunglung

Tensing o devolveu ao chão com delicadeza, tirou a corrente de seu pescoço e inclinou-se respeitosamente diante dele, com as mãos postas na frente do rosto.

— *Tampo kachi*, honorável general — saudou.

— *Tampo kachi*. Onde está o rei? — replicou o general, procurando dissimular sua indignação e tratando de arrumar o casaco do uniforme.

Tensing lhes deu passagem e os membros do grupo entraram na grande sala. Anos atrás, metade do teto havia desmoronado e o restante mantinha-se precariamente no lugar. Havia um grande buraco na parede externa, pelo qual entrava a luz difusa do dia. Presa no cimo da montanha, uma nuvem criava um ambiente brumoso, no qual as coisas e as pessoas pareciam indefinidas, como imagens em um sonho. Havia na parede um tapete de retalhos; e no chão, como se surpreendida em seu descanso, uma elegante estátua do Buda reclinado continuava milagrosamente intacta.

Sobre uma improvisada mesa jazia o corpo do rei, cercado de meia dúzia de velas de manteiga, cujos pavios queimavam. Um sopro de ar frio fazia as chamas vacilarem na névoa dourada. O heroico piloto nepalês, que velava junto ao cadáver, não se moveu com a chegada dos militares.

Kate Cold teve a sensação de presenciar uma filmagem. A cena era irreal: a sala em ruínas, envolta em uma neblina algodoada; restos de colunas e estátuas centenárias espalhados pelo chão; flocos de neve e cristais de gelo nas irregularidades do piso. Os personagens, tão teatrais quanto o cenário: o monge descomunal, com rosto de santo e corpo de guerreiro mongol, em cujo ombro se balançava o agitado Borobá; o severo general Myar Kunglung, alguns soldados e o piloto, todos uniformizados, como se tivessem caído ali por engano; e, finalmente, o rei, que mesmo morto impunha sua presença digna e serena.

— Onde estão Alexander e Nádia? — perguntou a avó, vencida pela fadiga.

19
O PRÍNCIPE

Alexander ia à frente, seguindo as instruções do vídeo e do GPS, pois o príncipe não sabia como aquelas pequenas máquinas funcionavam, e não havia tempo para ensinar-lhe como usá-las. O garoto não era um perito em aparelhos eletrônicos, e muito menos em um como aquele, ultramoderno e de uso exclusivo do exército americano; mas estava acostumado a lidar com tecnologia, de modo que não lhe foi muito difícil descobrir como manejá-lo.

Dil Bahadur havia passado doze anos de sua vida preparando-se para o momento de percorrer o labirinto do andar inferior do palácio, cruzar a Última Porta e vencer, um a um, os obstáculos semeados no Recinto Sagrado. Tinha aprendido as instruções e sempre havia pensado que, caso sua memória falhasse, o pai estaria a seu lado e o ajudaria até ser capaz de fazer tudo sozinho. Agora teria de enfrentar a prova auxiliado apenas pelos conselhos de seu mestre Tensing e a presença dos novos amigos, Nádia e Alexander.

No início, olhava com desconfiança para a pequenina tela na mão de Alexander, mas logo se conscientizou de que ela os guiaria sem erro até a porta certa. Nem uma só vez tiveram de retroceder e nunca abriram uma porta errada. Chegaram, assim, à sala das lâmpadas de ouro. Não havia ninguém vigiando a Última Porta. O guarda ferido pelos homens azuis, bem como o cadáver de seu companheiro, tinham sido retirados, sem que outros viessem substituí-los. O chão fora lavado e não havia nenhuma marca de sangue.

— Uau! — exclamaram Nádia e Alex em uníssono ao ver a magnífica porta.

— Temos de girar com precisão as peças de jade — advertiu o príncipe. — Se errarmos, o sistema se trancará e não poderemos entrar.

— Tudo que temos a fazer é olhar com atenção para as mãos do rei. A operação está gravada no vídeo — explicou Alex.

Viram e reviram as imagens, até se sentirem completamente seguros, e logo Dil Bahadur movia quatro jades talhados em forma de flor de lótus. Nada aconteceu. Os três jovens aguardaram sem respirar, contando os segundos. De repente, as duas folhas da porta começaram a se mover lentamente.

Os três se viram, então, na grande sala circular, com nove portas idênticas e, tal como Tex Tatu havia feito dias antes, Alexander ficou de pé sobre o olho pintado no piso, abriu os braços e girou quarenta e cinco graus. Sua mão direita apontava, agora, a porta que deviam abrir.

Ouviram um horrível coro de lamentos e em seguida seus narizes foram invadidos por um fedor de tumba e decomposição. Não enxergavam nada, tudo que havia era um negrume insondável.

— Irei primeiro, pois imagino que meu animal totêmico, o jaguar, possa ver na escuridão — disse Alexander, e logo cruzou o umbral, seguido pelos amigos.

— Está vendo alguma coisa? — perguntou Nádia.

— Nada — tornou Alexander.

— Em uma ocasião como esta, seria melhor ter um animal totêmico mais humilde que o jaguar. Uma barata, por exemplo — disse Nádia, com um sorriso nervoso.

— Talvez não fosse uma ideia de todo má usar sua lanterna — sugeriu o príncipe.

Alexander sentiu-se um tolo: esquecera-se inteiramente de que levava a lanterna e o canivete em um dos bolsos da *parka*. Quando a lanterna foi acesa, viram-se em um corredor, que percorreram com passos hesitantes, até chegar à porta no fim dele. Abriram-na com o máximo cuidado. Ali o fedor era muito pior, mas uma débil claridade permitia ver o ambiente.

Estavam cercados de esqueletos humanos que pendiam do teto e se agitavam no ar com um macabro chacoalhar de ossos; abaixo de seus pés havia um asqueroso colchão vivo de serpentes. Alexander deu um grito e um passo atrás, mas Dil Bahadur o segurou pelo braço.

— Esses ossos são muito antigos. Há séculos foram postos aqui para desencorajar os intrusos.

— E as cobras?

— Ora, se os homens do Escorpião puderam passar por aqui, Jaguar, nós também poderemos — disse Nádia, encorajando-o.

— Pema disse que aqueles sujeitos são imunes à peçonha de insetos e répteis — lembrou Alexander.

— Talvez essas cobras não sejam venenosas — disse o príncipe. — Segundo me ensinou o honorável mestre Tensing, a forma da cabeça das víboras perigosas é mais triangular. Vamos!

— Estas cobras não aparecem no vídeo — observou Nádia.

— A câmera estava no medalhão do rei. Filmava só o que havia na frente, não o que estava a seus pés — explicou Alexander.

— Isso significa que devemos ter muito cuidado com o que houver acima e abaixo do peito do rei — concluiu Nádia.

Aos tapas, o príncipe e seus amigos foram afastando os esqueletos e, pisando nas víboras, avançaram até a porta seguinte, que dava acesso a uma sala vazia e mergulhada na penumbra.

— Espere! — Alexander deteve o príncipe. — Aqui seu pai movimentou alguma coisa existente no umbral.

— Eu lembro. Era um abacaxi talhado em madeira — disse Dil Bahadur, explorando a parede com os dedos.

Encontrou o que procurava: uma pequena alavanca. Pressionou-a. O abacaxi afundou e imediatamente ouviram um terrível barulho de chocalhos e viram cair do teto uma verdadeira floresta de lanças, que levantou nuvens de poeira. Esperaram até a última lança se cravar no chão.

— É nessas horas que Borobá nos faz falta. Ele poderia experimentar o caminho. Enfim, eu irei na frente, pois sou mais magra e mais leve — decidiu Nádia.

— Acho que esta armadilha pode ser mais complicada do que parece — advertiu Dil Bahadur.

Deslizando como uma enguia, Nádia passou entre as primeiras barras metálicas. Mal tinha andado dois metros, quando seu cotovelo roçou em uma delas e de súbito um buraco se abriu embaixo de seus pés. Nádia agarrou-se instintivamente à lança mais próxima e ficou praticamente pendurada no vazio.

A essa altura, Alexander já havia alcançado a amiga, mas na pressa de ajudá-la não prestava atenção onde pisava. Passou um braço na cintura da menina e, sustentando-a com firmeza, apertou-a contra seu corpo. A sala inteira parecia vacilar, como se ocorresse um terremoto, e mais algumas lanças caíram do teto, mas nenhuma perto deles. Durante vários minutos os dois permaneceram imóveis, abraçados, esperando. Em seguida, começaram muito lentamente a se separar.

— Não toque em nada — sussurrou Nádia, temendo que até sua respiração pudesse provocar uma tragédia.

Chegaram ao outro lado e fizeram um sinal a Dil Bahadur para que passasse. De fato, ele já começara a travessia, porque não tinha medo das lanças: estava protegido pelo seu amuleto.

— Poderíamos ter morrido, espetados como insetos — comentou Alexander, limpando as lentes cobertas de poeira.

— Mas isso não aconteceu, não é verdade? — disse Nádia, embora se sentisse tão assustada quanto o amigo.

— Inspirem o ar profundamente, até que ele chegue ao ventre, depois o soltem bem devagar. Façam isso três vezes e talvez consigam se acalmar... — aconselhou o príncipe.

— Não há tempo para fazer ioga. Vamos em frente — interrompeu-o Alexander.

O GPS indicou a porta pela qual deviam seguir e, assim que a abriram, as lanças levantaram-se todas ao mesmo tempo e a sala voltou a ficar vazia. Depois encontraram outras duas salas, cada uma com várias portas, mas desprovidas de armadilhas. Relaxaram um pouco e começaram a respirar normalmente, mas não se descuidaram.

De repente encontraram-se em um espaço inteiramente às escuras.

— No vídeo nada se vê. A tela está negra — disse Alexander.

— O que haverá aqui? — indagou Nádia.

O príncipe pegou a lanterna e iluminou o piso, no qual viram uma árvore frondosa, carregada de frutos e coberta de pássaros, pintada com tal maestria que parecia plantada em terra firme, erguida no centro da sala. Era tão bela e de aspecto tão inofensivo, que parecia dirigir-lhes um convite para que se aproximassem e a tocassem.

— Não deem um só passo! É a Árvore da Vida. Já ouvi histórias sobre o perigo de pisá-la — exclamou Dil Bahadur, esquecendo por um momento os bons modos.

O príncipe tomou a pequena tigela na qual preparava sua comida e que levava entre as dobras da túnica e a atirou no chão. A Árvore da Vida fora pintada sobre uma fina tela de seda, estendida sobre um poço profundo. Um passo à frente e se precipitariam no vazio. Não sabiam que ali, ao fazer o mesmo trajeto, um dos sequazes de Tex Tatu havia perdido a vida. O bandido jazia no fundo do poço, onde, naquele momento, os ratos terminavam de roer seus ossos.

— Como passaremos? — quis saber Nádia.

— Talvez seja melhor me esperarem aqui — disse o príncipe.

Extremamente cauteloso, Dil Bahadur procurou com o pé um lugar firme, até que encontrou uma estreita saliência ao longo da parede. Ninguém podia vê-la, porque estava pintada de preto e se confundia com a cor do piso. Costas coladas na parede, o príncipe avançou. Movia a perna direita uns poucos centímetros, equilibrava-se e em seguida movia a esquerda. Assim chegou ao outro lado.

Alexander compreendeu que para Nádia aquela seria uma prova das mais difíceis, dado seu medo de altura.

— Agora você deve recorrer ao espírito da águia. Me dê a mão, feche os olhos e concentre sua atenção nos pés — disse a ela.

— Não seria melhor se eu esperasse aqui? — sugeriu a menina.

— Não. Passaremos juntos — replicou o amigo com firmeza.

Não sabiam qual era a profundidade do buraco e não pensavam em descobri-la. O bandido de Tex Tatu que caiu no poço escorregara sem que ninguém pudesse impedir. Por um instante parecera flutuar, sustentado pela copa da Árvore da Vida, pernas e braços abertos, envolto em suas roupas negras, com a aparência de um grande morcego. A ilusão durara um piscar de olhos. Com um grito de terror absoluto, o homem ultrapassara a preta boca do poço. Seus companheiros ouviram o som do corpo ao tocar o fundo; em seguida, reinara um silêncio aterrorizante. Para sorte sua, a menina nada sabia dessa ocorrência. Ela segurou com força a mão de Alexander e, passo a passo, o seguiu até o outro lado.

Ao abrirem a porta seguinte, os três amigos se viram rodeados de espelhos. Não somente nas paredes, mas também no teto e no piso, de modo que suas imagens eram infinitamente multiplicadas. Além disso, o piso da sala era inclinado; não podiam avançar de pé, tinham de seguir de gatinhas, segurando um ao outro, todos completamente desorientados. Não viam as portas, porque estas também eram cobertas de espelhos. Em poucos segundos estavam enjoados, a cabeça lhes doía e parecia que estavam a ponto de perder a razão.

— Não olhem para os lados, concentrem a vista naquilo que estiver na frente. Sigam-me em fila, sem se separar. A direção está indicada na telinha — disse Alexander.

— Não sei como vamos encontrar a saída — disse Nádia, em estado de completa confusão.

— Se abrirmos a porta errada, é possível que ativemos um mecanismo que nos deixará presos para sempre — advertiu-os o príncipe, com sua calma habitual.

— Para evitar isso, contamos com a tecnologia mais moderna — Alexander procurou tranquilizá-lo, embora ele mesmo tivesse dificuldade para controlar os nervos.

As portas eram todas iguais, mas por meio do GPS Alexander descobriu a direção que deveria tomar. O rei havia se detido em vários pontos antes de abrir a porta certa. Observou os detalhes registrados no vídeo e verificou que o espelho certo devia refletir uma imagem deformada do rei.

— Um dos espelhos é côncavo. Essa é a porta — anunciou.

Quando Dil Bahadur viu-se como um sujeito gordo e de pernas curtas, empurrou o espelho, o vidro cedeu e eles puderam sair da sala inclinada. Encontraram-se, então, em um corredor comprido e estreito, que se enroscava como uma espiral. Isso o diferenciava dos outros espaços do palácio, poisnão havia portas visíveis, mas, graças ao vídeo, não tiveram dúvida de que encontrariam uma. Não havia como se perder; tudo que tinham a fazer era avançar.

O ar era rarefeito e nele flutuava uma fina poeira, que parecia dourada à luz das pequenas lâmpadas pendentes do teto. No vídeo, o rei tinha passado rápido, sem vacilar, mas isso não significava que a passagem fosse absolutamente segura; podia haver detalhes não registrados na tela.

Uma vez no corredor, passaram a observar o espaço em torno deles. Não sabiam de onde vinha a ameaça, mas estavam conscientes de que não podiam se descuidar nem por um segundo. Depois de darem alguns passos, compreenderam que pisavam em algo macio demais. Tinham a sensação de caminhar sobre uma lona esticada, que cedia sob o peso de seus corpos.

Dil Bahadur tapou a boca e o nariz com a túnica e gesticulou desesperadamente aos amigos para que não se detivessem na caminhada. Acabava de perceber que de fato avançavam sobre um sistema de foles. Havia uma série de furos no solo, e a cada passo que davam ia aumentando a quantidade daquele pó que haviam notado ao entrar. Em poucos segundos o ar estava tão saturado que não se via nada a trinta centímetros de distância. A vontade de tossir era insuportável, mas se controlavam na medida do possível, pois cada vez que abriam a boca aspiravam grande quantidade de pó.

A única solução era chegar rapidamente à saída. Passaram a correr, procurando não respirar, o que era impossível, dada a extensão do corredor. Sentiram medo de que o pó suspenso no ar fosse um veneno mortal, mas consideraram: se o rei passava por ali com frequência, a poeira não podia ser mortífera.

Nádia, que nascera na Amazônia, onde boa parte da vida transcorre na água, era boa nadadora e como tal podia permanecer mais de um minuto sem respirar. Isso lhe permitia, agora, controlar a respiração melhor que os amigos, mas ainda assim teve de inalar pelo menos duas vezes. Calculou que Alexander e Dil Bahadur deviam ter no organismo muito mais daquele estranho pó do que ela. Com quatro largas passadas, alcançou o final do corredor, abriu a única porta existente e puxou os outros dois para o umbral.

Sem pensar nos riscos que podiam estar à espera deles na sala seguinte, os três amigos precipitaram-se para fora do corredor, caindo uns sobre os outros, procurando se livrar da asfixia, respirar a plenos pulmões, sacudir o pó grudado nas roupas. No vídeo, não se indicava nada de ameaçador: o rei havia passado por aquele quarto com a mesma segurança demonstrada no corredor. Nádia, que se achava em melhor estado que os garotos, fez sinal para que não se movessem, enquanto ela examinava o local.

A nova sala estava bem iluminada e o ar parecia livre de pó. Havia várias portas, mas a tela indicava claramente aquela pela qual deviam passar. Nádia avançou dois passos e de repente percebeu que não podia fixar a vista: milhares de pontos, linhas e figuras geométricas em cores brilhantes dançavam diante de seus olhos. Estendeu os braços, a fim de manter o equilíbrio. Voltou-se e comprovou que Alexander e Dil Bahadur também cambaleavam.

— Estou me sentindo muito mal — murmurou Alexander, antes de cair sentado no piso.

Nádia tratou de sacudi-lo.

— Abra os olhos, Jaguar! O efeito do pó é semelhante ao da poção que os indígenas da Amazônia nos deram. Tivemos visões, lembra-se?

— Um alucinógeno? Acha que estamos drogados?

— O que é alucinógeno? — perguntou o príncipe, que só se mantinha de pé graças ao controle que exercia sobre seu corpo.

— Acho que sim. Cada um de nós verá algo diferente. Mas nada será real — explicou Nádia, sustentando os amigos para ajudá-los a prosseguir, sem imaginar que em alguns segundos ela própria cairia no inferno daquela droga.

Apesar da advertência de Nádia, nenhum dos três suspeitava do poder daquele terrível pó dourado. A primeira sensação foi a de que mergulhavam em um labirinto psicodélico de cores e figuras iridescentes, que se moviam a uma velocidade vertiginosa. Mediante supremo esforço, conseguiram manter os olhos abertos e avançar cambaleantes, tentando entender o que o rei fazia para superar a droga.

Sentiam-se como se estivessem desprendendo-se do mundo e da realidade, como se fossem morrer; não conseguiam conter seus gemidos de angústia. Nesse meio-tempo já haviam chegado à sala seguinte, que se revelou muito mais ampla do que as anteriores. Ao verem o que havia no recinto, soltaram uma exclamação de espanto, embora parte de seus cérebros repetisse que aquelas imagens eram apenas frutos de sua imaginação.

Estavam no inferno, cercados de monstros e demônios que os ameaçavam como se fossem uma verdadeira matilha de feras. Por todos os lados viam-se corpos destroçados, cenas de tortura, sangue e morte. Um horripilante coro de gritos os ensurdecia: vozes cavernosas chamavam seus nomes, como fantasmas famintos.

Alexander viu claramente sua mãe nas garras de uma poderosa ave de rapina, negra e ameaçadora. Estendeu as mãos para resgatá-la, mas naquele momento o pássaro da morte devorou a cabeça de Lisa Cold. Um grito escapou do recôndito mais profundo do peito de Alex.

Nádia se encontrava de pé, em precário equilíbrio, sobre uma estreita viga, no último andar de um dos arranha-céus de Nova York que visitara em companhia de Kate. A seus pés, centenas de metros abaixo, via tudo coberto de lava ardente. Uma vertigem mortal apoderou-se de sua mente, anulando sua capacidade de raciocinar, enquanto a viga se inclinava cada vez mais. Ouvia o chamado do abismo como uma tentação fatal.

Dil Bahadur, por sua vez, sentia o espírito desprender-se do corpo, cruzar o céu como um raio e chegar às ruínas do mosteiro fortificado no exato instante em que seu pai morria nos braços de Tensing. Em seguida, testemunhava a presença de um exército de seres sanguinários que atacavam o indefeso Reino do Dragão de Ouro. E tudo que havia entre eles era o próprio príncipe, nu e vulnerável.

As visões eram diferentes para cada um, mas todas eram atrozes: representavam o que mais temiam, suas piores lembranças, pesadelos e fraquezas. Aquela era uma viagem pessoal aos recantos mais proibidos de suas próprias consciências. Ainda assim, para eles a viagem foi muito menos difícil do que para Tex Tatu e os guerreiros do Escorpião, pois os três eram almas boas, não carregavam o peso dos crimes abomináveis cometidos por aqueles indivíduos.

O primeiro a reagir foi o príncipe, que desde muitos anos praticava o controle da mente e do corpo. Com um tremendo esforço, Dil Bahadur conseguiu se livrar das figuras maléficas que o atacavam e depois ensaiou alguns passos na sala.

— Tudo que vemos neste momento é pura ilusão — disse, e, tomando os amigos pela mão, levou-os à força para a saída.

Turvada, a visão de Alexander não lhe permitia seguir corretamente as instruções do vídeo, mas ele voltou a si o suficiente para perceber que na tela se via apenas uma dependência vazia, prova de que Dil Bahadur estava certo: aquelas cenas infernais não passavam de produtos da imaginação.

Apoiando-se uns nos outros, sentaram-se durante algum tempo a fim de descansar. Acalmaram-se, e então conseguiram controlar as horríveis visões criadas pelo alucinógeno, embora elas não desaparecessem de todo.

Reanimados, levantaram-se. O rei havia se dirigido à porta certa, aparentemente sem sofrer nada daquilo que agora os afetava. Decerto, Alexander pensou, ele havia aprendido a não inalar aquele pó, ou então dispunha de um antídoto contra a droga. De qualquer modo, no vídeo o soberano parecia a salvo do suplício psicológico que lhes havia sido infligido.

Na última sala do labirinto que protegia o Dragão de Ouro, a maior de todas, os demônios e as cenas de horror desapareceram e foram substituídos por uma paisagem maravilhosa. O mal-estar causado pela droga deu lugar a uma inexplicável euforia. Sentiram-se leves, poderosos, invencíveis. À luz cálida de centenas de pequenas lamparinas a óleo viram um jardim envolto em uma suave bruma rosada que se desprendia do solo e subia até as copas das árvores. Aos seus ouvidos chegavam as vozes de um coro angelical, enquanto sentiam uma fragrância penetrante de flores silvestres e frutas tropicais. O teto desapareceu, e em seu lugar viram um céu de fim de tarde, pelo qual voavam pássaros de plumagens as mais coloridas. Esfregaram os olhos, incrédulos.

— Isso também não é real — murmurou Nádia. — Com certeza continuamos drogados.

— Estamos vendo a mesma coisa? — perguntou Alexander. — Eu vejo um parque.

— Eu também — disse Nádia.

— Idem. Se nós três vemos as mesmas imagens, é porque aquelas visões já foram embora. Trata-se de uma nova armadilha, talvez a mais perigosa de todas. Sugiro que não toquemos em nada e passemos rapidamente — propôs Dil Bahadur.

— Como não estamos sonhando? Isto parece o Jardim do Éden — disse Alexander, ainda sob os efeitos do pó inalado no corredor dos foles.

— De que jardim está falando? — quis saber o príncipe.

— O Jardim do Éden aparece na Bíblia. Lá o Criador pôs o primeiro casal de seres humanos. Creio que quase todas as religiões têm um jardim semelhante. O Paraíso é um lugar de eterna beleza e felicidade — o garoto americano explicou ao amigo.

O que viam naquele momento, pensou Alexander, talvez fossem imagens virtuais ou projeções cinematográficas, mas em seguida compreendeu a impossibilidade de uso, naquele local, de tecnologias tão modernas. O palácio fora construído muitos séculos antes.

Das brumas, nas quais voavam delicadas mariposas, surgiram três figuras humanas, duas moças e um rapaz de beleza radiante, cujos cabelos pareciam fios de seda que a brisa soprava; os três vestiam roupas levíssimas, bordadas, e tinham grandes asas de penas cor de ouro. Moviam-se com uma graça extraordinária, abriam os braços, procuravam atrair os três jovens humanos.

Era quase irresistível a tentação de se aproximar daquelas criaturas translúcidas e entregar-se ao prazer de voar com elas, levados por suas asas poderosas. Alexander deu um passo à frente, hipnotizado por uma das moças, e Nádia sorriu para o jovem desconhecido, mas Dil Bahadur teve presença de espírito suficiente para segurar seus amigos pelos braços.

— Não toquem neles. Se tocarem, vocês morrerão. Estamos no jardim das tentações — advertiu o príncipe.

Mas, privados da razão, Alex e Nádia se agitavam, tentando desprender-se das mãos de Dil Bahadur.

— Não são reais — insistiu o príncipe. — São estátuas ou figuras pintadas nas paredes. Apenas as ignorem.

— Elas se movem, elas nos chamam... — murmurava Alexander, boquiaberto.

— É um truque, uma ilusão de óptica! Olhem aquilo! — exclamou Dil Bahadur, obrigando-os a dirigir o olhar para um recanto do jardim.

Caído de bruços, no meio de um canteiro de flores pintadas, jazia o corpo de um dos homens azuis. Dil Bahadur arrastou os amigos até ele. Deram uma volta em torno do cadáver, depois se inclinaram sobre ele, e então puderam ver o modo horrível como morrera.

Os guerreiros do Escorpião tinham entrado naquele jardim fantástico como em um sonho, sob os efeitos alucinatórios do pó dourado, que lhes fazia crer em tudo que viam. Eram homens brutos, que passavam a vida a cavalo, dormiam no chão duro, estavam habituados à crueldade, ao sofrimento e à pobreza. Jamais tinham visto algo belo ou delicado, nada sabiam de música, de flores, perfumes ou mariposas como as daquele jardim. Adoravam serpentes, escorpiões e deuses sanguinários do panteão hindu. Temiam os demônios e o inferno, mas não tinham ouvido falar do Paraíso nem de seres angelicais, como aqueles da última armadilha do Recinto Sagrado. O mais próximo que conheciam da intimidade ou do amor era a camaradagem rude entre eles.

Tex Tatu tivera de ameaçá-los com a pistola para impedir que se detivessem naquele jardim de feitiços, mas não conseguira evitar que um deles sucumbisse à tentação.

O homem havia estendido a mão e tocado em uma daquelas formosas jovens dotadas de asas. Ela era fria como o mármore, mas a textura de sua pele não era lisa como o mármore; era, de fato, áspera como a lixa e o vidro moído. Surpreso, o homem recolhera a mão e vira que a sua palma estava arranhada. Em um instante sua pele ressecou-se e começou a quebrar-se, a rachar, enquanto a carne se dissolvia como se a houvessem queimado até os ossos.

Ao ouvirem seus gritos, outros o acudiram, mas não havia mais nada a fazer: o mortal veneno já entrara na corrente sanguínea e avançava pelo braço como um ácido corrosivo. Em menos de um minuto o desgraçado estava morto.

Agora, Nádia, Alexander e Dil Bahadur se encontravam diante do cadáver que, em poucos dias, por efeito do veneno, havia secado até se transformar em múmia. O corpo encolhera, era apenas um esqueleto coberto por uma pele negra, colada nos ossos, da qual se desprendia, persistente, um cheiro de fungos e ervas secas.

— Como eu disse, talvez o melhor seja não tocar em nada — voltou a advertir o príncipe. Mas a advertência era desnecessária, pois, diante daquele espetáculo, Nádia e Alexander já haviam saído do transe.

Os três jovens finalmente encontraram a sala do Dragão de Ouro. Embora jamais a houvesse visto, Dil Bahadur reconheceu-a imediatamente, graças às descrições que lhe haviam feito os monges dos quatro mosteiros nos quais tinha aprendido o código. Ali estavam as paredes cobertas de finas lâminas de ouro, com cenas da vida de Sidarta Gautama gravadas em baixo-relevo, os candelabros de ouro maciço com velas de cera de abelha, as delicadas lamparinas a óleo com seus quebra-luzes de ouro filigranado, os vasos de perfume, também feitos de ouro, nos quais incenso e mirra eram queimados.

Ouro, ouro por toda parte. Aquele ouro que havia despertado a cobiça de Tex Tatu e dos homens azuis deixava Nádia, Alexander e Dil Bahadur de todo indiferentes. Para eles, o metal amarelo nem ao menos era dotado de beleza.

— Talvez não fosse muito pedir que nos dissesse o que fazemos aqui — pediu Alexander ao príncipe, sem conseguir evitar o tom irônico de sua fala.

— Talvez nem eu mesmo saiba — replicou Dil Bahadur.

— Por que seu pai pediu que viesse aqui? — quis saber Nádia.

— Possivelmente para consultar o Dragão de Ouro.

— Mas o Dragão foi roubado! — exclamou Alexander. — Aqui não há nada além dessa pedra, com um pedacinho de quartzo, que deve ser a base sobre a qual estava a estátua

— Aí está o Dragão de Ouro — informou o príncipe.

— Onde?

— O Dragão é essa base de pedra. Levaram uma estátua muito bonita, mas na verdade o oráculo está nessa pedra. Este é o segredo dos reis que nem os monges dos mosteiros conhecem. Este foi o segredo que meu pai me transmitiu e sobre o qual vocês não poderão jamais falar a quem quer que seja.

— Como funciona?

— Primeiro, tenho de salmodiar a pergunta no idioma dos *yetis*. Então, aquele pedaço de quartzo incrustado na pedra começará a vibrar e emitirá um som que eu terei de interpretar.

— Está brincando comigo? — perguntou Alexander.

Dil Bahadur não entendeu o que ele queria dizer. Não podia imaginar como seriam adultos brincando.

— Vejamos como se entra em contato com ele — sugeriu Nádia, sempre prática. — O que você pensa em perguntar?

— Para mim, talvez o mais importante seja saber qual é o meu carma; assim poderei cumprir meu destino sem me afastar do caminho — disse o príncipe, que acabava de tomar sua decisão.

— Desafiamos a morte antes de chegar aqui só para você consultar o oráculo sobre seu carma? — zombou Alexander.

— Eu mesma posso responder — acrescentou Nádia. — Você é um bom príncipe e será um bom rei.

Dil Bahadur pediu aos amigos que se sentassem, silenciosos, no fundo da sala, e em seguida se aproximou da plataforma onde antes se apoiavam as patas do magnífico dragão. Acendeu as varetas de incenso e as velas, depois se sentou, com as pernas cruzadas, por um tempo que aos outros pareceu muito longo. O príncipe meditou em silêncio até acalmar sua ansiedade e limpar a mente de todos os pensamentos, desejos, temores e curiosidades. Abriu-se por dentro como a flor de lótus, da maneira ensinada pelo mestre, a fim de receber a energia do universo.

As primeiras notas foram quase um murmúrio, mas logo o cântico do príncipe se transformou em um rugido poderoso, que brotava da própria terra, um som gutural que Nádia e Alexander jamais tinham ouvido. Custava imaginar que fosse um som humano, mais parecia vir de um grande tambor, no centro de uma caverna. As notas roufenhas giravam, subiam, baixavam, adquiriam ritmo, volume e velocidade; logo se acalmavam, para em seguida começar de novo, como as ondas do mar. Cada nota se chocava com as lâminas de ouro das paredes e voltava multiplicada.

Fascinados, Nádia e Alexander sentiam a vibração dentro de seus próprios ventres, como se fossem eles que a emitissem. Logo perceberam que ao canto do príncipe viera somar-se uma segunda voz, muito diferente da sua: era a resposta do pequeno pedaço de quartzo amarelo incrustado na pedra preta. Dil Bahadur calou-se a fim de escutar a mensagem da pedra, que permanecia no ar como um eco uníssono de grandes sinos de bronze. Sua concentração era total, nem um músculo se movia em seu corpo, enquanto sua mente retinha as notas de quatro em quatro e, simultaneamente, as traduzia nos ideogramas da linguagem perdida dos *yetis*, que havia memorizado ao longo de doze anos.

O cântico de Dil Bahadur se prolongou por mais de uma hora, tempo que a Nádia e Alexander pareceu de apenas uns poucos minutos, pois aquela música extraordinária havia transportado os dois a um estado superior de consciência. Sabiam que, durante dezoito séculos, aquela sala fora visitada unicamente pelos soberanos do Reino Proibido, e que antes deles nenhum estranho havia presenciado a manifestação do oráculo. Mudos, olhos dilatados de assombro, os dois absorviam o ondulante som da pedra sem compreender exatamente o que fazia Dil Bahadur, mas possuídos pela certeza de que era algo prodigioso e com profundo sentido espiritual.

Finalmente o silêncio reinou no Recinto Sagrado. O pedaço de quartzo, que durante o cântico parecia brilhar com luz intensa, voltou à opacidade inicial. Esgotado, o príncipe permaneceu durante um bom tempo na mesma posição, sem que os amigos se atrevessem a lhe dirigir a palavra.

— Meu pai morreu — disse finalmente Dil Bahadur, pondo-se de pé.

— A pedra lhe disse? — perguntou Alexander.

— Sim. Meu pai esperou que eu chegasse aqui, para então se entregar à morte.

— Como soube que você havia chegado?

— Foi avisado por meu mestre Tensing — respondeu com tristeza o jovem príncipe.

— O que mais disse a pedra? — perguntou Nádia.

— Que meu carma é ser o penúltimo soberano do Reino do Dragão de Ouro. Terei um filho que será o último rei. Depois dele, este reino, como o restante do mundo, mudará e nada voltará a ser como antes. Para governar com justiça e sabedoria, contarei com a ajuda do meu pai, que me guiará em sonhos. Também serei auxiliado por Pema, com quem me casarei, por Tensing e pelo Dragão de Ouro.

— Quer dizer, com a ajuda dessa pedra, pois a estátua virou cinza — disse Alexander.

— Talvez eu não tenha entendido bem, mas parece que a recuperaremos — respondeu o príncipe, indicando-lhes, com um sinal, que havia chegado o momento de voltar.

Timothy Bruce e Joel González, os fotógrafos da *International Geographic*, haviam cumprido ao pé da letra as ordens de Kate Cold. Passaram todo aquele tempo percorrendo os lugares mais inacessíveis do reino, guiados por um sherpa de pequena estatura, que, sem perder o sorriso plácido nem o ritmo regular de seus passos, carregava nas costas as barracas e os pesados equipamentos dos dois estrangeiros. Estes, ao contrário dele, suportavam com dificuldade o esforço de segui-lo e quase desfaleciam com a altitude.

Sem nada saber sobre as peripécias dos companheiros, os fotógrafos chegaram muito entusiasmados e logo se puseram a contar suas aventuras em busca de orquídeas raras e pequenos ursos panda, mas Kate não demonstrou o menor interesse por seus feitos. A escritora humilhou-os com a notícia de que Nádia e seu neto haviam contribuído para derrotar uma organização criminosa, resgatar várias meninas cativas, prender membros de uma seita de bandidos impiedosos e pôr no trono o príncipe Dil Bahadur, tudo isso com a ajuda de um bando de *yetis* e de um monge dotado de grandes poderes mentais. Timothy Bruce e Joel González fecharam a boca e não disseram uma palavra até a hora de subir no avião, de regresso a seu país.

— Em nenhuma circunstância voltarei a viajar com Alexander e Nádia, pois eles atraem o perigo, da mesma maneira que o mel atrai as moscas. Já estou muito velha para tomar tantos sustos — disse a escritora, que ainda não se refizera de todos os sobressaltos.

Alexander e Nádia trocaram um olhar de cumplicidade, pois haviam decidido que, fosse como fosse, iriam acompanhá-la na próxima reportagem. Não podiam perder a oportunidade de viver outra aventura com Kate Cold.

Os dois não haviam confiado à avó os detalhes do Recinto Sagrado, nem a forma como operava o prodigioso pedaço de quartzo, pois tinham assumido o compromisso de guardar segredo. Limitaram-se a dizer que naquele local Dil Bahadur, como todos os monarcas do Reino Proibido, contava com meios de predizer o futuro.

— Na Grécia antiga — Kate lhes contou —, o templo erguido em Delfos atraía muitas pessoas interessadas em ouvir as profecias de uma pitonisa que entrava em transe. Suas palavras eram sempre enigmáticas, mas os visitantes conseguiam descobrir nelas algum sentido. Hoje sabe-se que um gás, provavelmente o éter, desprendia-se da terra no local. A sacerdotisa embriagava-se com o gás e falava em código; o resto era imaginado por seus ingênuos clientes.

— As duas situações não podem ser comparadas — replicou o neto de Kate. — O que vimos não se explicaria pela presença de um gás.

A velha escritora soltou uma risada seca.

— Os papéis se inverteram, Kate — disse Alexander com um sorriso. — Antes eu era o cético, que não acreditava sem provas, e você me repetia que o mundo é um lugar muito misterioso e que nem tudo tem uma explicação racional.

Ela não pôde contestar, porque o riso se transformara em um acesso de tosse e estava a ponto de se asfixiar. Seu neto lhe deu umas palmadas nas costas, com mais energia do que a necessária, enquanto Nádia saía em busca de um copo de água.

— É uma pena que Tensing tenha partido para o Vale dos Yetis, pois se estivesse aqui poderia curar essa tosse com suas orações e suas agulhas mágicas. Acho que terá de abandonar o tabaco, vovó — disse Alexander.

— Não me chame de vovó!

Na véspera de retornar aos Estados Unidos, à tarde, depois de terem assistido aos funerais do rei, os membros da expedição da *International Geographic* estavam no palácio dos mil quartos, reunidos com a família real e o general Kunglung.

O rei fora cremado, conforme a tradição. Tinham repartido suas cinzas em quatro antigos recipientes de alabastro, que os melhores soldados, viajando a cavalo, levaram aos quatro pontos cardeais do reino, de onde foram lançadas ao vento.

Nem o povo, nem a família, que tanto o amavam, choraram sua morte, pois acreditavam que o pranto obriga o espírito a permanecer neste mundo a fim de consolar os vivos. O correto era demonstrar alegria, para que o espírito, contente, fosse cumprir outro ciclo na roda da reencarnação, evoluindo em cada vida até alcançar, finalmente, a iluminação e o céu, ou seja, o nirvana.

— Talvez meu pai nos faça a honra de reencarnar em nosso primeiro filho — disse o príncipe Dil Bahadur.

A xícara de chá tremeu na mão de Pema, denunciando seu constrangimento. Ela estava inteiramente vestida de seda e brocado, calçava botas de couro e usava enfeites de ouro nos braços e nas orelhas, mas levava a cabeça descoberta, pois estava orgulhosa de ter dado sua cabeleira a uma causa que lhe parecia justa. Seu exemplo serviu para que as outras quatro garotas, de cabeças igualmente raspadas, não se sentissem complexadas. A comprida trança de cinquenta metros fora depositada como oferenda aos pés do Grande Buda, e muitas pessoas iam até lá para vê-la.

Tanto se tinha falado no assunto e tantas vezes elas haviam aparecido na televisão, que uma reação de natureza histérica acabou por se produzir: centenas de meninas trataram de imitá-las, fazendo o mesmo com seus cabelos. Até que Dil Bahadur, em pessoa, foi à televisão para insinuar que o reino não necessitava de provas tão extremadas de patriotismo.

Alexander comentou que, nos Estados Unidos, andar de cabeça raspada estava na moda, assim como tatuar o corpo e perfurar o nariz, as orelhas e o umbigo para enfeitá-los com pequenas argolas de metal, mas ninguém acreditou nele.

Estavam todos sentados em um círculo, sobre almofadas, bebendo *chai*, um chá indiano, doce e aromático, e tentando engolir uma péssima torta de chocolate que as monjas cozinheiras do palácio tinham inventado para agradar aos visitantes estrangeiros. Tschewang, o leopardo real, deitara-se ao lado de Nádia com as orelhas caídas. Desde a morte do rei, seu amo, o belo felino andava deprimido. Durante vários dias não quisera comer, até que Nádia o convencera, falando com ele no idioma dos gatos. Caberia agora a Dil Bahadur a responsabilidade de cuidar do felino.

— Quando nos deixou para cumprir sua missão no Vale dos Yetis, meu honorável mestre Tensing entregou-me algo para você — disse o príncipe a Alexander.

— Para mim?

— Não exatamente para você, mas para sua honorável mãe — replicou o novo rei, passando-lhe uma caixinha de madeira.

— O que tem aí?

— Excremento de dragão.

— O quê? — exclamaram ao mesmo tempo Nádia, Kate e Alexander.

— É tido como um remédio muito poderoso. Se você o dissolver em um pouco de aguardente de arroz e der a ela para

beber, talvez sua honrável mãe melhore de sua enfermidade —
explicou Dil Bahadur.

— Como pedir a minha mãe que beba isso? — exclamou o
garoto, ofendido.

— Talvez fosse melhor não lhe dizer o que é. Está petrificado.
Não é o mesmo que excremento fresco, parece-me. De qualquer
modo, Alexander, tem poderes mágicos. Um pedacinho dessa
coisa me salvou dos punhais dos homens azuis — esclareceu
Dil Bahadur, apontando a pedrinha em seu peito, pendurada
em uma tira de couro.

Kate não pôde evitar que seus olhos se revirassem por um
instante e que um sorriso de zombaria aflorasse em seus lábios,
mas Alexander agradeceu comovido o presente do amigo e o
guardou no bolso da camisa.

— O Dragão de Ouro se derreteu com a explosão do helicóptero. É uma perda grave, pois nosso povo acredita que a estátua
defende as fronteiras e mantém a prosperidade da nação — disse o general Kunglung.

— Talvez não seja a estátua, mas a sabedoria e a prudência
de seus governantes que têm mantido o país a salvo — replicou
Kate Cold, ao mesmo tempo que, dissimuladamente, oferecia
sua torta de chocolate ao leopardo, que a farejou por um instante, enrugou o focinho com um gesto de repugnância e em
seguida foi se deitar novamente ao lado de Nádia.

— Como poderemos fazer o povo compreender que pode
confiar no jovem rei Dil Bahadur, ainda que sem contar com o
dragão sagrado? — perguntou o general.

— Com todo o respeito, honorável general, possivelmente o
povo terá em breve uma nova estátua — disse a escritora, que
finalmente havia aprendido a falar de acordo com as normas de
cortesia do país.

— Gostaria a honorável avozinha de explicar a que se refere? — interrompeu-a Dil Bahadur.

— Talvez um amigo meu possa resolver o problema — respondeu Kate, tratando em seguida de explicar seu plano.

Depois de várias horas de luta com a primitiva companhia telefônica do Reino Proibido, a escritora conseguiu comunicar-se diretamente com Isaac Rosenblat, em Nova York, para lhe perguntar se podia fabricar um dragão semelhante ao anterior, com base em quatro fotos feitas com uma Polaroid, algumas imagens de vídeo meio desfocadas e uma descrição detalhada que os bandidos do Escorpião tinham feito, esperando com isso obter a benevolência das autoridades do país.

— Está me pedindo para fazer uma estátua de ouro? — perguntou aos gritos o bom Isaac Rosenblat, falando do outro lado do planeta.

— Sim, mais ou menos do tamanho de um cão, Isaac. Também será necessário incrustar na estátua centenas de pedras preciosas, diamantes, safiras, esmeraldas e, claro, dois rubis idênticos como olhos.

— Por Deus, menina, quem vai pagar tudo isso?

— Um certo colecionador cujo escritório fica bem pertinho do seu, Isaac — respondeu Kate, morrendo de rir.

A escritora sentia-se muito orgulhosa de seu plano. Mandara buscar nos Estados Unidos um gravador especial, que, embora não fosse vendido comercialmente, conseguira comprar graças aos seus contatos com um agente da CIA, de quem se tornara amiga quando fazia uma reportagem na Bósnia.

Com esse aparelho pudera ouvir as minúsculas fitas que Judit Kinski escondia na bolsa. Havia nelas informação bastante para identificar o cliente chamado de Colecionador. Kate pensava em pressioná-lo. Só o deixaria em paz se em troca repusesse

316

a estátua perdida — era o mínimo que ele poderia fazer para reparar o dano cometido.

O Colecionador tomara precauções para que suas chamadas telefônicas não fossem interceptadas, mas não suspeitava que cada um dos agentes enviados pelo Especialista pare fechar o trato havia gravado as negociações. Para Judit, aquelas gravações eram um seguro de vida, que poderia usar se o negócio desandasse. Por isso, as mantinha sempre com ela, até que a luta com Tex Tatu a fizera perder a bolsa.

Kate Cold sabia que o segundo homem mais rico do mundo não permitiria que a história de suas tratativas com uma organização criminosa, incluindo o sequestro do monarca de uma nação pacífica, aparecesse na imprensa. Ele teria, portanto, de ceder a suas exigências.

O plano exposto por Kate causou muita surpresa na corte do Reino Proibido.

— Talvez fosse conveniente que a honorável avozinha discutisse esse assunto com os lamas. Sua ideia é muito bem-intencionada, mas possivelmente a ação pretendida seja um tanto ilegal — sugeriu Dil Bahadur amavelmente.

— Talvez não seja muito legal, mas o Colecionador não merece tratamento melhor. Deixe tudo em minhas mãos, Majestade. Este caso justifica plenamente a disposição de sujar meu carma com uma pequena chantagem. E, a propósito, se não for impertinência minha, que tratamento receberá Judit Kinski? — perguntou Kate.

Judit fora encontrada, sem sentidos, o corpo inchado, por um dos destacamentos que o general Kunglung pusera em seu encalço. Vagara durante vários dias pelas montanhas, perdida, até que os pés se congelaram e ela não pudera continuar. O frio a adormeceu e foi reduzindo, rapidamente, seu desejo de viver. Judit Kinski abandonou-se ao destino com uma espécie de alívio secreto. Depois de tanta cobiça e tantos riscos, a tentação da morte parecia-lhe doce.

Em seus breves momentos de lucidez não lhe visitavam a mente suas vitórias passadas, mas o rosto sereno de Dorji, o rei. Que razão havia para aquela presença tenaz em sua memória? Na verdade, nunca o amara. Apenas fingira, pois necessitava que ele lhe desse o código do Dragão de Ouro, nada mais. Admitia, contudo, sua admiração por ele.

Aquele homem bondoso lhe deixara uma profunda impressão. Pensava que, em outras circunstâncias, ou fosse ela uma pessoa diferente, teria se apaixonado irremediavelmente por ele. Mas tinha certeza de que não era esse o caso. Pelo mesmo motivo, estranhava que o espírito do rei lhe fizesse companhia naquele lugar gélido onde aguardava a morte. Os olhos calmos e atentos do rei foram a última imagem que viu antes de mergulhar na escuridão.

A patrulha a encontrou no limite do tempo necessário para salvar-lhe a vida. Naquele momento ela estava em um hospital, onde a mantinham sedada, após lhe amputarem, dos pés e das mãos, alguns dedos congelados.

— Antes de morrer, meu pai me ordenou que não condenasse Judit Kinski à prisão — revelou Dil Bahadur. — Meu desejo é oferecer a essa senhora uma oportunidade para melhorar seu carma e evoluir espiritualmente. Pretendo enviá-la para um mosteiro budista na fronteira com o Tibete. O clima é um tanto rude e o local um pouco isolado, mas as monjas são verdadeiras santas. Disseram-me que se levantam antes do nascer do sol, passam o dia meditando e se alimentam apenas com alguns grãos de arroz.

— Acredita que nesse lugar Judit alcançará a sabedoria? — perguntou Kate, irônica, trocando com o general Myar Kunglung um olhar de cumplicidade.

— Isso dependerá exclusivamente dela, honorável avozinha — respondeu o príncipe.

— Posso rogar a Vossa Majestade que, por favor, me chame Kate? Esse é o meu nome — disse a escritora.

— Será um privilégio chamá-la pelo seu nome. Talvez a honorável avozinha Kate, seus bravos fotógrafos e meus amigos Nádia e Alexander desejem voltar um dia a este humilde reino, onde Pema e eu sempre estaremos à sua espera — convidou o jovem rei.

— Claro que sim! — exclamou Alexander; mas uma cotovelada de Nádia o fez lembrar-se dos modos da corte. E ele acrescentou: — Embora possivelmente não mereçamos que Vossa Majestade e sua digna noiva sejam tão generosos conosco, talvez tenhamos o atrevimento de aceitar tão honroso convite.

Ninguém conseguiu segurar o riso, inclusive as monjas que serviam o chá com a maior cerimônia e o pequeno Borobá, que saltava de alegria, atirando para o alto pedaços de pastel de chocolate.

DA AUTORA

Afrodite: Contos, Receitas e Outros Afrodisíacos
O amante japonês
Amor
O caderno de Maya
Cartas a Paula
A casa dos espíritos
Contos de Eva Luna
De amor e de sombra
Eva Luna
Filha da fortuna
A ilha sob o mar
Inés da minha alma
O jogo de ripper
Longa pétala de mar
Meu país inventado
Muito além do inverno
Mulheres de minha alma
Paula
O plano infinito
Retrato em sépia
A soma dos dias
Zorro
Violeta

AS AVENTURAS DA ÁGUIA E DO JAGUAR
A cidade das feras (Vol. 1)
O reino do dragão de ouro (Vol. 2)
A floresta dos pigmeus (Vol. 3)

Esta edição foi composta em
Century Gothic, Norwolk e Palatino Linotype,
e impresso em papel offwhite no Sistema Cameron da
Divisão Gráfica da Distribuidora Record.